清馨民国风

清馨民国风

新女性

梁启超 胡适 等著
朱丹 编

首都经济贸易大学出版社

图书在版编目(CIP)数据

新女性/梁启超,胡适等著;朱丹编. —北京：首都经济贸易大学出版社,2015.4

(清馨民国风)

ISBN 978-7-5638-2307-9

Ⅰ. ①河… Ⅱ. ①梁… ②胡… ③朱… Ⅲ. ①散文集—中国—现代 Ⅳ. ①I266

中国版本图书馆 CIP 数据核字(2014)第 296724 号

新女性
梁启超　胡适　等著　　朱丹　编
Xin Nüxing

出版发行	首都经济贸易大学出版社
地　　址	北京市朝阳区红庙(邮编 100026)
电　　话	(010)65976483　65065761　65071505(传真)
网　　址	http://www.sjmcb.com
E-mail	publish@cueb.edu.cn
经　　销	全国新华书店
照　　排	首都经济贸易大学出版社激光照排服务部
印　　刷	北京市泰锐印刷有限责任公司
开　　本	880 毫米×1230 毫米　1/32
字　　数	243 千字
印　　张	9.5
版　　次	2015 年 4 月第 1 版　2015 年 4 月第 1 次印刷
书　　号	ISBN 978-7-5638-2307-9/I·31
定　　价	28.00 元

图书印装若有质量问题,本社负责调换
版权所有　侵权必究

前 言

　　这本书中的几十篇文字，都曾刊载于民国时期的出版物。其中一些篇目，近二三十年中曾经从繁体字变为简体字，或多或少为今人所知；但更多的篇目，似乎一直以繁体字竖排的形式，掩隐在岁月的尘埃中，直到我们发现或找到它们，再把它们转换为简体字，以现在这套"清馨民国风"丛书为载体，呈献给当今的读者。

　　收入这套"清馨民国风"丛书的数百篇民国时期的文字，堪称历史影像，也可以说是情景回放。它们栩栩如生、有血有肉，是近200位民国学人的集中亮相，也是他们经历、思考与感悟的原味展示——围绕读书与修养、成长与见闻、做人与做事、生活与情趣，娓娓道来。透过这些文字，我们既可以领略众多民国学人迥然不同的个性风采，更可以感知那个时代教育、思想与文化生态的原貌。

　　策划、编选这样一套以民国原始素材为主体内容的丛书，耗费了我们大量的时间、精力和心血。而今本套丛书即将分批陆续付梓，我们欣喜地发现，她已经有型、有范儿、有味道了。

需要特别说明的是,根据著作权法的规定,本书收选的作品,有一部分仍处于版权保护期。由于原作品出版年代久远,且难以查找作者及其亲属的相关信息和联系方式,我们未能事先一一征得权利人同意。敬请这些作者亲属见书后及时与我社联系,以便我社寄奉稿酬、寄赠样书。

目 录

- 1 人权与女权/ 梁启超
- 9 关于女子/ 徐志摩
- 30 妇女生活/ 林语堂
- 52 女子的理智与感情/ 陈碧兰
- 62 女子的心理/ 李金发
- 64 女性与音乐/ 丰子恺
- 74 女子与文学/ 周作人
- 80 女子与生物学/ 赵雪芳
- 85 青春的少女/ 张芗兰
- 91 怎样充实少女的生活/ 张芗兰
- 99 谈青年与恋爱结婚/ 朱光潜
- 106 夫妇之道/ 纪果庵
- 116 我的婚后生活/ 柏静如
- 119 性爱与优生/ 陈碧兰
- 125 节育问题/ 陈西滢
- 130 三老太的一生/ 顾毓琇
- 137 李超传/ 胡适

151	嫁给小提琴的少女/	丰子恺
156	漫谈妇女问题/	李金发
161	知识妇女的责任/	曹伯韩
167	让娘儿们干一下吧/	林语堂
171	论性的吸引力/	林语堂
179	谈性爱问题/	朱光潜
188	性的诱惑/	凌独见
193	性爱与痛苦/	谢六逸
216	唯性史观与大学生/	谢六逸
219	性爱生活之过去与将来/	陈碧兰
232	性道德的研究/	鲁毓泰
237	论女性美/	林楚君
250	美的心情/	葛孚英
256	什么是女性美/	孙福熙
261	女人/	朱自清
268	女人/	梁实秋
273	谈女人/	苏青
279	谈女人/	张爱玲
292	妇女的洫浴/	徐玉文

梁启超（1873—1929），字卓如，号任公、饮冰室主人。广东新会人。20世纪初中国新旧交替时代著名政治活动家、启蒙思想家、教育家、史学家和文学家，戊戌变法领袖之一，民国初年清华大学国学院四大导师之一。梁启超学术研究涉猎广泛，在哲学、文学、史学、经学、法学、伦理学、宗教学等领域均有建树，以史学研究成就最大，被公认为中国近代史上百科全书式的人物；其著作后被合编为《饮冰室合集》。

人权与女权

梁启超

  诸君看见我这题目，一定说梁某不通：女也是人，说人权自然连女权包括在里头，为什么把人权和女权对举呢？哈哈！不通诚然是不通，但这不通题目，并非我梁某人杜撰出来；社会现状本来就是这样的不通，我不过照实说，而且想把不通的弄通罢了。

  我要出一个问题考诸君一考："什么叫作人？"诸君听见我这话，一定又要说："梁某只怕疯了！这问题有什么难解？凡天地间'圆颅方趾横目睿心'的动物自然都是人。"哈哈！你这个答案错了！这个答案只能解释自然界"人"字的意义，并不能解释历史上"人"字的意义。历史上的"人"，其初范围是很窄的，一百个"圆颅方趾横目睿心"的动物之中，顶多有三几个够得上作"人"，其余都够不上！换一句话说：从前能够享有人格的人是很少的，历史慢慢开展，"人格人"才渐渐多起来。

诸君听这番话，只怕越听越糊涂了。别要着急，等我逐层解剖出来：同是"圆颅方趾横目睿心"的动物，自然我做得到的事，你也做得到；你享有的权，我也该享有。是不是呢？着啊，果然应该如此。但是从历史上看来，却大大不然。无论何国历史，最初总有一部分人叫作"奴隶"。奴隶岂不也是"圆颅方趾横目睿心"吗？然而那些非奴隶的人只认他们是货物，不认他们是人。诸君读过西洋历史，谅来都知道古代希腊的雅典，号称"全民政治"，就是个个人都平等都自由。又应该知道有位大哲学家柏拉图，是主张共和政体的老祖宗。不错，柏拉图说凡人都应该参与政治，但奴隶却不许。为什么呢？因为奴隶并不是人！雅典城里几万人，实际上不过几千人参与政治，为什么说是全民政治呢？因为他们公认是"人"的都已参与了，剩下那一大部分，便是奴隶，本来认作货物不认作人。

不但奴隶如此，就是贵族和平民比较，只有贵族算是完完全全一个人，平民顶多不过够得上做半个人。许多教育，只准贵族受，不准平民受；许多职业，只准贵族当，不准平民当；许多财产，只准贵族有，不准平民有。这种现象，我们中国自唐虞三代到孔子的时候便是如此，欧洲自罗马帝国以来一直到十八世纪都是如此。

在奴隶制度底下，不但非奴隶的人把奴隶不当人看，连那些奴隶也不知道自己是个"人"。在贵族制度底下，不但贵族把平民当半个人看，连那些平民也自己觉得我这个人和他那个人不同。如是者混混沌沌过了几千年。

　　人是有聪明的,有志气的,他们慢慢地从梦中觉醒起来了!你有两只眼睛一个鼻子,我也有一个鼻子两只眼睛,为什么你便该如彼,我便该如此?他们心问口,口问心,经过多少年烦闷悲哀,忽然石破天惊,发明一件怪事:"啊,啊!原来我是一个人!"这件怪事,中国人发明到什么程度我且不说,欧洲人什么时候发明呢?大约在十五六世纪文艺复兴时代。他们一旦发明了自己是个人,不知不觉地便齐心合力下一个决心,一面要把做人的条件预备充实,一面要把做人的权利扩张圆满。第一步,凡是人都要有受同等教育的机会,不能让贵族和教会把学问垄断。第二步,凡是人都要各因他的才能就相当的职业,不许说某项职业该被某种阶级的人把持到底。第三步,为保障前两事起见,一国政治,凡属人都要有权过问。总说一句:他们有了"人的自觉",便发生出人权运动。教育上平等权,职业上平等权,政治上平等权,便是人权运动的三大阶段。

　　啊,啊!了不得,了不得!人类心力发动起来,什么东西也挡他不住。"一!二!三!开步走!""走!走!走!"走到十八世纪末年,在法国巴黎城轰的放出一声大炮来:《人权宣言》!好呀,好呀!我们一齐来!属地吗,要自治。阶级吗,要废除。选举吗,要普遍。黑奴农奴吗,要解放。十九世纪全个欧洲、全个美洲热烘烘闹了一百年,闹的就是这一件事。吹喇叭!放爆竹!吃干杯!成功!凯旋!人权万岁!从前只有皇帝是人,贵族是人,僧侣是人,如今我们也和他们一样,不算人的都算人了，普天之下率土之滨凡叫作人的，都恢复他们资格了。人权万岁！万万岁！

万岁声中，还有一大部分"圆颅方趾横目睿心"的动物，在那边悄悄地滴眼泪。这一部分动物，虽然在他们同类中占一半的数量，但向来没有把他们编在人类里头。这一部分是谁？就是女子！人权运动，运动的是人权，她们是 Women，不是 Men，说得天花乱坠的人权，却不关她们的事！

眼泪是最神圣不过的东西。眼泪是从自觉的心苗中才滴得出来。男子固然一样的两只眼睛一个鼻子，没有什么贵族、平民、奴隶的分别，难道女子又只有一只眼睛半个鼻子吗？当人权运动高唱入云的时候，又发明一件更怪的事："啊，啊！原来世界上还有许多人！"有了这种发明，于是女权运动开始起来。女权运动，我们可以给它一个名词，叫作广义的人权运动。

广义的人权运动——女权运动，和那狭义的人权运动——平民运动正是一样，要有两种主要条件：第一要自动，第二要有阶段。

什么叫自动呢？例如美国放奴运动，不是黑奴自己要解放自己，乃是一部分有博爱心的白人要解放他们。这便是他动不是自动。不由自动得来的解放，虽解放了也没有什么价值。不唯如此，凡运动是多数人协作的事，不是少数人包办的事，所以要多数共同自动。例如中国建设共和政体，仅有极少数人在那里动，其余大多数不管事。这仍算是他动不是自动。像欧洲十九世纪的平民运动，的确是出于全部或大多数的平民自觉自动，其所以能成功而且彻底，理由全在乎此。女权运动能否有意义有价值，第一件就要看女子切实自觉自动的程度如何。

什么叫阶段呢？前头说过，人权运动含有三种意味：一是教育上平等权，二是职业上平等权，三是政治上平等权。这三件事虽然一贯，但里头自然分出个步骤来。在贵族垄断权利的时代，他们辩护自己唯一的武器，就是说：我们贵族所有学问智识，你们平民没有；我们贵族办得下来的事，你们平民办不下来。这话对不对呢？对呀。欧洲中世纪的社会情状，的确是如此。倘若十八九世纪依然是这种情状，我敢保《人权宣言》一定发不出来，即发出来也是空话。所以自文艺复兴以来，他们平民第一件最急切的要求，是要和贵族有受同等教育的机会。这种机会陆续到手，他们便十二分努力去增进自己的智识和能力。到十八九世纪时，平民的智识能力，比贵族只有加高，绝无低下，于是乎一鼓作气，把平民运动成功了。换一句话说，他们是先把做人条件预备充实，才能把做人的权利扩张圆满。

他们的女权运动，现在也正往这条路上走。女权运动，也是好几十年前已经开始了，但势力很是微微不振。为什么不振呢？因为女子智识能力的确赶不上男子。为什么赶不上呢？因为不能和男子有受同等教育的机会。他们用全力打破这一关，打破之后，再一步一步地肉搏前去，以次到职业问题，以次到参政权问题。现在欧美这种运动，渐渐地已有一部分成功了。

我们怎么样呢？哎！说起来又惭愧又可怜！连大部分男子

也没有发明自己是个人,何论女子!狭义的人权运动还没有做过,说什么广义的人权运动?所以有些人主张"女权尚早论",说等到平民运动完功之后再做女权运动不迟。这种话对吗?不对。欧洲造铁路,先有了狭轨,渐渐才改成广轨;我们造铁路,自然一动手就用广轨,有什么客气?欧洲人把狭义广义的人权运动分作两回做,我们并作一回,并非不可能的事。但有一件万不可以忘记:狭轨广轨固然不成问题,然而没有筑路便想开车,却是断断乎不行的。我说一句不怕诸君忲气的话:中国现在男子的智识能力固然也是很幼稚薄弱,但女子又比男子幼稚薄弱好几倍!讲女权吗?头一个条件,要不依赖男子而能独立。换一句话说,是要有职业。譬如某学校出了一个教授的缺,十位女子和十位男子竞争,又谁争赢谁?譬如某公司或某私人要用一位秘书,十位女子和十位男子竞争,又谁争赢谁?再进一步,假如女子参政权实行规定在宪法,到选举场中公开讲演自由竞争,又谁争赢谁?以现在情形论,我斗胆敢说:女子十回一定有九回失败!为什么呢?因为现在女子的智识能力实实在在不如男子。天生成不如吗?不然不然,不过因为学力不够。为什么学力不够?为的是从前女子求学不能和男子有均等机会。没有均等机会,固然不是现在女子之过;然而学力不够,却是不能讳言的事实。诸君在英文读本里头谅来都读过一句格言:Knowledge is Power——智识即权力。不从智识基础上求权力,权力断断乎得不到;侥幸得到,断断乎保持不住。一个人如此,阶级相互间也是如此,两性相互间也是如此。

讲到这里，我们大概可以得一个结论了。女权运动，无论为求学运动，为竞业运动，为参政运动，我在原则上都赞成；不唯赞成，而且十分认为必要。若以程序论，我说学第一，业第二，政第三。近来讲女权的人，集中于参政问题，我说是急其所缓，缓其所急。老实说一句：现在男子算有参政权没有？说没有吗？《约法》上明明规定。说有吗？民国成立十一个年头，看见哪一位男子曾参过政来？还不是在选举人名册上凑些假名，供那班"政棍"做买票卖票的工具？人民在这种政治意识之下，就让你争得女参政权，也不过每县添出千把几百个"赵兰、钱蕙、孙淑、李娟……"等等人名，替"政棍"多弄几票生意！我真不愿志洁行芳的姊妹们无端受这种污辱。平心而论，政治上的事情，原不能因噎废食，这种愤激之谈，我也不愿多说了。归根结底一句：无论何种运动，都要多培实力，少做空谈。女权运动的真意义，是要女子有痛切的自觉，从智识能力上力争上游，务求与男子立于同等地位。这一着办得到，那么，竞业参政都不成问题；办不到，任你搅得海沸尘飞，都是废话。

诸君啊！现在全国中女子智识的制造场，就靠这十几个女子师范学校，诸君就是女权运动的基本军队。庄子说得好："水之积不厚，则其负大舟也无力。"诸君要知道自己责任大，又要知道想尽此责任，除却把学问做好、智识能力提高外，别无捷径。我盼望诸君和全国诸姊妹们，都彻底觉悟自己是一个人，都加倍努力完成一个人的资格，将来和全世界女子共同协力做广义的人权运动。这回运动成功的时候,真可以欢呼"人权万岁"了!

(十一年十一月六日①在南京女子师范学校讲演)

---

① 本书所选文章,篇末如有中文数字(均为民国原书所载),系指中国历法年月日,如此处即指民国十一年(公历1922年)十一月六日;如为阿拉伯数字,则指西历年月日。特此说明,以后不再为此加注。——编者注。

徐志摩（1897—1931），现代诗人、散文家，新月派代表诗人。早年先后就读于上海沪江大学、天津北洋大学和北京大学。1918 年和 1921 年先后赴美国、英国留学。1922 年回国。1923 年参与发起成立新月社，加入文学研究会。1924 年与胡适、陈西滢等创办《现代诗评》周刊。印度大诗人泰戈尔访华时任翻译。1926 年与闻一多、朱湘等人开展新诗格律化运动。1931 年因飞机失事遇难。其代表作品为《再别康桥》《翡冷翠的一夜》。

关于女子

徐志摩

苏州！谁能想象第二个地名有同样清脆的声音，能唤起同样美丽的联想，除是南欧的威尼市或翡冷翠①，那是远在异邦，要不然我们就得追想到六朝时代的金陵广陵或许可以仿佛？当然不是杭州，虽则苏杭是常常连着说到的；杭州即使有几分秀美，不幸都教山水给占了去，更不幸就那一点儿也成了问题：你们不听说雷峰塔已经教什么国术大力士给打个粉碎，西湖的一汪水也教大什么会的电灯给照干了吗？不，不是杭州；说到杭州，我们不由得觉得舌尖上有些儿发锈。所以只剩了一个苏州准许我们放胆地说出口，放心地拿上手。比是乐器中的笙箫，有的是袅袅的余韵。比是青青的柏子，有的是沁人心脾的留香。

---

①威尼市，今译威尼斯；翡冷翠，今译佛罗伦萨。——编者注。

在这里，不比别的地处，人与地是相对无愧的，是交相辉映的，寒山寺的钟声与吴侬的软语一般的令人神往，虎丘的衰草与玄妙观的香烟同样的勾人留恋。

但是苏州——说也惭愧，我这还是第二次到，初次来时只匆匆地过了一宵，带走的只有采芝斋的几罐糖果和一些模糊的印象。就这次来也不得容易，要不是陈淑先生相请的殷勤。——聪明的陈淑先生，她知道一个诗人的软弱，她来信只淡淡地说你再不来时天平山经霜的枫叶都要凋谢了——要不是她的相请的殷勤，我说，我真不知道几时才得偷闲到此地来，虽则我这半年来因为往返沪宁间每星期得经过两次，每星期都得感到可望而不可即的惆怅。为再到苏州来我得感谢她。但陈先生的来信却不单单提到天平山的霜枫，她的下文是我这半月来的忧愁：她要我来说话——到苏州来向女同学们说话！我如何能不忧愁？当然不是愁见诸位同学，我愁的是我现在这相儿，一个人孤零零地站在台上说话！我们这坐惯冷板凳、日常说废话的所谓教授们最厌烦的，不瞒诸位说，就是我们自己这无可奈何的职务——说话（我再不敢说讲演，那样粗蠢的字样在苏州地方是说不出口的）。

就说谈话吧，再让一步，说随便谈话吧，我不能想象更使人窘的事情！要你说话，可不指定要你说什么，"随便说些什么都行"，那天陈先生在电话里说。你拿艳丽的朝阳给一支芙蓉或是一只百灵，它就对你说一番极美丽动听的话；即使它说过了，你冒失地恭维它说你这"讲演"真不错，它也不会生气，也不会惭愧，但不幸我不是芙蓉更不是百灵。我们乡里有一句俗话说：宁愿听苏州人吵架，不愿听杭州人谈话。我的家乡又不幸是在浙江，距着杭州近，离着苏州远的地处。随便说话，随你说什么，果然我依了陈先生扯上我的乡谈，恐怕要不到三分钟你们都得想念你们房间里备着的八卦丹或是别的止头痛的药片了！

但陈先生非得逼我到，逼我献丑，写了信不够，还亲自到上海来邀。我不能不答应来。"但是我去说些什么呢，苏州，又是女同学们？"那天我放下陈先生的电话心头就开始踌躇。不要忙，我自己安慰自己说，在上海不得空闲，到南京去有一个下午可以想一想。那天在车上倒是有福气看到镇江以西，尤其是栖霞山一带的雪叶。虽则那早上是雾茫茫的，但雪总是好东西，它盖住地面的不平和丑陋，它也拓开你心头更清凉的境界，山变了银山，树成了玉树，窗以外是彻骨的凉，彻骨的静，不见一个生物，鸟雀们不知藏躲在哪里，雪花密团团地在半空里转。栖霞那一带的大石狮子，雄踞在草亩里张着大口向着天的怪东西，在雪地里更显得白，更显得壮，更见得精神。在那边相近还有一座塔，建筑、雕刻都是第一流的美术，最使人想见六朝的风流，六朝的闲暇。在那时政治上没有统一的野心家，江以南、江以北各自成家，汉也有，胡也有，各造各的文化。且不说龙门，且不说云冈，就这栖霞的一些遗迹，就这雄踞在草亩里的大石狮，已够使我们想见当时生活的从容，气魄的伟大，情绪的俊秀。

我们在现代感到的只是局促与匆忙。我们真是忙，谁都是忙。忙到倦，忙到厌。但忙的是什么？为什么忙？我们的子孙在一千年后，如其我们的民族再活得到一千年，回看我们的时代，他们能不能了解我们的匆忙？我们有什么东西遗留给他们可以使他们骄傲、宝贵，值得他们保存，证见我们的存在，认识我们的价值，可以使他们永久停留他们爱慕的纪念——如同那一只雄踞在草亩里的大石狮？我们的诗人文人贡献了些什么伟大的诗篇与文章？我们的建筑与雕刻，且不说别的，有哪样可以留存到一百年乃至十五年而还值得一看的？我们的画家怎样描写宇宙的神奇？我们哪一个音乐家是在解释我们民族的性灵的奥妙？但这时候我眼望着的江边的雪地已经戏幕似的变形成为北方赤地几千里的灾区，黄沙天与黄土地的中间只有惨淡的风云、不见人烟的村庄以及这里那里枝条上不留一张枯叶的林木。我也望得见几千万已死的将死的未死的人民，在不可名状的苦难中为造物主的地面上留下永久的羞耻。在他们迟钝的眼光中，他们分明说他们的心脏即使还在跳动，他们已经失去感觉乃至知觉的能力，求生或将死的呼号早已逼死在他们枯竭的咽喉里；他们分明说生活、生命乃至单纯的生存已经到了绝对的绝境，前途只是沙漠似的浩瀚的虚无与寂灭期待着他们，引诱着他们，如同春光，如同微笑，如同美。我也望见钩结在连环战祸中的区域与民生，为了谁都不明白的高深的主义或什么的相互的屠杀；我也望见那少数的妖魔，踞坐在跸卫森严的魔窟中计较下一幕的布景与情节，为表现他们的贪，他们的毒，他们的野心，他们的威灵，他们手擎着全体民族的命运当作一掷的孤注；我也望见这时代的烦闷毒气似的在半空里没遮拦地往下盖，被牺牲的是无量数春花似的青年。这憧憬中的种种都指点着一个归宿，一个结局——沙漠似的浩瀚的虚无与寂灭，不分疆界永不见光明的死。

我方才不还在眷恋着文化的消沉吗？文化，文化，这呼声在这可怖的憧憬前，正如灾民苦痛的呼声，早已逼死在枯竭的咽喉里，再也透不出声音。但就这无声的叫喊，已经在我的周围引起怪异的回响，像是哭，像是笑，像是鸱鸮，像是鬼……

但这声响来源是我座位邻近一位肥胖的旅伴的雄伟的呵欠。在这呵欠声中消失了我重叠的幻梦似的憧憬，我又见到了窗外的雪，听到年轮的响动。下关的车站已经到了。

我能把我这一路的感想拉杂来充当我去苏州的谈话资料吗？我在下关进城时心里计较。秀丽的苏州，天真的女同学们，能容受这类荒伧，即使不至怪诞的思想吗？她们许因为我是教文学的，想从我听一些文学掌故或文学常识。但教书是无可奈何，我最厌烦的是说本行话。她们又许因为我曾经写过一些诗，是在期望一个诗人的谈话——那就得满缀着明月和明星的光彩，透着鲜花与鲜草的馨香，要不然她们竟许期待着雪莱的云雀或是济慈的夜莺。我的倒像是鸱鸮的夜啼，不是太煞尽了风景？这我转念，或许是我的过虑，她们等着我去谈话，正如她们每月或每星期等着别人去谈话一样，无非想听几句可乐的插科与诙谐（如其有的话，那算是好的），一篇长或是短，勉励或训诲的陈腐（那是你们打呵欠乃至瞌睡的机会），或是关于某项专门知识的讲解（那你们先生们示意你们应得掏出铅笔在小本子上记下的）。写了几句自己谦让道歉不曾预备得好的话，在这末尾与他鞠躬下台时你们多少间酬报他一些鼓掌，就算完事一宗；但事实上他讲的话，正如讲的人，不能希望（他自己也不希望）在你们的脑筋里留有仅仅隔夜的印象。某人不是到你们这里来讲过的吗？隔几天许有人问。啊，不错，是有的，他讲些什么了？谁知道他讲什么来了？我一句也没有听进去，不是你提起，我忘都忘了我听过他讲哪！

这是一班到处应酬讲演人的下场头。他们事实上也只配得这样的下场头。穷、窘、枯、干，同学们，是现代人们的生活。干、枯、窘、穷，同学们，是现代人们的思想。不要把占有名气或地位的人们看太高了，他们的苦衷只有他们上年纪的人自家得知，这年头的荒歉是一般的。

也不知怎的我想起来说些关于女子的杂话。不是女子问题。我不懂得科学，没有方法来解剖"女子"这个不可思议的现象。我也不是一个社会学家，搬弄着一套现成的名词来清理恋爱、改良婚姻或家庭。我也没有一个道学家的权威，来督责女子们去做良妻贤母，或奖励她们去做不良的妻不贤的母。我没有任何解决或解答的能力。我自己所知道的只是我的意识的流动，就那个我也没有支配的力量。就比是隔着雨雾望远山的景物，你只能辨认一个大概。也不知是哪里来的光照亮了我意识的一角，给我一个辨认的机会，我的困难是在想用粗笨的语言来传达原来极微纤的印象，像是想用粗笨的铁针来绣描细致的图案。

我今天所要查考的，所以，不是女子，更不是什么女子问题，而是我自己的意识的一个片段。

我说也不知怎的我的思想转上了关于女子的一路。最浅显的缘由，我想，当然是为我到一个女子学校里来说话。但此外也还有别的给我暗示的机会。有一天我在一家书店门首见着某某女士的一本新书的广告，书名是《蠹鱼生活》。这倒是新鲜，我想，这年头有甘心做书虫的女子。三百年来女子中多的是良妻贤母，多的是诗人词人，但出名的书虫不就是一位郝夫人王照圆①女士吗？这是一件事。再有是我看到一篇文章，英国一位名小说家②做的，她说妇女们想从事著述至少得有两个条件：一是她得有她自己的一间屋子，这她随时有关上或锁上的自由；二是她得有五百一年（那合华银有六千元）的进益。她说的是外国情形，当然和我们的相差得远，但原则还不一样是相通的？你们或许要说外国女人当然比我们强，我们怎好跟她们比；她们的环境要比我们的好多少，她们的自由要比我们的大多少。好，外国女人，先让我们的男人比上了外国的男人再说女人吧！

可是你们先别气馁，你们来听听外国女人的苦处。在 Queen Anne③ 的时候，不说更早，那就是我们清朝乾隆的时候，有天

---

①王照圆，清代经学家郝懿行之妻，长于训诂，亦擅文学，撰有《列女传》补注》《〈诗经〉小记》。——原编者注。

②指英国女作家弗吉尼亚·伍尔芙（1882—1941）的《一间自己的房子》。——原编者注。

③即英国的安妮女王，1702—1714 年在位。——编者注。

才的贵族女子们（平民更不必说了）实在忍不住写下了些诗文就许往抽屉里堆着给蛀虫们享受，哪敢拿著作公开给庄严伟大的男子们看，那不让他们笑掉了牙。男人是女人的"反对党"（The oppose faction），Lady Winchilsea① 说。趁早，女人，谁敢卖弄谁活该遭殃，才学哪是你们的份！一个女人拿起笔就像是在做贼，谁受得了男人们的讥笑。别看英国人开通，他们中间多的是写《妇学篇》的章实斋②。倒是章先生那板起道学面孔公然反对女人弄笔墨还好受些。他们的蒲伯③，他们的 John Gay④，他们管爱文学有才情的女人叫作"蓝袜子"，说她们放着家务不管，"痒痒的就爱乱涂"。Margaret of Newcastle⑤，另一位有才学的女子，也愤愤地说"女子像蝙蝠或猫头鹰似地活着，牲口似地工作，虫子似地死……"。且不说男人的态度，女性自己的谦卑也是可以的。Dorothy Osburne⑥ 那位清丽的书翰家一写到那位有文才的爵夫人就生气，她说："那可怜的女人准是有点儿偏心的，她什么傻事不做，倒来写什么书，又况是诗，那不太可笑了；要是我，就算我半个月不睡觉我也到不了那个。"奥

---

① 即温奇尔西夫人（1667—1720），原名安·芬奇，出身于英国颇有名望的芬奇（Finch）家族。她是那一时代少有的女诗人。——原编者注。
② 章实斋，即章学诚（1738—1801），清代史学家。——编者注。
③ 今译蒲柏（1688—1744），英国古典主义诗人。——编者注。
④ 今译盖伊（1685—1732），英国剧作家。——编者注。
⑤ Margaret of Newcastle，即英国一港口城市纽卡斯尔的玛格丽特（生平不详）。——原编者注。
⑥ 今译多萝西·奥斯本（1627—1695），英国外交家坦普尔爵士的妻子，以婚前写给坦普尔的书信闻名。——原编者注。

斯朋①自己可没有想到自己的书翰在千百年后还有人当作宝贵的文学作品念着，反比那"有点儿偏心胆敢写书的女人"风头出得更大，更久！

再说近一点，一百年前英国出一位女小说家，她的地位，有一个批评家说，是离着莎士比亚不远的 Jane Austen②——她的环境也不见得比你们的强。实际上她更不如我们现代的女子。再说她也没有一间她自己可以开关的屋子，也没有每年多少固定的收入。她从不出门，也见不到什么有学问的人；她是一位在家里养老的姑娘，看到有限几本书，每天就在一间永远不得清静的公共起坐间里装作写信似地起草她的不朽的作品。"女人从没有半个钟头"，Florence Nightingale③说，"女人从没有半个钟头可以说是她们自己的"。再说近一点，白龙德（Bronte）④姊妹们，也何尝有什么安逸的生活。在乡间，在一个牧师家里，她们生，她们长，她们死。她们至多站在露台上望望野景，在雾茫茫的天边幻想大千世界的形形色色，幻想她们无颜色无波浪的生活中所不能的经验。要不是她们卓绝的天才、蓬勃的热情与超越的想象，逼着她们不得不写，她们也无非是三个平常

---

①今译奥斯本，即前文中的 Dorothy Osburne。——编者注。
②今译简·奥斯汀（1775—1817），著有《傲慢与偏见》《爱玛》等。——编者注。
③即"佛罗伦萨夜莺"，似指彼得拉克（1304—1374），意大利诗人，文艺复兴时期人文主义先驱者之一。——原编者注。
④今译勃朗特，英国的三位姐妹作家，即夏洛蒂（1816—1855）、艾米丽（1818—1848）和安妮（1820—1849）。——原编者注。

的乡间女子,郁死在无欢的家里,有谁想得到她们——光明的十九世纪于她们有什么相干,她们得到了些什么好处?

说起来还是我们的情形比他们的见强哪。清朝的大文人王渔洋、袁子才、毕秋帆、陈碧城都是提倡妇女文学最大的功臣。要不是他们几位间接与直接的女弟子的贡献,清朝一代的妇女文学还有什么可述的?要不是他们那时对于女子做诗文做学问的铺张扬厉,我们那位文史通义先生也不至于破口大骂自失身份到这样可笑的地步。他在《妇学》里面说:

> 近有无耻文人,以风流自命,蛊惑士女,大率以优伶杂剧所演才子佳人惑人。长江以南名门大家闺阁,多为所诱,征诗刻稿,标榜声名,无复男女之嫌,殆忘其身之雌矣。此等闺娃,妇学不修,岂有真才可取,而为邪人播弄,浸成风俗,人心世道,大可忧也。

章先生要是活到今天,看见女子上学堂,甚至和男子同学,上衙门、公司、店铺工作,和男子同事,进这个那个的党和男子同志,还不把他老人家活活地给气瘪了!

所以你们得记得就在英国,女权最发达的一个民族,女子的解放,不论哪一方面,都还是近时的事情。女子教育算不上一百年的历史。女子的财产权是五十年来才有法律保障的。女子的政治权还不到十年。但这百年来女性方面的努力与成绩不能不说是惊人的。在百年以前的人类的文化可说完全是男性的成绩，女性即使有贡献，是极有限的，或至多是间接的。女子中当然也不少奇才异能，历史上不少出名的女子，尤其是文艺方面。希腊的沙浮①至今还是个奇迹。中世纪的 Hypatia②，Heloise③ 是无可比的。英国的依利萨伯④，唐朝的武则天，她们的雄才大略，哪一个男子敢不低头？十八世纪法国的沙龙夫人们是多少天才和名著的保姆？在中国，我们只要记起曹大家的汉书，苏若兰的回文，徐淑、蔡文姬、左九嫔的辞藻，武曌的升仙太子碑，李若兰、鱼玄机的诗，李清照、朱淑真的词，明文氏的九骚——哪一个不是照耀百世的七彩异禀？

这固然是，但就人类更宽更大的活动方面看，女性有什么可以自傲的？有女莎士比亚、女司马迁吗？有女牛顿、女倍根⑤吗？有女柏拉图、女但丁吗？就说到狭义的文艺，女性的成绩比到男性的还不是培塿⑥比到泰山吗？你怪得男性傲慢，女性气馁吗？

在英国乃至在全欧洲，奥斯丁⑦以前可以说女性没有一个成家的作者。从依利萨伯到法国革命查考得到的女子作品只是小诗与故事。就中国论，清朝一代相近三百年间的女作家，按新

---

① 今译莎福（公元前7—前6世纪），古希腊女诗人。——编者注。
② 今译希帕蒂娅，中世纪女学者，被判异端处死。——编者注。
③ 今译赫洛伊丝（1098—1164），法兰克女隐修院院长。神学家和哲学家阿伯拉的妻子。——编者注。
④ 今译伊丽莎白，似指英国都铎王朝女王。——编者注。
⑤ 今译培根。——编者注。
⑥ 培塿，小土山。——编者注。
⑦ 今译奥斯汀，即前文 Jane Austen。——编者注。

近钱单夫人的《清闺秀艺文略》看，可查考的有二千三百十二人之多，但这数目，按胡适之先生的统计，只有百分之一的作品是关于学问，例如考据历史、算学、医术，就那也说不上有什么重要的贡献，此外百分之九十九都是诗词一类的文学，而且妙的地方是这些诗集诗卷的题名，除了风花雪月一类的风雅，都是带着虚心道歉的意味，仿佛她们都不敢自信女子有公然著作成书的特权似的，都得声明这是她们正业以外的闲情，本算不上什么似的，因之不是绣余，就是爨余，不是红余，就是针余，不是脂余、梭余，就是织余、绮余（陈圆圆的职业特别些，她的词集叫《舞余词》），要不然就是焚余、烬余、未焚、未烧、未定一类的通套，再不然就是断肠泪稿一流的悲苦字样（除了秋瑾的口气那是不同些）。情形是如此，你怪得男性的自美，女性的气短吗？

但这文化史上女性远不如男性的情形自有种种的解释，自然的趋势，男性当然不能借此来证明女子的能力根本不如男子，女性也不能完成推托到男性有意的压迫。谁要奇怪女性的迟缓，要问何以女权论要等到玛丽乌尔夫顿克辣夫德[1]方有具体的陈词，只须记得人权论本身也要到相差不远的日子才出世。人的思想的能力是奇怪的，有时他连蹿带跳地在短时期内发现了很多，例如希腊黄金时代与近一百五十年来的欧洲；有时睡梦迷

---

[1] 今译玛丽·沃尔斯顿克拉夫特（1759—1797），以所著《女权论》闻名。——编者注。

糊的在长时期一无新鲜，例如欧洲的中世纪或中国的明代。它不动的时候就像是冬天，一切都是静定的无生气的，就像是生命再不会回来；但它一动的时候，那就比是春雷的一震，转眼间就是蓬勃绚烂的春时。在欧洲，从亚里斯多德①直到卢梭乃至叔本华，没有一个思想家不承认男女的不平等是当然的，绝对不值得并且也无从研究的；即使偶有几个天才不容自掩的女子，在中国我们叫作才女，那还是客气的，如同叫长花毛的鸭作锦鸡，在欧洲百年前叫作蓝袜子，那就不免有嘲笑的意思。但自从约翰弥勒②纯正通达论妇女论的大文出世以来，在理论上所有女性不如男性或是女性不能和男性享受平等机会以及共同负责文化社会的生存与进步的种种谬见、偏见与迷信都一齐从此失去了根据。在事实上，在这百年来女性自强的努力也已经显明地证明，女性只要有同等的机会，不论在哪样事情上都不能比男性不如；人类的前途展开了一个伟大的新的希望，就是此后文化的发展是两性共同的企业，不再是以前似的单性的活动。在这百年来虽则在别的方面人类依然不免继续他们的谬误、愚蠢、固执、迷信，但这百余年是可纪念的，因为这至少是一个女性开始光荣的世纪。在政治上，在社会上，在法律与道德上，在理论方面，至少女性已经争得与男性完全平等的地位。在事实上，女子的职业一天增多一天，我们现在不易想象一种职业

---

①今译亚里士多德。——编者注。
②今译约翰·穆勒（1806—1873），英国哲学家。——编者注。

男性可以胜任而女性不能的——也许除了实际的上战场去打仗，但这项职业我们都希望将来有完全淘汰的一天，我们决不希望温柔的女性在任何情形下转变成善斗杀的凶恶。文学与艺术不用说，女子是早就占有地位的，但近百年来的扩大也是够惊人的。诗人就说白朗宁夫人、罗刹蒂小姐①、梅耐凡夫人三个名字已经是够辉煌的。小说更不用说，英美的出版界已有女作家超过男作家的趋势，在品质方面一如数量。I. A. George Eliot②，George Sand③，Bronte Sisters④，近时如曼殊斐儿、薇金娜吴尔夫⑤等等都是卓成家，是为文学史上增加光彩的作者。演剧方面如沙拉贝娜，Duse⑥，Ellen Terry⑦，都是人类永久不可磨灭的记忆。论跳舞，女子的贡献更分明地超过男子，我们不能想象一个男性的 Isadora Duncan⑧。音乐、画、雕刻，女子的出人头地的也在天天地加多。科学与哲学，向来是男性的专业，但跟着教育的发展，女子的贡献也在日渐地继长增高。你们只须记起

---

①即克里斯蒂娜·罗赛蒂（1830—1894），英国女诗人。画家、诗人罗赛蒂的妹妹。——原编者注。
②今译乔治·艾略特（1819—1880），英国女作家。——编者注。
③今译乔治·桑德（1804—1876），法国女作家。——编者注。
④即勃朗特姐妹。——编者注。
⑤今译弗吉尼亚·伍尔夫（1882—1941），英国女作家。——编者注。
⑥今译杜丝（1859—1924），意大利女演员，擅演悲剧主人公。——原编者注。
⑦今译艾伦·特里（1847—1928），英国女演员，以演莎剧人物著称。——编者注。
⑧今译伊莎多拉·邓肯（1878—1927），美国女舞蹈家，现代舞派创始人。——编者注。

Madame Curie①就可以无愧。讲到学问,现在有哪一门女子提不起来的?

但这情形,就按最先进几国说,至多也不过一百年来的事,然而成绩已有如此的可观。再过了两千年,我想,男子多半再不敢对女子表示性的傲慢。将来女子自会有她们的莎士比亚、倍根、亚里斯多德、卢梭,正如她们在帝王中有过依利萨伯、武则天,在诗人中有过白朗宁、罗刹蒂,在小说家中有过奥斯丁与白龙德姊妹。我们虽则不敢预言女性竟可以有完全超越男性的一天,但我们很可以放心地相信此后女性对文化的贡献比现在总可以超过无量倍数,倒男子要担心到他的权威有摇动的危险的一天。

但这当然是说得很远的话。按目前情形,尤其是中国的,我们一方面固然感到女子在学问事业日渐进步的兴奋与快慰,但同时我们也深刻地感觉到种种阻碍的势力还是很活动地在着。我们在东方几乎事事是落后的,尤其是女子,因为历史长,所以习惯深,习惯深所以解放更觉费力。不说别的,中国女子先就忍就了几千年身体方面绝无理性可说的束缚,所以人家的解放是从思想做起点,我们先得从身体解放起。我们的脚还是昨天放开的,我们的胸还是正在开放中。事实上固然这一代的青年已经不至感受身体方面的束缚,但不幸长时期的压迫或束缚是要影响到血液与神经的组织的本体的。即如说脚,你们现有

---

①即居里夫人。——编者注。

的固然是极秀美的天足，但你们的血液与纤维中，难免还留有几十代缠足的鬼影。又如你们的胸部虽已在解放中，但我知道有的年轻姑娘们还不免感到这解放是一种可羞的不便。所以单说身体，恐怕也得至少到你们的再下去三四代才能完全实现解放，恢复自然发长的愉快与美。身体方面已然如此，别的更不用说了。再说一个女子当然还不免做妻做母，单就生产一件事说，男性就可以无忌惮地对女性说"这你总逃不了，总不能叫我来替代你吧"！事实上的确有无数本来在学问或事业上已经走上路的女子，为了做妻做母的不可避免临了只能自愿或不自愿地牺牲光荣的成就的希望。

　　这层的阻碍说要能完全去除，当然是不可能，但按现今种种的发明与社会组织与制度逐渐趋向合理的情形看，我们很可以设想这天然阻碍的不方便性消解到最低限度的一天。有了节育的方法，比如说，你就不必有生育，除了你自愿，如此一个女子很容易在她几十年的生活中匀出几个短期间来尽她对人类的责任。还有将来家庭的组织也一定与现在的不同，趋势是在去除种种不必要精力的消耗（如同美国就有新法的合作家庭，女子管家的担负不定比男子的重，彼此一样可以进行各人的事业）。所以问题倒不在这方面。成问题的是女子心理上母性的牢不可破，那与男子的父性是相差得太远了。我来举一个例。近代最有名的跳舞家 Isadora Duncan 在她的自传里说她初次生产时的心理，我觉得她说得非常的真。在初怀孕时她觉得处处不方便，她本是把她的艺术——舞——看得比她的生命都更重要的，她觉得这生产的牺牲是太无谓了。尤其是在生产时感到极度的痛苦时（她的是难产），她是恨极了上帝叫女人担负这惨毒的义务；她差一点死了，但等到她的孩子一下地，等到看护把一个稀小的喷香的小东西偎到她身旁去吃奶时，她的快乐，她的感激，她的兴奋，她的母爱的激发，她说，简直是不可名状。在那时间她觉得生命的神奇与意义——这无上的创造——是绝对盖倒一切的，这一相比她原来看作比生命更重要的艺术顿时显得又小又浅，几于是无所谓的了。在那时间把性的意识完全盖没了后天的艺术家的意识。上帝得了胜了！这，我说，才真是成问题，倒不在事实上三两个月的身体的不便。这根蒂深而力道强的母性当然是人生的神秘与美的一个重要成分，但它多少总不免阻碍女子个人事业的进展。

所以按理论说男女的机会是实在不易说成完全平等的，天生不是一个样子，你有什么办法？但我们也只能说到此，因为在一个女子，母性的人格，母性的实现，按理是不应得与她个人的人格、个性的实现相冲突的。除了在不合理的或迷信打底的社会组织里，一个女子做了妻母再不能兼顾别的，她尽可以同时兼顾两种以上的资格，正如一个男子的父性并不妨害他的个性。就说Duncan，她不能不说是一个母性特强（因为情感富强）的女子，但她事实上并不曾为恋爱与生育而至放弃她的艺术的追求。她一样完成了她的艺术。此外，做女子的不方便当然比男子的多，但那些都是比较不重要的。

我们国内的新女子是在一天天可辨认地长成，从数千年来有形与无形的束缚与压迫中渐次透出性灵与身体的美与力，像一支在箨里中透露着的新笋。有形的阻碍虽则多，虽则强有力，还是比较容易克除的；无形的阻碍，心理上，意识与潜意识的阻碍，倒反需要更长时间与努力方有解脱的可能。分析地说，现社会的种种都还是不适宜于我们新女子的长成的。我再说一个例，比如演戏，你认识戏的重要，知道它的力量。你也知道你有舞台表演的天赋。那为你自己，为社会，你就得上舞台演戏去不是？这时候你就逢到了阻力。积极的或许你家庭的守旧与固执，消极的或许你觅不到相当的同志与机会。这些就算都让你过去，你现在到了另一个难关。有一个戏非你充不可，比如说，那碰巧是个坏人，那是说按人事上习惯的评判，在表现艺术上是没有这种区分的，艺术须要你做，但你开始踌躇了。说一个实例，新近南国社演的《沙乐美》[1]，那不是一个贞女，也不是一个节妇。有一位俞女士，她是名门世家的一位小姐，去担任主角。她只知道她当前表现的责任。事实上她居然排除了不少的阻难而登台演那戏了。有一晚她正演到要热慕地叫着"约翰我要亲你的嘴"，她瞥见她的母亲坐在池子里前排瞪着怒眼望着她，她顿时萎了，原来有热有力的音声与诗句几于嗫嚅地勉强说过了算完事。她觉得她再也鼓不住她为艺术的一往的勇气，在她母亲怒目的一视中，艺术家的她又萎成了名门世家事事依傍着爱母的小姐——艺术失败了！习惯胜利了！

---

[1] 今译《莎乐美》，英国作家王尔德的剧作。——编者注。

所以我说这类无形的阻碍力量有时更比有形的大。方才说的无非是现成的一个例。在今日，一个女子向前走一个步都得有极大的决心和用力，要不然你非但不上前，你难说还向后退——根性、习惯、环境的势力，种种都牵掣着你，阻拦着你。但你们各个人的成就或败于未来完全性的新女子的实现都有关系。你多用一分力，多打破一个阻碍，你就多帮助一分，多便利一分新女子的产生。简单说，新女子与旧女子的不同是一个程度，不定是种类的不同。要做一个新女子，做一个艺术家或事业家，要充分发展你的天赋，实现你的个性，你并没有必要不做你父母的好女儿、你丈夫的好妻子或是你儿女的好母亲——这并不一定相冲突的（我说不一定因为在这发轫时期难免有各种牺牲的必要，那全在你自己判清了利弊来下决断）。分别是在旧观念是要求你做一个扁人，纸剪似的没有厚度，没有血脉流通的活性；新观念是要你做一个真的活人，有血有气有肌肉有生命有完全性的！这有完全性要紧的一个个人。这分别是够大的，虽则话听来不出奇。旧观念叫你准备做妻做母，新观念并不不叫你准备做妻做母，但在此外先要你准备做人，做你自己。从这个观点出发，别的事情当然都换了透视。我看古代留传下来的女作家有一个有趣味的现象。她们多半会写诗，这是说拿她们的心思写成可诵的文句。按传说说，至少一个女子的文才多半是有一种防身作用，比如现在上海有钱人穿的铁马甲。从《周南》的蔡人妻作的《芣苢三章》，《召南》申人女《行露三章》，《卫》共姜《柏舟诗》，《陈风》《墓门》，陶婴

《黄鹄歌》，宋韩凭妻《南山有乌》句乃至罗敷女《陌上桑》，都是全凭编了几句诗歌，而得幸免男性的侵凌的。还有卓文君写了《白头吟》，司马相如即不娶姨太太；苏若兰制了回文诗，扶风窦滔也就送掉他的宠妾。唐朝有几个宫妃在红叶上题了诗，从御沟里放流出外，因而得到夫婿的（"一入深宫里，无由得见春。题诗花叶上，寄与接流人。"）此外更有多少女子作品不是慕就是怨。如是看来文学之于古代妇女多少都是于她们婚姻问题发生密切关系的。这本来是，有人或许说，就现在女子念书的还不是都为写情书的准备，许多人家把女孩送进学校的意思还不无非是为了抬高她在婚姻市场上的卖价？这类情形当然应得书篇似的翻阅过去，如其我们盼望新女子及早可以出世。

　　这态度与目标的转变是重要的。旧女子的弄文墨多少是一种不必要的装饰，新女子的求学问应分是一种发现个性必要的过程。旧女子的写诗词多少是抒写她们私人遭际与偶尔的情感，新女子的志向应分是与男子共同继承并且继续生产人类全部的文化产业。旧女子的字业是承认女子无才便是德的大条件而后红着脸做的事情，因而绣余、炊余一流的道歉；新女子的志愿是要为报复那一句促狭的造孽格言而努力给男性一个不容否认的反证。旧女子有才学的理想是李易安的早年的生涯——当然不一定指她的"被翻红浪，起来慵自梳头"一类的艳思——嫁一个风流跌宕一如赵明诚公子的夫婿（"赖有闺房如学舍，一编横放两人看"），过一些风流而兼风雅的日子；新女子——我们当然不能不许她私下期望一个风流的有情郎（"易求无价宝，难得有情郎"），但我们却同时期望她虽则身体与心肠的温柔都给了她的郎，她的天才她的能力却得贡献给社会与人类。

12月15日
（1928年12月16日在苏州女子中学的讲演）

林语堂（1895—1976），现代著名作家、翻译家、语言学家。福建龙溪人。1916年在上海圣约翰大学获得学士学位，1920年获哈佛大学文学硕士学位，1923年获德国莱比锡大学语言学博士学位。曾任北京大学英文学系语言学教授、厦门大学文学系主任兼国学院秘书、联合国教科文组织艺术文学组组长、国际笔会副会长等职。其用英文所著《吾国与吾民》《生活的艺术》《京华烟云》等被译为多国文字。

妇女生活
林语堂

一、女性之从属地位

中国人之轻视女性的地位，一若出自天性。他们从未给予妇女以应得之权利，自古已然。阴阳二元之基本观念，始出于《易经》，此书为中国上古典籍之一，后经孔子为之润饰而流传于后世者。尊敬妇女，爱护女性，本为上古蛮荒时代图顿民族之特性，这种特性在中国早期历史上付之阙如，即如《诗经》所收《国风》时代的歌谣中，已有男女不等待遇之发现，因为《诗经·小雅》上记载得很明白：

乃生男子，载寝之床，载衣之裳，载弄之璋。其泣喤喤，朱芾斯皇，室家君王。

> 乃生女子，载寝之地，载衣之裼，载弄之瓦。无非无仪，惟酒食议，无父母贻罹。

（这首歌谣的年代至少早于孔子数百年。）

但彼时妇女尚未降至臣属地位。束缚妇女之思想，实肇端于文明发达之后。妇女被束缚的程度，实随着孔子学说之进展而与日俱深。

原始社会制度本来是母系社会，这一点颇值得吾人的注意，因为这种精神的遗痕，至今犹留存于中国的妇女型格中。中国妇女在其体质上，一般地说，是优于男性的，故虽在孔教家庭中，吾人仍可见妇女操权的事实。这种妇女操权的痕迹在周代已可明见，盖彼时一般人之族姓，系取自妇人之名字，而个人之名字系所以表明其出生之地点或所居之官职者。通观《诗经》中所收之《国风》，吾人殊未见女人有任何退让隐避之痕迹，女子选择匹偶之自由，如今日犹通行于广西南部生蕃社会者，古时亦必极为流行，这种方法是天真而自由的。《诗经·郑风》上说：

> 子惠思我，褰裳涉溱，
> 子不我思，岂无他人，
> 狂童之狂也且！
> 子惠思我，褰裳涉洧，
> 子不我思，岂无他士，

狂童之狂也且！

这首诗的意思，表现得何等活泼，何等坦直而明显。《诗经》中还有许多女子偕恋人私奔的例证。婚姻制度当时并未成为女性的严重束缚若后代然者。两性关系在孔子时代其情景大类罗马衰落时期，尤以上层阶级之风气为然。人伦的悖乱，如儿子与后母的私通，公公与媳妇的和奸，自己的夫人送嫁给邻国的国王，佯托替儿子娶媳妇之名而自行强占，以及卿相的与王后通奸，种种放荡卑污行为，见之《左传》之记载，不一而足。女人在中国永远是实际上操有权力的，在那时尤为得势，魏国的王后甚至可令魏王尽召国内的美男子聚之宫中，离婚又至为轻易，而离婚者不禁重嫁娶，妇女贞操的崇拜并未变成男子的固定理想。

后来孔教学说出世，始萌女性须行蛰伏的意识。隔别男女两性的所谓礼教，乃为孔门信徒所迅速地推行。其限制之严，甚至使已嫁姊妹不得与兄弟同桌而食。这种限制，载于《礼记》。《礼记》上所明定的种种仪式，实际上究能奉行至若何程度，殊未易言，从孔氏学说之整个社会哲学观之，此隐隔女性的意义固易于了解。孔氏学说竭力主张严格判别尊卑的社会。它主张服从，主张承认家庭权力等于国家政治上的权力，主张男子治外、女子治内的分工合作；它鼓励温柔女性型的妇女，不消说自必教导这样的妇德，像娴静、从顺、温雅、清洁、勤俭以及烹饪缝纫的专精，尊敬丈夫之父母，惠爱丈夫之兄弟，对待丈夫的朋友之彬彬有礼,以及其他从男子的观点上认为必要的德性。这样的道德上的训诫既没有过甚的错误,更由于经济地位的依赖性与其爱好社会习俗的特性,女子遂予以同意而接受此等教训。或许女人的原意是想做好人,或许她们的本意初在取悦于男子。

儒家学者觉得这种分别对于社会的和谐上是必要的,他们的这种见解也许很相近于真理。在另一方面,他们也给予为妻子者以与丈夫平等的身份,不过比较上其地位略形逊色,但仍不失为平等的内助。有如道教象征阴阳之二仪,彼此互为补充。在家庭中,它所给予为母亲者之地位亦颇崇高。依孔教精神的最精确的见解,男女的分别并不能解作从属关系,却适为两性关系的调整而使之和谐。那些善于驾驭丈夫的女人倒觉得男女这样的分配法,适为女子操权的最犀利的武器;而那些无力控驭丈夫的女人,则懦弱不足以提出男女平权的要求。

这是孔教学说在未受后代男性学者影响以前对待妇女及其社会地位之态度。它并未有像后世学者态度的那种怪癖而自私的观念,但其女性低劣的基本意识却是种下了根苗。有一劣迹昭彰的例子可引为证明,即丈夫为妻子服丧只消一年,而妻子为丈夫服丧却要三年。又似通常子女为父母服丧为三年,至已嫁女子,倘其公公(丈夫的父亲)犹健在,则为生身父母服丧只一年。典型的妇女德性如服从、贞节,经汉代刘向著为定则,使成为一种女性伦理的近乎不易的法典——此伦理观念与男子的伦理大不相同。至若《女诫》的女著作家班昭竭力辩护女子的三从四德。所谓三从，即女子未嫁从父，已嫁从夫，夫死从子。最后一条，当然始终未能实行，盖缘孔教的家庭制度中，母性身份颇为高贵也。当汉代之际，妇女为殉贞节而死，已受建立牌坊或官府表题之褒扬，但妇女仍能再嫁，不受限制。

倘欲追寻寡妇守节这一种学理的发展过程，常致陷于过分重视经典学说的弊病。因为中国人总是实事求是的人民，对于学理，不难一笑置之，因而实践常较学理为落后，直至清代，守节的妇德盖犹为仅所期望于士绅之家，意在博取褒扬，非可责之普通庶民之族。即在唐代古文大家韩愈的女儿，且曾再嫁。唐代公主中有二十三位再嫁，另有四位公主且三度做新嫁娘。不过这种传统观念早在汉代已经萌芽，经过数百年孕育传播，此早期传统观念终致渐见有力，即男子可以续弦，而女子不可再嫁。

后乎此，又来了宋代理学家，他们注定妇女必须过那掩藏的生活，而使妇女再醮成为犯罪行为。崇拜贞节——这是理学家在妇女界中竭力鼓吹的——变成心理上的固定的理想，妇女因此须负社会道德上的责任，而男子则对此享着免役的特权。妇女更须负责以保全名誉而提高品格，这一点男人家也常热烈予以赞美，盖至此其主眼已从寻常家庭妇德移转于女性的英雄主义与节烈的牺牲精神。早如第九世纪，已有一寡妇深受儒家学者的颂扬，因为她正当文君新寡，当她在陪护丈夫灵榇回籍途中，投宿逆旅，那个旅舍主人见色起意，拉了拉她的臂膀，她认为这条臂膀受了玷污，咬紧牙关把它割掉。这样，受到社会上热烈的赞美。又如元代,另有一个寡妇盛受奖许,因为她在病中拒绝裸显其患有溃疮的乳峰于医生而英勇地不治而死。

到了明朝,这种守寡贞节的道理递演而成为公家制定的法典,凡寡妇守节起自未满三十岁的任何一年龄,能继续保持达五十岁者,可受政府的褒奖而建立牌坊,她的家族并可蒙其荫庇而享受免除公役的权利。这样,不独妇女本身以其清贞而受赞美,即其亲属中之男子亦同蒙其庥。寡妇的贞节道德不独受男人和她的亲属的欢迎,同时亦为她本人在名誉上邀取显扬的捷径。而且,沾光着她们的荣誉的人不仅限于她们的亲戚,更可及于整个村庄或部落。由于这种理解,贞节遂成为流行的固定理想,只有极少数的孤立人物偶尔发生一些反感而已。因为这个鼓励寡妇守节的训旨,致令孔教学说在1917年文艺革新时代被骂为"食人的宗教"。

随着孔教学理的进展而并行着的,是实际生活的不息的川流,其立足点基于社会的习俗与经济的压力,而经济压力的势力为尤大。比之孔教学说的影响更为重要之事实,则为经济权的操于男子之手。因而一方面孔教学说将妇女守节制成为宗教式的典型,而一方面珍珠、宝石却将一部分妇女转化为小老婆,为荡妇。魏晋之际,大氏族之兴起,资产积聚于少数豪贵,加以政治之紊乱,实一面促进女子嫁充妾媵之风,一面加甚父母溺毙女婴孩之惨剧,因为贫穷的父母无力担负此一笔嫁女妆奁的巨费。那时许多高官豪富还蓄有私家歌伎舞女自数十人至数百人不等,放荡淫佚的生活及女人的温情的服侍,颇足以满足登徒子之迷梦。晋石崇姬妾数十人，常屑沉香末布象床上，使妾践之，无迹者赐珍珠百琲，有迹者即节其饮食令体轻。总之，女人至此已变成男子的玩物，然中国妇女地位之如此低落，此等珠练作祟之力，超过于孔教学说。其情形无异于古代之罗马与现代之纽约。妇女缠足制度于是乃沿着此种情况的进展而成熟，这妇女缠足制度是男人家的幻想中之最卑劣的癖性。

好像出乎情理之外，却就当这个时代，中国妇女以善妒著名。那些怕老婆的高官显宦，常带着被抓伤的面貌入朝议政，致劳君王降旨以惩罚这些善妒的妻子。晋时刘伯玉尝于妻前诵《洛神赋》，语其妻曰："得妇如此，吾无憾焉。"妻忿，曰："君何以善水神而欲轻我？吾死何愁不为水神。"其夜乃自沉而死。死后七日，托梦语伯玉曰："君本愿神，吾今得为神也。"伯玉寤而觉之，遂终身不复渡水。有妇人渡此津者，皆坏衣枉妆然后敢济，不尔，风波暴发；丑妇则虽盛妆而渡，其神亦不妒也。妇人渡河无风浪者，莫不自以为己丑。后世因称此水为"妒妇津"①。

妇人善妒的心理乃与蓄妾制度并兴，其理易见。因为悍妒可视作妇女抵抗男子置妾的唯一自卫武器。一个善妒的妻子只要会利用这一种本能的力量，便可以阻止她的丈夫的娶妾。即在现代，此等例子仍数见不鲜，倘男子的头脑清楚，足以了解婚姻为妇女至高的唯一的任务，他将宽容这种专业性的伦理观

---

①津在山东省。——原注。

念，不问曾经娶妾与否。吾们有一位学者俞正燮在1833年早已发明一条原理，谓妒忌并非为女子之恶德。妇女而失却丈夫之欢心者，其感想仿佛职业界伙计的失却老板的欢心；而不结婚的女子，具有与失业工人同一的感想。男人在商业场中营业竞争的嫉妒性，其残忍寡慈，恰如女人在情场中的嫉妒；而一个小商人当其出发营业之际，他心中之欲望，宛如一商店主妇之目睹丈夫恋识另一女人。这便是女人的经济依赖性的逻辑。讥笑拜金主义的淌白姑娘者，其原因实出于不了解此种逻辑，因为淌白不过为得意商人之女性方面的复印本，她们的头脑应比之她们的姊妹为清楚，她们系抱了商业精神，将其货物售卖于出价最高之主顾，卒获如愿以偿；营业成功的商人和淌白姑娘抱着同一目的——金钱——所以他们应该互相钦佩对方的清敏的心灵。

二、 家庭和婚姻

在中国，什么事情都是可能的。著者有一次尝到苏州乡下去游玩一番，却让女人家抬了藤轿把我抬上山去。这些女轿夫拼命抢着要把我这臭男子抬上山去，那时我倒有些恧颜，没了主意，只索性忸怩地让她们抬，就抬了这么一程。因为我想此辈是古代中国女权族长的苗裔，而为南方福建女人的姊妹。福建女人有着笔挺的躯干，堂堂的胸膛，她们扛运着煤块，耕种着农田，黎明即起，盥洗沐发，整理衣裳，把头发梳理得清清净净，然后出门工作，间复抽暇回家，把自己的乳水喂哺儿女。

她们同样也是那些豪富女人，统治着家庭，统治着丈夫者的女同胞。

女人在中国曾否真受过压迫？这个疑问常盘桓于我的脑际，权威盖世的慈禧太后的幻影马上浮上了我的心头。中国女人不是那么容易受人压迫的女性，女人虽曾受到许多不利的待遇，盖如往时妇女不得充任官吏，然她们能引用其充分权力以管理一个家。除掉那些荒淫好色之徒的家庭是例外，那里的女子，真不过被当作一种玩物看待，即使在这等家庭中，小老婆也往往还能控驭老爷们。更须注意者，女子尝被剥夺一切权利，但是她们从未被剥夺结婚的权利，凡生于中国的每一个姑娘，都有一个自己的"家"替她们准备着。社会上坚决的主张，即如奴婢到了相当年龄，也应该使之择偶。婚姻为女子在中国唯一不可动摇的权利，而由于享受这种权利的机会，她们用妻子或母亲的身份，作为掌握权力的最优越的武器。

此种情形可作两面观，男子虽无疑地尝以不公平态度对待女子，然有趣的倒是许多女子偏会采取报复手段者。妇女的处于从属地位，乃为一般的认女人为低能的结果。但同时也由于女子的自卑态度，由于她们缺乏男子所享受的社会利益，由于她们的教育与知识的比较浅薄，由于她们的低廉而艰难与缺乏自由的生活，更由于她们的双重性本位——妻妾，妇女的痛苦差不多是一种不可明见的隐痛，乃为普遍地把女性认作低能的结果。倘值夫妇之间无爱情可言，或丈夫而残暴独裁，在此场合，妻便没有其他补救的手段，只有逆来顺受。妇女之忍受家庭专制的压迫,一如一般中国人民之能耐政治专制的压迫,但无人敢说中国之专制丈夫特别多,而快乐婚姻特别少,其理由下面即可见之。妇人的德行总以不健谈不饶舌为上,又不要东家西家地乱闯闲逛,又不宜在街头路侧昂首观看异性,但是有许多女人却是生来格外饶舌,有许多女人便是喜欢东家西家地乱闯,有许多女人偏又不客气地站立街道上观看男人。女子总被期望以保守贞操,而男子则否。但这一点并不感觉有什么困难,因为大部分女人是天生的贞节者,她们缺乏社交的利益,如西洋妇女所享受者。但是中国妇女既已习惯了这种生活,她们也不甚关心社交的集会,而且一年之间,也少不了相当胜时令节,好让她们露露头面,欣赏一番社会活动的欢娱景象,或则在家庭内举行宴会,也可以尽情畅快一下。总之,她们除了在家庭以内的活动,其他一切都属非主要任务。在家庭中,她们生活行动有她们的快活自由,故肩荷兵器以警卫市街之责任,亦非她们所欲关心者。

在家庭中,女人是主脑。现代的男子大概没有人会相信莎士比亚这样说法:"水性杨花啊!你的名字便是女人。"莎翁在他自己的著作中所描写的人物李尔王的女儿和克利奥潘曲拉(Cleopatra)①所代表者,便否定了上述的说法。倘把中国人的生活再加以更精密的观察,几可否定流行的以妇女为依赖的意识。中国的慈禧太后,竟会统治偌大一个国家,不问咸丰皇帝

---

①今译克莉奥帕特拉。——编者注。

的生前死后。至今中国仍有许多慈禧太后存在于政治家的及通常平民的家庭中,家庭是她们的皇座,据之以发号施令,或替她儿孙判决种种事务。

凡较能熟悉中国人民生活者,则尤能确信所谓压迫妇女为西方的一种独断的批判,非产生于了解中国生活者之知识。所谓"被压迫女性"这一个名词,绝不能适用于中国的母亲身份和家庭中至高之主脑。任何人不信吾言,可读读《红楼梦》,这是中国家庭生活的纪事碑,你且看看祖母"贾母"的地位身份,再看凤姐和她丈夫的关系或其他夫妇间的关系(如父亲贾政和他的夫人,允称最为正常的典型关系),然后明白治理家庭者究为男子抑或女人。几位欧美的女性读者或许会妒忌老祖母贾老太太的地位,她是阖家至高无上的荣誉人物,受尽恭顺与礼敬的待遇。每天早晨,许多媳妇必趋候老太太房中请安,一面请示家庭中最重要的事务。那么,就是贾母缠了一双足,隐居深闺,有什么关系呢?那些看门的和管家的男性仆役,固天天跑腿,绝非贾母可比。或可细观《野叟曝言》中水夫人的特性,她是深受儒教熏陶的一个主要角色。她受过很好的教育,而为足以代表儒家思想的模范人物,在全部小说中,她无疑又为地位最崇高的一人。只消一言出口,可令她的身为卿相的儿子下跪于她的面前;而她一方面运用着无穷智慧,很精细地照顾全家事务,有如母鸡之护卫其雏群。她的处理事务,用一种敏捷而慈祥的统治权,全体媳妇是她的顺从的臣属。这样的人物或许是描摹过分了一些,但也不能当作完全虚构不差。阃以内,女子主之，阃以外，男子主之，孔夫子曾经明白地下过这样分工的定则。

女人家也很明白这些。就在今日，上海百货商店里的女售货员，还有着一副妒忌的眼光侧视那些已经出嫁的女人，瞧着她们手挽肥满的钱袋，深愿自身是买客而不复是售货员。有时她们情愿替婴孩结织绒线衫裤而不复是盘数现金找头、穿着高跟鞋赓续站立八小时之久，那真是太长久而疲倦的工作。其中大多数都能本能地明了什么是比较好的事情。有的甘愿独立，但这所谓独立在一个男子统治权的社会里存在的事实不多，善于嘲笑的幽默家不免冷笑这样的"独立"。天生的母性欲望——无形，无言，猛厉而有力的欲望——充满了她们的整个躯体。母性的欲望促起化妆的需要，都是那么无辜，那么天然，那么出于本能；她们从仅足以糊口的薪工①中积蓄一些下来，只够买一双她们自己所售卖的丝袜。她们愿意有一个男朋友送些礼物给她们，或许她们会暗示地、羞答答地请求他们，一方面还要保全她们的自重的身份。中国姑娘本质地是贞洁的，为什么不可请求男人家买些礼物送她呢？她们还有什么别的方法购买丝袜呢？这是本能告诉她们是爱情上的必需品。人生是一大谜！她们的悟性再清楚没有，她们很愿意终身只有一个人购买礼物给她。她们希望结婚，她们的直觉是对的。那么婚姻上有什么不对？保护母性又有什么不对？

---

①薪工：工作应得之酬金。——编者注。

结合了家庭，女人们踏进了归宿的窝巢。她们乃安心从事于缝纫与烹调。可是现在江浙中等人家女人倒不事烹调与缝纫，因为男子在她们自己的园地上打倒了她们，而最好的缝工和厨师是男人而不是女人。男子大概将在其他事业上继续排挤她们，除了结婚是唯一的例外，因为男子在任何方面所可获得的机会、便利远优于女子，只有结婚为否。至于婚姻分内，女子所可获得的便利优于男子，这一点她们看得很清楚。任何一个国家中，女人的幸福，非依赖乎她们所可能享受的社交机会之众多，却有赖乎跟她们终身做伴的男人的品质。女人的受苦，多出于男人的暴戾粗鲁过于男人的不够公民投票资格。倘男人而天生的讲情理，脾气好，慎思虑，女人便不致受苦。此外，女人常挟有"性"的利器，这对于她们有很广的用途，这差不多是天所予以使她们获得平等的保证。每一个人，上自君王，下至屠夫、烘饼司务、制烛工人，都曾经责骂过他的妻子，而亦曾受妻子的责骂，因为天命注定男人和女人必须以平等身份相互亲密着。人生某种基本关系像夫妇之间的关系，各个不同的国家民族之间，所差异的程度至微，远非如一般读了游历家的记述所想象的。西洋人很容易想象中国人的妻子当作像驴子样地供丈夫做奴隶，其实普通中国男子是公平的讲情理的人物，而中国人则容易想象认为西洋人因为从未领受过孔子学说思想的洗礼，所以西洋妻子不关怀丈夫的衣服清洁与果腹事宜，终日身穿宽薄衬裤，逍遥海滩之上，或纵乐于不断的跳舞会中。这些天方野乘、异域奇闻，固为双方人民茶余酒后之闲谈资料，而人情之真相反忘怀于度外。

那么,实际生活上,女人究并未受男人之压迫。许多男人金屋藏娇,逢着河东狮吼,弄得在女人之间东躲西避,倒才真是可怜虫。此另外有一种不可思议的性的吸引力,使各等亲属的异性之间不致嫌恶过甚,是以女人倒不受丈夫或公公的压迫;至于姑嫂之间,系属平辈,纵令彼此不睦,不能互相欺侮。所剩留的唯一可能事实,是为媳妇之受婆婆虐待,这实在是常遇的事情。中国大家庭中,媳妇的生活负着许多责任,实在是一种艰难的生活。不过应该注意的是:婚姻在中国不算是个人的事件,而为一个家族整体的事件。一个男人不是娶妻子,而是娶一房媳妇,习惯语中便是如此说法;至若生了儿子,习惯语中多说是"生了孙子"。一个媳妇是以对翁姑所负的义务较之对丈夫所负者为重大。盛唐诗人王绩尝有一首咏新嫁娘绝句,真是足以引起人类共鸣的传神的笔墨:

　　三日入厨下,洗手做羹汤;
　　未谙姑食性,先遣小姑尝。

一个女人而能取悦于一个男子是一种珍贵的努力,至能取悦于另一女人,不啻为一种英勇的行为。所惜许多是失败的。做儿子的,介乎尽孝于父母与尽爱于妻子二者之间,左右为难,从不敢大胆替妻子辩护。实际上许多虐待女人的残酷故事,都可以寻索其根源,系属一种同性间的虐待。不过后来媳妇也有做婆婆的日子，倘她能达到这个久经盼望的高龄，那实在是荣誉而有权力的身份，由一生辛苦中得来的。

三、 理想中的女性

女人的深藏，在吾人的美的理想上，在典型女性的理想上，女子教育的理想上，以至恋爱求婚的形式上，都有一种确定不移的势力。

对于女性，中国人与欧美人的概念彼此大异，虽双方的概念都以女性为包含有娇媚、神秘的意识，但其观点在根本上是不同的，这在艺术园地上所表现者尤为明显。西洋的艺术，把女性的肉体视作灵感的源泉和纯粹调和形象的至善至美，中国艺术则以为女性肉体之美系模拟自然界的调和形象而来。对于一个中国人，像纽约码头上所高耸着的女性人像那样，使许许多多第一步踏进美国的客人第一个触进眼帘的便是裸体的女人，应该感觉得骇人听闻。女人家的肉体而可以裸裎于大众，实属无礼之至。倘使他得悉女人在那儿并不代表女性，而是代表自由的观念，尤将使他震骇莫名。为什么自由要用女人来代表？又为什么胜利、公正、和平也要用女人来代表？这种希腊的理想对于他是新奇的，因为在西洋人的拟想中，把女人视为圣洁的象征，奉以精神的微妙的品性，代表一切清净、高贵、美丽和超凡的品质。

对于中国人，女人爽脆就是女人，她们是不知道怎样享乐的人类。一个中国男孩子自动就受父母的告诫，倘使他在挂着的女人裤子裆下走过，便有不能长大的危险。是以崇拜女性有似尊奉于宝座之上和暴裸女人的肉体这种事实为根本上不可能的。由于女子深藏的观念，女性肉体之暴露，在艺术上亦视为无礼之至。因而德勒斯登陈列馆（Dresden Gallery）①的几幅西洋画杰作，势将被目为猥亵作品。那些时髦的中国现代艺术家，他们受过西洋的洗礼，虽还不敢这样说，但欧洲的艺术家却坦白地承认一切艺术莫不根源于风流的敏感性。

其实中国人的性的欲望也是存在的，不过被掩盖于另一表现方法之下而已。妇女服装的意象，并非用以表人体的轮廓，却用以模拟自然界之动律。一位西洋艺术家由于习惯了的敏感的拟想，或许在升腾的海浪中可以看出女性的裸体像来，但中国艺术家却在慈悲菩萨的披肩上看出海浪来。一个女性体格的全部动律美乃取譬于垂柳的柔美的线条，好像她的低垂的双肩，她的眸子比拟于杏实，眉毛比拟于新月，眼波比拟于秋水，皓齿比拟于石榴子，腰则拟于细柳，指则拟于春笋，而她的缠了的小脚又比之于弓弯。这种诗的辞采在欧美未始没有，不过中国艺术的全部精神，尤其是中国妇女装饰的范型，却郑重其事地符合这类辞采的内容，因为女人肉体之原形中国艺术家倒不感到多大兴趣，吾人在艺术作品中固可见之。中国画家在人体写生的技巧上可谓惨淡地失败了。即使以仕女画享盛名的仇十洲（明代），他所描绘的半身裸体仕女画，很有些像一颗一颗番

---

①今译德累斯顿画廊。——编者注。

薯，不谙西洋艺术的中国人，很少有能领会女人的颈项和背部的美的。《杂事秘辛》一书，相传为汉代作品，实出于明人手笔，描写一种很准确而完全的女性人体美，历历如绘，表示其对于人体美的真实爱好，但这差不多是唯一的例外。这样的情形，不能不说是女性遮隐的结果。

在实际上，外表的变迁没有多大关系。妇女的服装可以变迁，其实只要穿在妇女身上，男人家便会有美感而爱悦的可能。而女人呢？只要男人家觉得这个式样美，她便会穿着在身上。从维多利亚时代钢箍扩开之裙变迁而为二十世纪初期纤长的孩童样的装束，再变而至1935年的梅蕙丝（Mae West）摹仿热，其间变化相差之程度，实远较中西服式之歧异尤为惹人注目。只消穿到女人身上，在男人们的目光中，永远是仙子般的锦绣，倘有人办一个妇女服饰的国际展览会，应该把这一点弄得清清楚楚。不过二十年前中国妇女满街走着的都是短袄长脚裤，现在都穿了顾长的旗袍，把脚踝骨都掩没了；而欧美女子虽还穿着长裙，我想宽薄长脚裤随时有流行的可能。这种种变迁的唯一的效果，不过使男子产生一颗满足的心而已。

尤为重要者，为妇女遮隐与典型女性之理想的关系，这种理想便是"贤妻良母"。不过这一句成语在现代中国受尽了讥笑，尤其那些摩登女性，她们迫切地要望平等、独立、自由，她们把妻子和母性看作男人们的附庸，是以"贤妻良母"一语代表道地的混乱思想。

让我们把两性关系予以适宜之判断。一个女人，当她做了母亲，好像从未把自己的地位看作视男人的好恶为转移的依赖者。只有当她失去了母亲的身份时，才觉得自己是十足的依赖人物。即在西洋，也有一个时期母性和养育子女不为社会所轻视，亦不为女人们自己所轻视；一个母亲好像很适配女人在家庭中的地位，那是一个崇高而荣誉的地位。生育小孩，鞠之育之，训之诲之，以其自己的智慧诱导之以达成人，这种任务，在开明的社会里，无论谁何都绝非为轻松的工作。为什么她要被视为社会的经济的依赖男人，这种意识真是难于揣测的，因为她能够担负这一桩高贵的任务，而其成绩又优于男子。妇女中亦有才干杰出、不让须眉者，不过这样的才干妇女其数量确乎是比较的少，少于德谟克拉西所能使吾人信服者。对于这些妇女，自我表现精神的重要过于单单生育些孩子。至于寻常女人，其数无量，则宁愿让男人挣了面包回来养活一家人口，而让自家专管生育孩子。若云自我表现精神，著者盖尝数见许多自私而卑劣的可怜虫，却能发扬转化而为仁慈博爱、富于牺牲精神的母性，她们在儿女的目光中是德行完善的模范。著者又曾见过美丽的姑娘，她们并不结婚，而过了三十岁，额角上早早浮起了皱纹，她们永不达到女性美丽的第二阶段，即其姿容之荣繁辉发，有如盛秋森林，格外成熟，格外通达人情，复格外辉煌灿烂，这种情况，在已嫁的幸福妇人怀孕三月之后，尤其是常见的。

女性的一切权利之中，最大的一项便是做母亲。孔子称述其理想的社会要没有"旷男怨女"。这个理想在中国经由另一种罗曼斯和婚姻的概念而达到了目的。由中国人看来，西洋社会之最大的罪恶为充斥众多之独身女子，这些独身女子本身无过失可言，除非她们愚昧地真欲留驻娇媚的青春；她们其实是无法自我发抒其情愫耳。许多这一类的女子倒是大人物，像女教育家、女优伶，但她们倘做了母亲，她们的人格当更为伟大。一个女子，倘若爱上了一个无价值的男子而跟他结了婚，那她或许会跌入造物的陷阱。造物的最大关心，固只要她维系种族的传殖而已，可是妇女有时也可以受造物的赏赐而获得一卷发秀美的婴孩——那时她的胜利、她的快乐，比之她写了一部最伟大的著作尤为不可思议；她所蒙受的幸福，比之她在舞台上获得隆盛的荣誉时尤为真实。邓肯（Isadora Duncan）女士忠实足以明认这一切。假使造物是残酷的，那么造物正是公平的。他所给予普通女人的，无异乎给予杰出的女人者；他给予了一种安慰，因为享受做母亲的愉快是聪明才智女人和普通女人一样的情绪。造物注定了这样的命运，而让男男女女这样的过活下去。

四、我们的女子教育

中国女性典型理想之不同，包含一种不同的教育我们的女儿的方法。盖中国家庭之训练女儿，决然不同于训练男孩子者。施于女儿的管束，可谓远较施于男孩子者为严谨；更以通常女性成熟期的较早，女孩之能服习于此种家庭纪律之时期亦为较早，故女孩子跟同年龄的男孩子做比较，其仪态总来得温文而端庄。女孩子无论怎样,其孩子气总比之男孩子为轻。一到了十四岁以上,她便开始躲藏起来,学习着温柔典型女性的模样儿了,因为中国人的概念很着重于温柔的女性。她清晨起身,比弟兄辈为早,穿衣服比弟兄为整洁,还得帮忙佐理家政,她得下厨房裹助烹饪,得帮助喂哺她的小弟弟的膳食。她少玩弄玩具而多做工作,讲话比较文静,走路比较雅致,坐相比较端正,腿儿总是紧紧并拢。她们牺牲了轻快活泼的精神而竭力装作端庄。那些孩子脾气的开玩笑说废话,她是没有的,而且她从不破口狂笑,却只是微微一哂而已。她重视处女的贞操,所谓童贞,而童贞在古老的中国是比世界上任何一切学问、艺术来得高贵的一种财产。她轻易不让陌生人瞧她一眼,虽然她自己躲于屏风背后却常偷看人。她培育着一种神秘的、可望不可即的迷人的魔力,越是遮遮掩掩,那么价值尤高。确实,照男人家的心思,一个女子禁闭于中古式堡垒之中,比之你天天可以见面的姑娘来得动人而可爱。她学习着针线刺绣,用她的年轻的目光和犀利的指尖,她做得一手出色的工作,而工作的进行比较起算三角题来得迅速。刺绣这种工作是可喜的,因为它给予她时间,俾得进入梦的幻境,而年轻人常常是幻梦的,照这样,她便准备着负起贤妻良母的责任的才能。

　　士绅之家的女儿,亦复学习读书写字。中国曾经出了不少女才子,而现代也至少有半打以上的女作家获得全国推崇的荣誉。两汉之时,有许多著盛名的饱学妇女,后来魏晋之际也出了不少人才,其中有一位谢道韫多才善辩,往往能替她的夫弟王献之解脱宾客的问难。博学多能,在中国不论男女,总觉得有限得很,但缙绅士族还是不怠课其女儿写字读书。此种文学教育的内容,不外乎文章、诗词、历史和采自孔子经书的人类智慧、道德训诫,女子所学者止乎此。其实男子之所学,其进乎此者,亦极几微,文学、历史、哲学和人生之格言,加以几种医药上的特殊知识与政府之法规,不过是人文学识之总和;妇女的教育,则限于更狭义的人文主义,其不同乃在于知识深进之程度而非在于范围之广狭。

中国人的见解,殆适与颇普(Alexander Pope)① 的格言背道而驰。中国人认为才学过高对于妇女是危险的,故有"女子无才便是德"的说法。诗和绘画的园地上,她们也常参加一手,因为短行诗歌的写作好像特别适合于妇女的天才。这些诗都是短短数行,辞藻典丽温雅,却缺少魄力。李清照(1081—1141)为中国最伟大的一位女词人,遗留给我们寥寥几首大珠小珠落玉盘般的词,充满着雨夜烦闷的情绪与失而复得的快乐。中国女诗人的数量虽较男性诗人为少,其传统却一向延续而未尝中断,单单清朝一代,吾们发现差不多上了千数的女诗人,她们都有作品发表于印刷的集子中,其数量亦不可谓少。自从清朝出了一位袁枚(他是反对女子缠足很力的一位诗人),在他的影响之下,树立了女子写诗的新的范型,可是这个新范型引起另一位大学者章实斋的批评,因为这对于女性典型的优良理想是

---

① 今译亚历山大·蒲柏(1688—1744),英国诗人。——编者注。

一种损害。其实写作诗文并不侵及做母亲、妻子的责任,李清照便是一位好妻子,而不是希腊女诗人萨福(Sappho)。

古代中国闺女实际上比之欧美女子缺少接触社会的机会,不过受了较好家庭教育,则她可以增厚一些培养为良母贤妻的基础;而她的一生也没有旁的事业,只有做做贤妻良母而已。中国男人们现在临到了一个难关,便是他的选择妻子,摩登女子与旧式女子二者之间孰优。最好的标准妻子有人说过:要有新知识而具旧德性的女子。摩登女子与旧式女子的思想上的冲突,需要常识的无情判断(新女子以妻为一独立的不依赖的人格而轻视良母贤妻的说法)。当作者将知识与教育之增进认为一种进步并尤接近女性典型之理想时,敢深信绝非谓吾人将求一闻名世界的女子钢琴名手或女大画家。我深信她的调治羹汤应较其作诗为有益,而她的真正杰作,将为她的雪白肥胖的小宝宝。依著者的愚见,一位典型的女性还该是一位智慧、仁慈而坚定的母亲。

陈碧兰（1902—1987），笔名陈碧云，彭述之的妻子。中共早期著名女职业革命家，与向警予齐名。1918年夏，进入位于武昌黄土坡（即现在的首义路）的湖北省立女子师范学校读书。1922年10月，由陈潭秋介绍加入中国共产党。1923年秋，赴莫斯科深造。1925年在《中国妇女》杂志担任编辑。1946年创办刊物《青年与妇女》（后改名为《新声》）并担任主编。

女子的理智与感情

陈碧兰

"女子富于感情"这句话，大概是社会上一般的感觉，在许多事实上，也能证明这话有部分的理由。本来感情这东西，在它的偏向发展中，是与理智相对立的，在被理智所控制的情况下，则与理智相统一而为人类一切活动的动力之一。所以所谓"女子富于感情"这句话，大体上是说女子多半是缺乏理智而偏重感情的。因此，一方面在偏重感情上说，是女子的缺点，他方面则感情并非绝对不好的东西。

感情这东西，在较高的动物中，已经逐渐发达起来了，从种族自保的本能冲动中，已经发展为母子相爱的感情，发展为社会本能的保卫同类的同情等等，都是明证。但无论如何，所谓感情的充分发展，乃是人类的特征。人类不但喜怒、哀乐、憎恶、爱好等等感情特别发达，而人与人之间的亲昵、同情、友好乃至利他、互助等等热情，更为发达，是很自然的事实。

人类的感情活动为什么比一般动物特别充分呢？是完全由于人是最高等的社会动物，他不能独立生存，他只能在社会生活中图谋自我的生存。他是行着广大的群居的动物，他的感情活动必须在共同劳动、共同生产的协力互助条件下；也因为自我的利害同时紧系在他人的活动中，所以那爱恶、喜怒、哀乐等等感情也特别发达起来。所以人类的复杂众多和特别发展的感情，乃是一切共同生活、共同劳动生产的协力的社会生活之发达造成的，并不是天赋的东西。

举个例来说。在私有的、封建家庭社会里，那唯一浓重的感情是存在于父母子女、兄弟姊妹、夫妇之间的，其次则同族、同乡等等之间，也比对其他的人要浓重些，然而对于社会的热情则缺乏得多，这完全由于这样的社会，从生活与生产劳动的协同状态说，乃是以家族为活动中心，在经济体系上说还是地域的小范围形式，所以每一个人对于与他的生活隔绝过远的人群，是没有多大的感情的。反之，在近代的无产者，他们一方面因资本主义的发达毁灭了他们的大家族，他方面为随着谋生与生产上的需要离开了家庭亲友乃至故乡，过着游离生活，而广大的生产体系使他们互相发生关系与协作的，倒不是家人父子、亲戚朋友，而是异乡、别国、全世界的各种各色劳苦群众。譬如一条铁路、一只轮船上所有的共同劳动者就显明的是那样。因为如此，所以工人阶级的同情心的感情倒不是单纯的家庭和乡土的，而是广大的国际的乃至全人类的（因为他们时时在为世界的工人解放、全人类解放而奋斗,他们的同情心的感情寄托在人类全体上面去了)。

一般地说来,在封建社会里,人与人之间的感情比较浓厚些。然而在资本主义社会里,人与人之间,犹如冰冷的水一般,人与人的关系,除了刻薄寡情的现金主义,营私舞弊的自私自利之外,再也没有什么,什么父子的关系、朋友的感情、夫妇的情爱……都是建立在金钱的基础之上的,没有金钱,什么感情也没有了。丈夫没有养活妻子的能力时,爱情就要破裂。记得在《申报》"自由谈"栏中,有一个男子因自己亲身所经历的事实中有所感慨,他说:"爱情是鱼,金钱是水,水能养活鱼,鱼是离不了水的。"这几句话,完全是现社会里那大多数夫妇生活的写照,就是那些所谓知识妇女,也多半不能逃出这个例外。但这种现象,绝不能归罪于任何人,这是要现社会制度负完全责任的。因为在现社会中,在经济制度上是个人的自由竞争,而资本主义的发展,使集体的大家庭破坏,大多数人只有在被剥削状况下,拼命挣扎,才能谋得个人的生存,自然无力顾及他的家属和朋友,他为着生活事业而不能不与一切亲密的人分离远别,以松懈他们的感情,而封建社会中原来浓厚的感情就不能不变为冷酷了!从这些实例中,使我们知道一方面感情这东西是依人类社会生活、生产劳动之互相关系的分解结合而发生的,他方面则任何感情都是随着社会的经济生活关系之变迁而变迁的。

我们理解了人类感情的发生、发展和变化的原因以后,便能知道女子一般地说所以重感情甚至比较缺乏理智去控制感情的所在。所谓女子富于感情，正确地说来，是女子特别比较男子偏向冲动方面发露她的感情，绝不能说某些感情为女子所独具的。比如说喜怒、哀乐、憎恶、爱好等等感情，男子一样的有，而同情、恻隐之心等等，男女也是一样具有的。但是，在女子呢？她在喜时便易于笑，在哀时便容易哭，在爱好一个人时则特别爱好而至于十分温柔，细心体贴，在憎恶或妒忌一个人时，则特别表现得厉害，这都是的确的。至于在同情心和恻隐心说，女子一方面是常比男子更易表现：她可以见着别人有悲愁的事引起自己为人哭泣，为人怜悯；她能于见着别人痛苦时最易发动她的慈悲心，而热烈地表示她的抚慰、柔顺的安慰等等，所以看护病人一般地都以女子为最适宜，就是这个原因；女子对于儿女特别殷勤，也有这原因在。但女子的同情心和恻隐心，常常是和平地对个人而发的，她对人类的大众，牺牲自己为社会谋幸福这一点说来，从历史上说，她都比男子差些，也是事实。

所有这些女子在某些情形下表现着比男子富于感情，某些情形下表现着比男子的热情要缺乏，总括地看来，女子偏重于冲动的感情的发露等等，其原因在哪里呢？这与前面所说的人类的感情之发生和发展变化，是由他的社会的、生产的、人与人间的关系的那些生活环境所决定的是一致的。固然，在女子的生理上有某些特殊情形，因而影响到她的性情上的特殊，遂使她的感情的发露上也有特异的地方，如像女子在月经期和妊娠期内易于发怒,女子在体质上的柔弱易于发展一种和平的情绪和柔顺、娇妩的情绪等等,都是实例。然而这些生理上的关系和变化,在女子的富于感情的原因和表现上,只是部分的不重要的原因,甚至不是完全不能改变的,一般的感情都由于她的生活环境而生,亦常由环境的变化而变化。

以上这些与男子不同的特殊情绪,我们可以从各方面来分析它的原因所在。从社会生活上说,因为数千年来,女子被关锁在深闺绣阁之中,过的寄生生活,很少涉足社会生活的斗争,没有参加社会的任何事业,所以养成一种极狭的个性与感情,特别是在封建社会旧家庭里的女子,因为社交既不公开,除了很少数几门亲戚之外,她们日常所接近的不外乎她们父母、兄弟、丈夫、儿女的范围,所以她们的感情完全寄托在这个所谓骨肉关系的家庭身上,她们对于丈夫和儿女的感情更为浓厚,这完全是生活条件所决定的。因这种生活条件限制的结果,所以养成女子一种偏颇狭隘的感情,这是很显然的。

不但如此,女子感情在某些地方特别易于过分地发露,还有她被压迫的原因存在于其间。比如女子易怒、好笑、好撒娇等等,我们从人与人间的关系去看,可以说是一种被压迫的弱者无力挣扎的表现。因为女子受了数千年男性中心的压抑,在家庭里从父母、兄弟到她的丈夫,她都不能和他们对抗;女子必须顺从,不能讲理,在社会上也没有她们诉屈的地方和机会。这种生活和心境上的压抑,只有内心的悲痛。抑郁的结果,自然一触即怒,一怒即哭;而历史长期的培养,遂养成了好怒好笑本能式的冲动,因为只有她自怨自哭是办法，是表示反抗的唯一方法。至于撒娇呢？也是在不能反抗和无力反抗中养成出来的一种弱者的表现，她除了以柔娇妩媚的感情作为取悦男性以逃避谴责和压迫的武器以外，别无他法，自然在这种无抵抗的方法长期培养中，会产生一种对人富于妩媚、娇柔的表现和感情，也是必然的。

其次，女子之所以有上面一切特殊的感情变态，除了社会生活条件之外，还有一个很大的原因，就是因为女子缺乏理智的判断。因为女子一方面既没有教育，没有培养她们以种种智识，同时又因没有参加社会的生活和活动，没有在社会复杂生活斗争中求磨炼，所以很难陶冶出一种坚强的理智作用，这也是不可讳言的事实。因为智识的缺乏，对于一切问题不能冷静地加以分析，所以只能以简单感情的冲动加以反应。在另一方面，当着感情冲动时，又没有理智的修养来节制自己感情的冲动，她自然会随着简单的冲动而爆发出来，而成感情极甚的表现，这也是很自然的。

但是，就从女子所表现的有异于男子的种种感情说，也不是固定而不起变化的，它也随着社会关系而变化。譬如说，女子的好笑好哭，在资本主义社会的女子就比封建社会的家庭妇女要好些了，就由于资本主义的社会，由生产关系的变化，把妇女放出了狭隘的家庭，一方面在见闻等等上面已相当地改变了她的狭隘胸襟，而妇女乃至社会教育的相当发展，也使她们有了相当的智识和理智，所以那纯凭冲动的感情爆发程度，便比较减少些了。我们举一个实例来说吧，在旧式妇女对于丈夫的感情,是盲目的浓厚,就是夫妇间本来不相爱好,然而在实际上仍然不能不特别爱她的丈夫,表示特别浓厚的感情,这在平时的生活上固然如此,当丈夫死了时,她也特别悲痛得厉害。在新的妇女,除了夫妇间有真挚爱情以外,这一切情形都完全相反。这是什么原因呢?正确说来,就是由于社会的经济关系之变迁,旧式妇女绝对地依赖丈夫生活,丈夫的爱弃和存亡,是她的一切生活乃至生命的得失,自然会在她的心坎中涌出一种特殊的感情来,而随处表现她的浓厚;现代社会的妇女,她在婚姻上比较自由、经济生活之相当可以独立的情形下,丈夫的重要已今不如昔,所以除了真挚爱好以外,没有什么可以使她具有那样的感情的理由。这就是社会的经济关系的变迁不能不使妇女的感情也有变迁的实例。

另外,妇女的感情的表现也不人人一样。例如我们说妇女对人常常富于个人的和平的同情与怜悯心,这也要看她的地位如何,这种感情也随各个妇女所处地位不同而不同。例如在现代资本主义社会里,因社会阶级的分化,所以女子的感情就不一定个个人都是同样的,它便依各自所处的社会地位和经济环境不同而各异。一般女工和一般贫苦的女子,甚至有许多由中小资产家庭破产下来的女智识分子,她们是不会对资本家发生热烈的好感的,她们对他是一种反抗的仇视的感情。但那些上层阶级的贵族妇女则不然,因为她们本身的利益关系,对于那些衣服破烂的穷人,她们不但没有同情与怜悯心,而且还生出一种憎恶、卑视的感情来,甚至她们的眼睛实在不愿意多看那些穷苦的人,恐怕他们的污秽沾染了她们似的。这两种完全不同的情感,就是因为各人所处的经济地位的殊异而引起感情变化的好例。

虽然我们说女子富于感情乃是一种缺乏理智的控制的别名,因而是女子的缺点,但这也只是在缺乏理智控制一点上才成为缺点,并不是说感情这东西根本要不得。其实感情是人类活动的根本动力之一,一种热烈的同情和勇敢向上的情绪,都是个人对社会和人类负责的表现;所以女子这种感情如果善利用之,辅之以理智,也可以成为一个推动社会向进化路上走的动力。从妇女解放自身说,可以增加她们对于一般被压迫者的同情心,而鼓舞着她们团结前进的精神;从广义的社会进化上说,它可以用来破坏残酷的不平的社会制度,建设互助互爱的新社会,它同样可变成为人类谋幸福、为反抗不平的社会而斗争的武器。感情好似动力,理智好似扶助动力发展的方针。假如纯任感情而不辅以理智,则感情之发恐不得其当,对事不从客观去观察,易于走极端,易于悲观失望,甚至因对某种不满而愤怒、自杀的亦往往有之,这是很危险的。所以感情与理智在人类生活中,具有同等重要的价值,两者必须调和,感情必须加以理智陶冶的。

但要使女子的感情得着理智的陶冶,必须要使她们受教育,有智识,要使她们能得着参加一切社会活动,在这些中间使她们得着正确的人生观,使她们有为人群和社会而活动的远大眼光等等。可是,现在的学校不仅一般不能灌输学生以这样的智识，并且用种种方法来防止关于这些思想输入学生的脑中，唯恐他们开了眼界，看明了社会的种种黑暗，引起了对于社会的不满，甚至发生出反抗的思想来。老实说，现在的学校所能容纳的学生，绝不是那些敢于指摘社会的罪恶，把人类社会推动向进化路上去的先驱者。既然一般的教育是如此，则对于女子的教育也是一样不能培养女子以独立生活的技能，更说不上给她们以理智的陶冶。甚至有许多教育家，他们抱着数千年传统得来的男性中心的偏见的教育方针，不但不想怎样去提高女子的理智以纠正感情偏向缺点，而且还希望发展那些缺点，以便继续维持男子对于女子的支配，遂以为女子富于感情缺乏理智，有活泼爱美的天性，因而主张注重发展女子所特具有的情感，主张只学关于艺术上的技巧，如文学、音乐、图画这些科目来发展她们的天才。在女子自己方面，因贪图逸乐，也不愿意去学那些自以为比较枯燥的科学。还有一般人对于女子教育，主张特别注重于缝纫、烹饪、育儿等等知识，但这种主张，如果站在女子解放的观点上，很明显是错误的。

总之，要救济女子那些偏颇狭隘的感情，要使感情加以理智的陶冶，一方面自然是要受良好的教育，使其有一切科学和一切必需的智识，对于一切问题能有正确了解的能力。但另一方面，还要使女子的生活社会化，她们要从家庭中走到社会上来，解除家庭一切琐事的羁绊，参加社会的生产和一切事业。如此，女子的智识自然增长了，眼界自然扩大了，而那偏颇狭隘的感情自然会变成为一种纯正的和沉毅的与理智相调和的统

—活动，运用它作为社会谋幸福的动力，将这种热烈的、理智化的感情完全贡献到社会上去。

(《妇女问题论文集》)

李金发（1900—1976），中国第一个象征主义诗人，中国雕塑的拓荒者。1919年赴法勤工俭学，后就读于第戎美术专门学校和巴黎帝国美术学校。在法国象征派诗歌特别是波特莱尔《恶之花》的影响下，开始创作格调怪异的诗歌，被称为"诗怪"。1925年回国，先后在上海美专、国立杭州艺术专科学校执教。1936年任广州市立美术学校校长。著有《微雨》《为幸福而歌》《意大利及其艺术概要》《异国情调》《飘零阔笔》等。

女子的心理

李金发

女子在社会环境中自然是痛苦的，但也不少甘受环境屈伏的人。我从我局部的观察直接地写出，是否是普遍的心理，听大家自己研究吧。

现在男女问题，本来是共同的人类问题，就其实说起来，交媾就是一件最大的事情。精神上宝贵的爱情暂且不谈，单就交媾说起，这是人人生理上需要的事，也是人人最欢喜的事，大家都说不出来，放在心里，外面还弄些礼貌来掩饰，暗里是无所不为的。

女子薄弱得多，她没有这个勇力教男子去爱她；女子是爱虚荣，所以在人的面前是高傲不群的；女子是崇拜势力，遇了钱，什么都不顾的；女子是好秘密，什么事好蔽盖的；女子是无定见，随感情移动的；女子是无抵抗力，一切甘受被动的支配的。

有以上的种种原因，明明一件"交媾"公道事是两方面和悦的，但是要弄出种种的黑幕来。现在轻薄的儿女，落花流水，哪有什么信义，有钱就是好的，有名就是贵的，交媾并不是什么爱情关系，就是利禄的交易品，妇随夫荣，女子拿身体作为一种权利的酬报，享受那个供人玩弄的幸福。

现在世界，钱是要紧的，有名就有利，什么"爱情神圣"，真是一文不值，拿它来欺骗人的。椒兰尚变为茅草，何况揭车与江离。女子的心理，我是真不敢恭维的。

（《枯叶集》）

丰子恺（1898—1975），著名漫画家、散文家、文艺理论家和翻译家。1919 年毕业于浙江省立第一师范学校。1921 年获亲友资助赴日留学，10 个月后因经济困难回国，先后在上海、浙江、重庆等地任教，并曾任上海开明书店编辑、《中学生》杂志编辑。1924 年在文艺刊物《我们的七月》上第一次发表漫画《人散后，一钩新月天如水》。1942 年在重庆自建"沙坪小屋"，专事绘画和写作。

女性与音乐

丰子恺

女性与音乐，一见谁也相信是接近的。例如自来文学上"女"与"歌"何等关系密切，朱唇与檀板何等联络，sprano（女子唱的最高音部）在合唱中地位何等重要，总之，女性的优美的性格与音乐的活动的性质何等类似。照这样推想起来，世界最大的音乐作家应该让女性来当，乐坛应该教女性来支配；至少音乐作家中应该多女子，再让一步，至少音乐界中应该有女子。可是我把脑中所有的西洋音乐史默数一遍，非但少有女性的大作曲家，竟连一个 miss 或 mistress 也没有，无论作曲家或演奏家。我觉得很奇怪，总疑心我脑中所有的音乐史不详或不正。但我记得前年编《音乐的常识》的时候，曾经考求过所有的已往的及现存的有名的音乐大家的传叙，而且因为要编述，查考得很精到，不是走马看花的。一向不注意到这问题倒也不知不觉，现在一提起，真觉得有些奇怪了。这样与音乐有密切关系的女性，难道在音乐史上默默无闻的？我终于不敢信托我的记忆，又没有勇气和时间来搜索这个疑案的底蕴。

近来我患寒疾，卧了七八天，已经快好，医生说要避风，要我一礼拜不许出房。实在我的精神已经活动了，怎耐得这监禁呢？于是在床上海阔天空地回想，重番想到了女性与音乐的问题。于是把所有的音乐史拿到床里来，一本一本地，从头至尾地翻下去。自十八世纪的古典音乐的罢哈（Sebastien Bach）①起，直到现在生存着、活动着的未来派音乐家欣陪尔许（Arnold Schoenberg）②止，统共查考了一百八十个音乐家的传叙。结果发现，其中只有一人是女性的音乐家。这女人名叫霍尔梅斯（Augusts Mary ann Holmes，1847—1903）③，是生长于巴黎的爱尔兰人，在欧洲是不甚著名的一个女流作曲家，在东洋是不会有人晓得的。其余一百七十九个都是男人。关于演奏家，留名于乐史的不但一个也没有，而且被我翻着了一件不大有趣的话柄：匈牙利有一个当时较有名的女 Pianist（洋琴演奏家）④，有一晚在一个旅馆的 hall 中开演奏会，曲目上冒用当时匈牙利最有名的演奏家（在音乐史上也是最有名的音乐家之一）李斯德

---

①今译巴赫（1685—1750），德国音乐家，西方"现代音乐之父"。——编者注。
②今译阿诺尔德·勋伯格。——编者注。
③今译霍姆斯。——编者注。
④今译钢琴师、钢琴演奏家。——编者注。

(Liszt)① 女弟子的头衔以号召听众。凑巧李斯德这一晚演奏旅行到这地方,也宿在这旅馆中。他得知了有冒充他的女弟子的演奏家,就于未开会时请她到自己的房间里来,对她说:"我是李斯德。"那女子又惊骇又羞惭,伏在地上哭泣。李斯德劝她起来,请她在自己房里的洋琴上弹一曲,看见她手法很高,称赞她的技术,又指教了她几句,就对她说:"不妨了!现在你真是李斯德的弟子了!"教她照旧去开会。那女子感激得泣下。……这并不是我有意提出来嘲笑女性,不过事实如此;而且现在我是专门在音乐史上找女人,这件事自然惹我的注意了。

闲话休提。音乐史上没有女性的 Page,实在是值得人思量的问题,尤其是在病床中的我。我把书翻了许久,想了许久,后来好像探得了一个导向解决的线索。这就是我在音乐大家的传记中发现了许多与女性有深关系的事迹,就恍然悟到了女性与音乐的关系的状态。这等事迹是什么呢?第一惹我注意的,是自来的大音乐家幼时受母教者之多的一事。我手头所有的关于音乐家传记的书又少又不详,我没有委细考查过所有的音乐家的详细事略,只是就比较的记录得详细的世界第一流的音乐家的传记一翻,已是发现了十余个幼时受母或姊等的音乐教育的人。列举起来,如:

(1)近世古典乐派的大家亨代尔(Handel)②,幼时从母亲

---

①今译李斯特。——编者注。
②今译亨德尔。——编者注。

受音乐教育。

（2）俄国近代交响乐作家史克里亚平（Scriabin）①的母亲是女 Pianist。

（3）披雅娜（Piano）②大家晓邦（Chopin）③的母亲是波兰人，晓邦多承受母的气质，其音乐作品中泛溢着亡国的哀愁。

（4）歌剧改革者挪威人格里克（Grieg）④幼时从母亲习披雅娜。

（5）俄国现代乐派大家漠索尔斯奇（Moussorgsky）⑤幼时从母亲习音乐，他的有名作品《少年时代的记忆》(Reminiscences of Childhood) 就是奉献于其亡母的灵前的。

（6）俄国国民乐派五大家之一的罢拉基莱夫（Balakireff）⑥幼时学音乐于其母。

（7）又五大家之一的李漠斯奇·可尔萨可夫（Rimsky-Korsakoff）⑦幼时的音乐教育，多赖其母的留意。

（8）俄国音乐家亚伦斯奇（Arensky）⑧，其父母都长于音乐，幼时全从父母习音乐。

---

①今译斯克里亚宾。——编者注。
②即钢琴。——编者注。
③即肖邦。——编者注。
④今译葛里格。——编者注。
⑤今译穆索斯基。——编者注。
⑥今译巴拉基列夫。——编者注。
⑦今译林姆斯基·高沙可夫，又名里姆斯基·科萨科夫。——编者注。
⑧今译阿连斯基。——编者注。

（9）美国音乐家却特微克（Chadwick）①的母亲长于音乐。

（10）现在正是三十四岁壮年的民谣作家澳洲人格林茄（Percy Aldridge Grainger）②幼时从其母学披雅娜。

（11）俄国现代乐派大家格拉左诺夫（Glazounow）③的母亲是五大家之一的罢拉基莱夫的弟子，格拉左诺夫幼时学披雅娜于母。

（12）法国交响乐诗人杜褎西（Debussy）④幼时学音乐于晓邦的弟子的女音乐家。

（13）现代世界最大的乐剧家华葛内尔（Wagner）⑤幼时习音乐于其姊。

以上所举，都是世界第一流的音乐家。我记得在文学家、绘画家的传叙中，母教的例绝不像音乐家的多。独有音乐家都受母教，这一定是有原因的。从此可以推知女性的性质近于音乐学习，女性善于音乐感染。

第二惹我的注意的，是自来音乐大家的多恋史，及其恋人所及于其艺术的影响的大的一事。世界上最大的音乐家中，除了一生没有恋爱而以童身终其身的短命天才修倍尔德

---

①今译查德威克。——编者注。
②今译格兰杰。——编者注。
③今译格拉祖诺夫。——编者注。
④今译德彪西。——编者注。
⑤今译瓦格纳。——编者注。

(Schubert)① 及家有悍妻的罕顿（Haydn）② 二人不与女性发生多大关系以外，其他的差不多统有奇离颠倒的恋史，而由恋的烦恼中酿出其伟大的作品。讲到举例，我就立刻想到裴德芬③的《不朽的宠人》。

裴德芬的作《月光曲》，据传说是裴德芬一晚到一个皮鞋匠家里，看见一个盲目的女子在月光下弹披雅娜，因而作出的。这事的详情已见本年一月号的《新女性》上。但是，老实说，这种传说完全是假的。实际上，这曲是裴德芬为了对他的恋人奇理爱塔（Gaillieta）④ 的热烈的恋情而作的。这曲的原名为 *Sonata quasi una Fantasia*，即《幻想曲风的朔拿大》。而且在初版上，分明注着"此曲奉献于奇理爱塔"字样。《月光曲》的名目及那传说，全是后人臆造的，裴德芬自己全不晓得。据说这名目是出版业者为了要推广销路而杜造的，那故事当然也是他们捏造出来。不过后世所以沿用这名称，流传这故事，而明知不改者，并非全然无理。只为那曲的情趣，颇类似月上之夜的光景；伴着这奇离的故事，可以惹起习音乐者的注意，而对于小孩子，尤足以引诱其对于音乐的兴味，所以听其沿用与传诵。这是题外的话，详见我所著《音乐的常识》，兹不赘述。现在我要说的，是裴德芬一生对于恋爱的态度的猛烈。他所有的

---

①今译舒伯特。——编者注。
②今译海顿。——编者注。
③今译贝多芬。——编者注。
④今译琪察尔蒂。——编者注。

恋人很多，他称之为"不朽的宠者"，他平日劳心于少女的一笑一颦。据他的朋友理斯说，理斯租住在有三个美丽的姑娘的一家裁缝店里面时，裴德芬每天来访问他。

其次浮到我脑际的，是法国的交响乐诗人裴辽士（Berlioz）①的《多磨恋爱》（To my love，"多磨"两字是我戏用的。好事多磨，声音与意义都相近）。他的一生是恋的连续，我记不出详细的颠末来。择其最大者述之，就是关于他的不朽的名作《幻想交响乐》（Symphonie Fantasie）的故事。据说当时英国有个著名的女优名叫史密苏的，以善演莎翁剧名震剧坛。素来欢喜文学而崇敬莎翁的裴辽士，看见了史密苏扮演可怜的渥裴利亚的剧，起了热烈的恋慕。但史密苏以裴辽士当时只是一贫乏的音乐学徒，眼中全然看不上。于是裴辽士单恋的结果，产出了一幅《幻想交响乐》。其后他又与别的女子发生新恋，那女子又背了他嫁与他男子。裴辽士曾改装作女子，怀了手枪，想去复仇，自己也拼个最后。继而在途中见了大自然风光的美丽，悟到了自己的光明的前途，就排除一切愤懑，而埋头于作曲了。研究之中，增删修改其可怀念的《幻想交响乐》，开自作演奏会，在旧恋人史密苏面前演奏她自己做女主人公的《幻想交响乐》，强烈地摇动了史密苏的心，她终于与他结婚了。结婚之后，夫妻又不睦，服毒，离婚，……不知发生了多少奇离的事件。结果，记录单恋的《幻想交响乐》就当作成绩留传于世

---

①今译柏辽兹。——编者注。

界。据他自己说，那曲所描写的是失恋的青年吞服鸦片，以量少而自杀不遂，陷于深眠时的心情状态。

世界最大的音乐家，有恋史的很多。尤其是近世浪漫乐派的人们。浪漫乐派中最有名的修芒（Schumann）①，有恋人克拉拉（Clara），他的名作，都产生于其与克拉拉的美丽的恋爱时代、新婚时代，这是稍关心于音乐的人们所共知的。还有晓邦，恋爱的多不亚于裴辽士，有"模范恋人"的称呼。还有前述的遇见冒充弟子的女演奏家的李斯德，据说差不多是色情狂者。他所教的学生全是女子，不要男学生。每教毕一个成绩好的女学生，在她额上亲一个吻，教那女学生也吻他的手，习以为常。所以他父亲临终的时候，曾谆谆地嘱咐他说："留心女性将颠覆你的生涯！"

以上所提出的音乐家的恋史，是其荦荦大者。我觉得艺术家中与女性的交涉最深者，无过于音乐家了。诗人中也有像拜轮②、雪莱等有风波恋爱的人，然似不及音乐者中的众多；在画家中，竟好像个个是规矩人，即有恋史，也是平易的。这一点又使我深深地注意到音乐艺术"与女性有特别交涉"的特性。

最后我翻到近世大乐才华葛内尔的女性赞美的记录，就更彻悟女性与音乐的关系了。华葛内尔也是平生多恋史的人。但他的对于女性，有一种特别的看法；他极端地崇拜女性，有

---

①今译舒曼。——编者注。
②今译拜伦。——编者注。

"久远的女性"的赞美语。他以为女性偶有的缺点,犹之音乐中偶有的"不谐和音",统是 Harmony(和谐)的源泉①。据说他的夫人是不懂音乐的,他欢喜蓄鹦鹉,有友人对他说:"这岂不是嘈杂的伴侣吗?"他回答说:"不然,热闹不是有趣的吗?我家的夫人不会弹披雅娜,鹦鹉是代替她唱唱的。"这句急智的话中,实在藏着深刻的暗示呢!关于"久远的女性",他在给友人乌利许(Uhlig)的信中这样说着:

> 柔性的优美的心伴着我,我的艺术常常滋荣了。世间的刚性都被卷入滔滔的俗潮里的时候,女性常是不失其优情,因为在她们的心灵中宿着柔和与湿润。所以女性是人生的音乐。她们对于无论何事都用真心来容纳,无条件地肯定,用她们的热烈的同情来使它们美化。
> 当我对于刚性早已不能感到一点叹美与炫耀的时候,对于女性还屡屡感到有迫我向炫耀恍惚的境地去的一物。
> 看到我所创的事业(华葛内尔的乐剧)渐渐结实,功果渐渐伟大起来,而能抚慰人心而使之高尚的时候,人们只知感奋欢喜而已。独不知探寻起基础来,这等都是"久远的女性"的所赐。充盛威严的光辉及人生的温暖的愉快于我的心灵中的,只有"久远的女性"。湿润地发光辉的女子的眸子,屡屡用清新的希望来使我饱和。

---

① 近代作曲上多故意用不谐和音。——原注。

"女性是人生的音乐！"不错！我悟得了，女性本身就是音乐！男性的裴德芬、华葛内尔，是为女性作音乐的；是从女性受得灵感，拿女性为材料而作出音乐的。故在音乐，男性是创造的，女性是享用的。男性是种子，女性是土壤，音乐的花从种子发出，受土壤的滋养而荣华。人们只注意于这是某种子开出的花，而不知道花是受土壤的滋养，在土壤上繁荣，而为土壤所有的。这样一想，自来音乐家的多受母教，多恋史；自来女性的性质的接近于音乐，女性的善于音乐感染；自来音乐艺术的与女性有特别关系，在这里都可推知其缘由。而自来的音乐作家的都是男性而没有女性，在这里也可知道其是当然的事，而不足怪了。

久远的女性！文化生活的最上乘的艺术中的最优秀的音乐，是你们所有的！这是何等光荣的事！愿你们自爱！

民国十五年冬至，为《新女性》作

（《艺术趣味》）

周作人（1885—1967），原名櫆寿，字星杓，现代著名散文家、文学理论家、评论家、诗人、翻译家、思想家，中国民俗学开拓人，新文化运动代表人物之一。1901年入南京江南水师学堂。1906年东渡日本留学，1911年回国。1917年任北京大学文科教授，后兼日文系主任。1919年与陈独秀等任《新青年》编委。1920年秋任《新潮》月刊编辑部主任。1924年与鲁迅等创办《语丝》周刊。周作人一生著译颇丰，后已辑集出版。

女子与文学

周作人

中国古来的意见，大抵以为女子与文学是没有关系的。文学是载道的用具，然而吟风弄月也是一种文人的风流，在这里边含着极正大与极危险的两方面。女子呢，即使照最宽大的看法，也是附属于男子的，伊们的活动只限于阃以内，既然不必要伊们去代圣贤立言，更不希望伊们去吟风弄月，以免发生危险。"女子无才便是德"即是这派思想的精义。纵使不如此说，也觉得这是很无聊的事情。我的一个长辈曾说，"妇女作诗，只落得收到总集里去的时候，被排列在僧道之后，倡伎之前"，可以算是这派见解的一例。

但是到了现在，关于女子和文学的观念全然改变了。文学是人生的或一形式的实现，不是生活的附属工具，用以教训或消遣的：它以自己表现为本体，以感染他人为作用，它的效用以个人为本位，以人类为范围。女子则为人类一分子，有独立的人格，不是别的什么的附属物。我们在身心状态的区别上，承认有男子、女子与儿童的三个世界。但在人类之前都是平等的。与男女的成人世界不同的儿童，世间公认其一样地有文学的需要；那么，在女子方面，这种需要自然更是切要，因为表现自己的与理解他人的情思，实在是人的社会生活的要素，在这一点上文学正是唯一的修养了。

人类一分子这一个名词，也是近来新发生的，只在世界语里才有这个熟语，就是"呵玛拉诺"（Homarano），意云人的总体的分子。普通的说法，大抵以个人与人类或社会相对立，以为要利个人不得不损及社会，要利社会不能不牺牲个人，于是个人主义和人道主义变成了反对的名词，无端地生出许多纷争。其实人类或社会本来是个人的总体，抽去了个人便空洞无物，个人也只在社会中才能安全地生活，离开了社会便难以存在了。所以个人外的社会和社会外的个人都是不可想象的东西，个人实在是人类一分子，他的自然的行动都含有自己保存与种族保存的两重意义，现在更意识地加以肯定明了。个人与人类的不可分的关系将利己利他并作一起，要爱邻人必须先能自爱，而爱邻人也即是爱己。这样看来，个人主义与人道主义无非是一物的两面，并不是两件东西，上边所说的对于文学的新观念，也就是由此发生的了。

理论上虽如此说，但是倘若没有女子本身的自觉来做根柢，这也只是一番毫无效力的空话罢了。中国近来女界也很有新的气象，但是据我看来，那似乎只是国民的自觉，还没有到个人的自觉的地步。这个情形固然是一般的，就是在男子也多半如此，但总之只有这种自觉，他的理解力至多也只能及于本国，绝不能同世界的人心相接触，于了解艺术更是不可能的，因为敌忾心不是艺术中的分子。我在《北大日刊》（1034号）上看见有一封东京的通信里说："……美术是生活上决不可少的。但是文化浅薄的社会的美术，很难满足我们的欲望。……日本画是很不足惹起我们高尚之情感，他的设色笔法，都是代表他们的岛国性，缺乏大国风。"这正是一个极好的好例。个人的自觉，是自觉其为人类的一分子，在同类的立脚点上与人们相见，中间更没有别的障隔，所以容易彼此了解。既然有了这个自觉，然后再从事于国民的运动便没有什么妨碍，因为那时心目中的民族只是人类的一部分，但与自己更为切近，所以有首先改善的必要，同时也就成为世界改善的一步。因此大家研究本国的文艺，也就成为理解别国文艺的初步。推己及人，原是正当的办法，未知有己，固然不会知有人，既知有己，也当然不会不知有人了；所以我以为这个人的自觉实在是很重要的，就是在文艺的例上也很明了地可以看出来了。

个人的自觉的根本，在于进化论的人生观。这种觉悟在男子方面并不很难，但在女子因为有多少因袭的消极的思想足为妨害，所以更须注意。这些思想便是对于女性运命的超越现实或低过现实的观察。其一是宗教的，以为女子是秽恶的，欲求超脱，虽然那里边或者还有别的事情，但我知道在学生界中颇有倾向出家的悲观的女人；其二是礼法的，以为女子本来是从属的，伊的义务在于娱乐别人，没有独立的自己生活，这种的想定了，也就乐天地生活下去，没有什么不平。这两派意见，无论它是悲观或是乐观，总之都不合于真实，因为现实的人生既不是如他们理想里的那么高尚，也不是如他们噩梦里的那么丑恶。现在的人生的各面相，当然有许多不合理的应该除去的地方，但是人生的原则，在凡生而为人者都该有坦白的肯定的必要：这便是自己的与种族的保存（保存里含有存在与发达两事）。进化论的人生观便是这一种态度，积极地肯定人生，勇敢地去追求"全而善美"的生活，正是辛奇所说的"要做好的人须得先做好的动物"，也即是尼采的所谓"忠于地"。自觉的女子要取这个态度，毅然肯定人间的根本的生活，打消现在对于女性的因袭的偏见，以人类一分子的资格参与人生的活动，以对于自己与同类之爱为基础建设起所谓"第三的国土"。了解这个意义，现代文学的精神便不难明白了，因为文学原只是生活的或一种形式。

现代的文学渐趋复杂，要理解它须有相当的一点训练，这是因为现代的精神生活趋于复杂的缘故，原是不足怪的。但虽然是这样说，从文学的本质上看来，人人有理解的可能，而且也有这个需要。女子因为过去的种种束缚，以致养成一种缺陷，不为他人所理解，也不大能理解他人。在这一点上，文学的创作与研究可以有很大的效用。世界上不少女诗人、女小说家，但是真能自由地发表出伊们的衷曲的，可以说是绝无仅有。约翰弥勒[1]说，古今女子所写关于女子的书都是谄媚男子而作，没有把真的女性写了出来。这也不是过分的话。今后的女子应当利用自由的文艺，表现自己的真实的情思，解除几千年来的误会与疑惑。但这只限于少数有创作之才的女子；而且现在社会的因袭的礼教制裁之下，也难得十分表白的自由，对于男子还是如此，在女子自然更是为难了。因此我们的注意不得不略偏于研究赏鉴这一方面。

创作倘若是发表自己的情思，赏鉴便是接承他人的情思。俗语说"秀才不出门，能知天下事"，可以借用到这里来。我们的经验有限，不能够感到各种复杂的心情，文学家便以他所亲历或以特别丰富的想象组成的幻景描写出来，使我们能够因此得到仿佛的印象：我们不曾到过战场，但看了托尔斯泰等人的小说，可以感到战争的悲惨，引起非战的思想。我们对于一种不幸的人们，因为没有接触的机会，往往容易发生不公平的反感，描写黑暗生活的文艺便能够矫正我们的这些错误。他们不必加上理想化，使其成为落难的好人，只须如实地描写出一个为运命所簸弄的，同我们一样的善恶杂糅的常人，就尽够使我们抛弃平日的成见而发"你是我的兄弟"之叹了。这些效用固然是以现代文学为最大，但在古文学中，我们如用宽大的眼光看去，也可以收得相似的效果。安特来夫[2]在《七个绞死者的故

---

[1] 今译约翰·穆勒（1806—1873），英国著名哲学家和政治学家。——编者注。
[2] 今译安特莱夫（1871—1919），俄国文学家。——编者注。

事》的序里说:"我们的不幸,便是大家对于别人的心灵、生命、苦痛、习惯、意向、愿望都很少理解,而且几于全无。我是治文学的,我之所以觉得文学可尊者,便因其最高上的功业是在拭去一切的界限与距离。"这可以算是一句对于文学的效用的简要的解释。至于文学的赏识可以养成艺术的趣味,于儿童的文化教育很有利益,也是一个要点,不过那与教育相关,我这里不能多说了。

(五月三十日在北京女高师学生自治会演讲)

赵雪芳，生卒年月不详。1930年在《妇女杂志》16卷2号发表署名文章《女子与生物学》《健康美容术》。《妇女杂志》由商务印书馆创办，1915年创刊，1932年1月停刊，是当时颇具影响的以女性为主要读者的一份杂志。

女子与生物学

赵雪芳

近来女子进学校求学，大都喜欢研究文学——做些新诗及小说之类——音乐，绘画。就是她们的父母、朋友，也大半赞成她们学这几样功课。在他们的心目中，以为女子的天性，非常适宜于这几样功课，似乎这几样功课对于女子最有用处。倘使在这三样功课之中有一种学得精通，就可以博得一个女诗家、女小说家、女音乐家及女画家的头衔，使不能名传遐迩，也可以借以陶冶性情，自为娱乐。这是普通人的心理，也是女子性之所近者。不过近来脑筋稍为新颖一点的，却赞成女子去学政治，因为当此提倡女子参政的时代，若没有政治学识，怎么能够参与政事，成一个女政治家哩。

我现在所谈的是女子与生物学，这个题目似乎不大时髦。因为生物学是一种科学，科学恐怕不适于女子天性！而且生物学是一种纯粹科学,即使学了,亦没有什么用处,尤其是对于女子,恐怕格外没有用处吧!但是我觉得这两点很有讨论的价值——尤其是在吾国,科学——特别是生物学,没有发达、没有人注意的时代,使我对于这问题不得不说几句话。

开端我敢大胆地拿我个人的意见做一个肯定,就是:女子是宜于学科学,尤宜于学生物学。这种不时髦的理由,让我慢慢地说出来。

这或者是我们大家所知道的,就是科学家要有清静的头脑、精确的观察及坚忍的毅力。换一句话说,就是要有静的心、细的心及耐的心。既知道了这一层后,我们即可开始考查女子的心,究竟有没有研究科学的资格呢?女子的头脑,我想无论如何要比男子来得清静。试看一个男孩子,当其幼年的时候,总喜欢东奔西跑,不是搬这一块大石头,就是移那一块小石头,不是要捉一只跳的蛤蟆,就是要拿那一只飞的蜻蜓。一天到晚,脑子和手足没有半刻静闲,甚至于在睡梦中还喊着同人家打仗咧!但是女孩子就很少这样,差不多文静的居多,实在是天生具有科学家的态度。以言观察力,这完全由于心的静不静得来的。我尝在生物学的实验室内,看见男学生时常将一只蛙画成像一只狗的模样,画完就跑出去踢球去了;女学生则不然,总是细细地观察,细细地将各种特征画出来。所以我说女子的观察力实在要比男子强。现在讲到忍耐心,我且不说别的,先将绣花做一个例吧:天下之大,我未见过有男人像女子一样的坐了一天去一针一针地刺绣。此种坚忍的毅力,正是科学家当研究原始问题必需之态度。一个科学家能坐在他的实验室内从早晨到夜深,我想他的研究无论如何总会成功的。因知女子具有此种坚忍的毅力,可以说是天赋给她十二分的充足。我时常在化学实验室内,看见男学生一不耐烦,即将 Test Tube 扑通地丢下;但是此种情形,永不发现于女学生。女子既与科学家的条件适合如此,所以我说女子的天性是特别宜于学科学。

闲话说得太多了,现在我可以归到本题,说女子之与科学,尤特别宜于生物学。其理由:第一,生物学是一种与生命现象有关系的科学,女子当能特别感觉兴味浓厚。第二,生物学专恃观察力,故尤适合于女子的特性。

生物学是一个总名词,在现在科学进步一日千里的时候,生物学内可包含具有独立性之学问,实在很多。简言之,分为动物学与植物学二大类;而各类中又分出形态学、分类学、生理学、遗传学四大部分。兹因篇幅有限,不能将各种学问对于女子学习心理之关系一一详言,只好略述一点于下。

形态学内分解剖学、组织学、胚胎学等。研究此等学问最重要的技术,无过于解剖术及组织学方法。然此二种技术,实极适合于女子的天性。因为女子多精于刺绣,精于刺绣者,必精于解剖术及组织学方法。尤其是显微镜下之解剖术(Microscopic Dissection),我以为除女子外,无人更适宜于此种工作。女子大率做事能小心翼翼,而此"小心"及"细心"即为治此学之不二法门。女同学们倘能以其天赋之特性而研究此学,致力于显微镜下事物之观察,孜孜不倦,我预料她的成功一定不可限量。并且研究解剖学、组织学及胚胎学,可以窥见人身构造之神妙。而胚胎学示我们以如何受精,及受精后细胞之如何发达以至成为百官俱全之动物,更属有趣。生为女子,均有哺育子女之责任,则子女之如何由两性性细胞之结合而成,及结合后之如何发展,应该要明了,然倘使能对于此学更加以研究,则其兴味更似无穷。

研究分类学最要紧的条件,须恃有精确的观察及冷静的头脑,这也是女子的特色。我曾幻想一个女子倘能天天坐着去做分类学的工作,其成功之大,必不可量。盖中国的动物,除外人采去一小部分外,还有大部分未经发现,一定有许多新的种类可资采择。以女子天生赋予分类学特长的能力,去耐心地收集,细心地判别,万一有所贡献,实可为中国、国际上增一光彩。且女子大概好美居多,而自然的动植物,均属真美的表现。试观近来欧美女子之喜做蝴蝶分类的研究,即此一端。可知分类学很适宜于女子的心理,所谓借其好美之心,以增加其研究的兴趣。

讲到生理学,可以说是真正动的科学,真正人类自己的科学。女子之对于生理学上应知的知识,实在甚多。除对于自身的生理知识有明了的必要外,将来又要哺育儿女,故关于生理学上的知识更不可缺乏,多得一点生理学的知识,即多得一点终身的受用。近来一般投机的书贾,对于性的生理的书,只求畅销,不顾内容,文字之间所说的半是性的魔道;而一般女同学,对于性的生理,求知心急,随意购读,这都是学校内不将生理学注重讲解之故。所以我的意思，特别在现代的时代，每一个女子，应当有充分的生理学的知识。至于教女子去专门研究生理学，更属适宜，因为这种学识对于她们自身及其子女，很有密切的关系，必能深感趣味，而得到良好的成绩。

至于遗传学，也是与女子有特别的关系而且是富有兴趣的学问。子女的良恶，是女子顶关心的一件事。我以为遗传学的普通常识，无论哪一个女子，都应该略为知道的；而其兴趣的浓厚，必为女子所愿意研究的。不过中国现在对于此种学问还不发达，以致女子要学亦无从学起，只有期待于将来而已。

我扯得太长了，想读者一定看倦了。罢！现在让我再说几句闲话，作为本文的收束。我以为女子之天性，最适宜于学习科学；而科学之中，尤宜于生物学。生物学之于女子，实有非常密切的关系。如能够明晓生物的一切后，社会上的大势，性生活的奥秘，都可由此推察而得其端倪了。我希望亲爱的女同学们不惮烦劳去研究一番，替科学界开一新纪录，那真是祖国之光，岂仅是女子的荣耀呢。

张芗兰（1903—1970），山东临沂人。1921年中学毕业，同年考入南京金陵女子文理学院，1928年毕业。1931年在美国芝加哥西北大学获得博士学位，回国后先在乐德女中、后在浙江湖群女中任教并兼教导主任。1932年至1936年任南京明德女中、小学及幼儿园校长。1947年去美国攻读第二博士学位，1948年在美国弗吉尼亚学院获得心理学博士学位，1949年学成之后到英国伯明翰大学赛利欧克学院讲学。因在美国全国博士会考中夺得第一名而荣获"第十四块金钥匙"奖牌，并获得终身教授的待遇。

青春的少女

张芗兰

青春期（adolescene），此字系从拉丁文动词 adolescese 转化而来，含有生长到成熟的意思。大约指十二三岁至二十岁间。这时期以后接着就是成年期。

春情期（puberty）是指青春期的早期而言。一般女孩春情期的象征是较男孩为明确。其性成熟也较男孩早，月经的来潮，乳房的耸大，皮脂与腋毛的发生，这些都是明显的表现。

少女除非被不满意的事所折磨外，总是充满了朝气，天真活泼。她喜欢表现自己的个性。有些少女是常常反对他人意见的，有些是盲目服从的，有些是常以自己为中心的，有些是终日无精打采的，有些是十分顽皮的，但有些却能引为模范的，也有些对情绪非常扰动。也有因环境的不能应付裕如，社会对女子发展的无理阻碍，致使她们不能正常如男子一样的发展。

虽然少女期是在生长，是在扰动，像我国有句俗话"女大十八变"，但不一定就如心理学和小说中所表现的那么真切和急遽。变迁却是有的，并且那些变迁非常重要，但生命继续显示其机能，青春少女期并没有和过去的生活区分开来。即使在宗教的皈依等一切强烈的情绪激动中，个人的前途大部仍为过去的生活约制着。下面的两句话虽是相当的合理："每日皆是一个新的开始，每晨都是世界的新生。"但是个人在婴孩、儿童、青年、成人等时期，却有其相连的关系。

一、青春发展期

青春发展期普通分作初春、中春和晚春三个时期。但青年期前和青年期间的变迁，是不易观察得仔细的。通常儿童与成人间的差异，也是不易清晰地被感觉着。十一岁的儿童很少懂得什么，他仍如儿童一样的思想着。他真正的心智能力，在和年长的儿童有差别时，常是被估计得过低，因此十一岁到十四岁间的差异，在表面上就被看待比实际的差异要大多了。

二、生理的关系

青春期的生理变化非常复杂，因篇幅关系，不能在这里详细讨论。现在所谈的只是因生理方面所发生的连带关系。

青春期发动时，汗腺和皮脂腺的分泌格外旺盛，皮肤亦更加光润。关心身体外貌的女子，有时竟变更其沐浴方法，多用粉黛；有些故意摩擦皮肤；还有一班不顾痛苦的人，从眉上、颊旁或身体别的部分拔去毛发。接触别人的皮肤，如握手、拍肩、拥抱、接吻，都是青年人所乐为而渴求的，但是也有非常嫌恶这些行为而想避免的。凡此种种皮肤意识的表现，都是决于神经中枢而且与性的机能之成熟有密切关系。多刺激皮肤，甚至忍受痛苦，可使注意力不集中于性欲。

女子在性发展时期，她们常觉得羞涩、畏缩、惭愧，对于异性发生强烈的兴趣，对于性的刺激起了一切恍惚的冲动和情绪的反常。有些学者甚至说，我们若从性的广义解释这时候的心理作用，有十分之九集中于性欲和性的机能上，而且继续有数年之久。

前面已经讲过，青春期各方面都在生长、发展，就身体方面来讲，儿童期身长的增长，普通是有规律的。青春期身长的增加虽然开始较迟，可是女孩子在九、十岁至十二三岁的生长却比其他年龄为迅速。大约她们到了二十岁时，已达完全的高度。根据大学女生每年重复测量的结果，在十七岁后，身长的增加是很有限的。

此外，体重的增加，女孩是在九至十五岁时。躯干的成熟，胸部的扩张，脑的生长，女孩子都早早地发展着了。

心智的发展，青春期心智的发展，是较速于儿童期，同时显现许多新的理想。青春期中推理能力增加得很快，同时也是动作、记忆的黄金时代，所以从前很愿意承受父母或指导者管理的女孩们，达到青春期即会厌恶那"直接的命令"，要追求为何这样，而且起了反抗。十六岁后又开始了另一时期，那时，她常企求得到她教师们所经验得到的知识。十三岁时，女孩是一个梦想家，可是到十九岁时，她却尝试着去使那梦幻实现了。

所以许多心智的特质或能量，例如推理、判断和注意等，似乎从青春期以前就正常而规律地生长着，直至十七八岁以后。

还有和生理有关系的现象，如嗅觉和味觉的兴致。女孩喜欢香皂、香粉和香水。她们之喜欢别人或不欢喜别人，往往决于其人的气味。这种气味有时是真有的，有时是想象的，友谊的破坏也有因为呼吸太坏的缘故。诸如此类的事情，则不一而足。

三、 心理与环境的关系

生物的基本机能是适应环境，这机能在动物和植物中各有不同程度的赋予。准备个人去充分地适应生活环境，老早便被视为教育的主要目的了。我们教育和训练学生，是使他们能充分地适应其周围的环境，无论何时都使他们有利于个人和团体的幸福。但这仅是一个目的，关于达到此目的的方法应该怎样呢？

青春期的少女不但要适应新的欲望或情绪，并且还得要应付新经验与不安而紧张的情绪。尤其是现在的少女，和她们的母亲时代的环境显然不同了，在生活的各方面感到更换调剂的必要，绝不像她的母亲或祖母被监禁在闺阁中，足不出户便可了事的。

她可以离开家庭到学校去得着不同的教育，不同的生活。

从电影、杂志中得着与前不同的知识;更可以得着一种职业,不仅明了女子自身的责任和工作,也更坚强她们的自尊和独立。所以不同的环境所培养的性格也迥然不同。从前的女子被祖母或母亲教育着"女子无才便是德"的教育,现在的女子还是受这样的教育吗?我们教育的目的何在呢?心志固然能支配环境,但环境也能影响心境。人类是有更高的能力适应环境的,故星球的知识可以破除了地狱的恐怖;历史披露了过去女子的弱点,粉碎了她们过去的盲目的崇拜。

四、 创造性与环境的关系

这里我要提出来讨论的是女子的创造性。因着传统的习惯,女子夙有寄生虫之称,现在虽然打破了这个劣点,但要讲到女子的创造力,却仍然非常低落。历史上纵有女英雄、女作家的出现,但究竟是凤毛麟角的少数!

为什么有些少女常是像无事可做,袖手旁观呢?在家庭中有女仆呼唤,没有她工作的机会;在学校里有困难时可以问教师,教师代她们解释,简直用不着她们费脑力。所以虽然是大学一二年级的学生,还只知评论电影的优劣,讲摩登的化装。到了三四年级,即使能发现职业的重要,也少有创造性。因为在她们所处的环境,除了少有的学习机会外,便终日无所事事。既无启发的指导,当然更谈不上什么创造。

环境对于人性的发展,影响至为重要。此点不但已为西洋各心理学家所重视,即如吾国谚云"近朱者赤,近墨者黑"一语,也明白地指出了环境对于人性影响之重要。今再举实例以证之:1940年11月出版的《西风》月刊内载有一篇文章名《狼女与佛孩》,其中有这样的几句话:

> 史那和他的妻子想尽方法,用最大的耐心,训练这两个狼女,希望她们能恢复人类的生活。……她们的习惯差不多全是兽性的。她们死也不肯披上一件衣服,长长的头发缠结着一直披到肩上,指甲和牙齿都十分坚硬而锐利。她们不吃一点蔬菜,但嗅到远处的生肉气味便馋涎欲滴。她们不会直立只能四足爬行。……

由此数语中我们可以知道两个在狼群中长大的小女孩子,已完全失去了人性。环境不但可以左右人性的发展,同时更可以启发或阻碍人们的创造性。盖创造性多半是为适应环境的需要而产生。例如最初人类本无文字、语言,因环境的需要迫切才有结绳记事、语言和文字。所以要想发展少女们的创造性,便应该注意到她们所处环境的改善,尽量使她们有利用其智慧和手足的机会。

(《写给青春的少女》)

张芗兰（1903—1970），山东临沂人。1921年中学毕业，同年考入南京金陵女子文理学院，1928年毕业。1931年在美国芝加哥西北大学获得博士学位，回国后先在乐德女中、后在浙江湖群女中任教并兼教导主任。1932年至1936年任南京明德女中、小学及幼儿园校长。1947年去美国攻读第二博士学位，1948年在美国弗吉尼亚学院获得心理学博士学位，1949年学成之后到英国伯明翰大学赛利欧克学院讲学。因在美国全国博士会考中夺得第一名而荣获"第十四块金钥匙"奖牌，并获得终身教授的待遇。

怎样充实少女的生活

张芗兰

很多青春期的少女是生长在粗俗的环境中，这种环境只有使她们愚笨粗鲁，而不能开拓她们的智识；有些虽然生长在较好的环境里，有机会得到各种常识来充实她们的生活，培养她们的品格，可是不幸得很，她们又不懂得怎样去利用它。所以，少女们的先进或领袖，都负有特别的使命，要使这些少女们能够踏进丰富生活的园地。

一、交　友

今日的少女所急切而渴望着的问题，便是如何交结朋友。这只有真正与少女们接近的，才会知道青春期的少女往往是会觉得多么的孤单与寂寞，尤其是那些害羞或没有自信力的少女们，更不知如何去应付一切了。就是那些表面上看来很快活、有乐观态度的少女们，也不能否认她们的内心是在感觉着寂寞的。

少女交友困难的最普通原因，是她们的家庭及社会背景给她们一种影响，觉得友谊并没有多大贡献。有时在某种情形之下，她们怕引起别人的不悦或不赞成，所以自己装作隐讳，反现出一种局促不安的样子。聪明的领袖，该设法帮助她们，懂得凡是生存在近代潮流中的人，必得有勇气来应付一切困难，要掀开自己所戴的假面具。

少女难于交友的另一原因，便是缺乏社交的艺术。因为缺乏了这种艺术，所以就不能适应新环境，而仅能注意到别人肤浅的外表，如衣物、金钱及娱乐等。因为她们努力模仿，所以她们容易失去自己的审美个性。有许多少女们说，她们之所以不爱社交，因为在社交时不知道应该穿什么衣服，怎样装饰，怎样用碗筷，及如何与人交谈，等等。其实这些都是从学习中得来的技能，不是自然而然就会的。一个少女如果在早年没有学习这些技能，以后她往往不愿说自己不懂而去请教别人。做领袖的便该观察出她们的需要而辅助她们，就是将社交艺术常常与一般少女做公开的讨论，或是借名社交会给她们一个交际的机会。有许多少女不懂得如何交结男朋友，因为她们不知道在初次与男朋友见面时，应当怎样谈话。倘若一个少女没有兄弟，又没有与男子有过正常的接触，她们就不惯于交男友。像这样情形的少女，最好是由间接的介绍，由她的女友约她常常与男子玩，使她们多得一些经验，加强她们的自信心，渐渐地她们就会单独地交结男朋友了。

有些少女除了缺乏社交艺术,还需要有人来帮助她,启发她,使她能够适应并有社交关系欲望的力量。此种最简单而容易的社交艺术,便是在任何宴会中须有沉静的态度。许多主妇之所以能受人的赞美,多半因为她们能静听别人谈话的能力。一般人不但喜欢口才伶俐善于说话的人,更喜欢沉默寡言善于听话的人。

二、 服装与修饰

衣服也是显示个性、充实兴趣的一个因素,可是有些少女就不能以衣饰来表现她们的特性。因为有些母亲喜欢她们的女儿与她们自己打扮得一样,有时因为经济不宽裕,少女们只能买结实的衣料而不能买华丽的;至于衣服的式样,那更谈不到了。因此,就使少女们失去了她们的个性与自己的愿望。假若她想自己是不能引起别人的注意,那么以后就更不会注意到修饰,反而觉得注意服装的人是自卑的,因此更不事修饰,而趋向于男性的装束。但是这是一种反常的心理。

假如一个少女缺乏选择衣料及式样的技能,她应该找一位指导员来帮助她。指导员先给她做一衣饰预算表,在她经济能力范围以内,能买到价廉物美的东西。有时可以陪少女上街,帮她选择衣料,并且告诉她照她的身材应该怎样选择配合的衣饰以及其他一切服装的标准。这样慢慢地她便能学会一切了。如果她能有合宜的衣饰,便可以显出她的美点,更能有吸人的力量，那么她一定不再烦恼了。每一个少女都应该有使她美丽的责任，如若有一个少女不注重她自己的容貌及仪表的话，那便是她要以这种漠不关心的态度来遮盖她的自卑心理。仪表确是一个很重要的因素，因为她如果要尊重她自己的个性，那么她对于表现她个性的仪表是不得不加以注意的。

服饰上固然可以表现个性，室内的布置也足以表明某人的嗜好。有很多的人不注意墙壁的颜色、室内家具的陈列，但是这些都会影响人们的心情。当我们去看一个少女，由她房内的布置也可以观察出她是怎样的个性。假如当一个少女独自在房中时，她选择几样玲珑可爱的东西与她做伴，这即可表示她一定有一种高雅的嗜好；如果一个少女的室内放着一束散乱而俗艳的鲜花，那么这少女的个性一定与前一个显然不同。只要有一样美丽的东西，即可表明此少女之审美心理。

三、 戏剧与舞蹈

几种固定呆板的娱乐，很难使一个人充分发展她的理想与创造。在现在多数的家庭中，又没有时间及地方可以让少女们发展她们生活上的技能，所以希望学校与家庭能对于这些问题多多注意，并且给她们机会，尽量发展她们的理想及创造。潘德赫（Paffy Hill）说："戏剧可以使人尝到人生的一切滋味，所以戏剧可以带给少女一种理想的生活和一种新的信仰，然后努力以求完成。"因此我们可以说，戏剧是发展理想及创造力的最好方法。

试看任何一般年长或年轻的人们在一起走路或谈话时,我们会感觉到她们的肌肉活动是缺少自由及自然的状态,她们所过的紧张生活由她们紧张的肌肉反映出来,她们精神上的忧虑也由她们身体上的活动表现出来。但是学过柔软操的少女们便懂得怎样使紧张的肌肉放松,怎样用动作来表示她们的心情及感觉。有许多不喜欢言语或甚至不能说话的少女们,只以身体的动作来表达她们的意思,有些崇拜的仪式根本不用语言,完全由崇拜者的动作来表示她的尊敬、悔罪或感谢。因此我们可以知道我们的动作是非常重要的。如果我们的动作要自然而美观,那我们非做柔软运动不可。学校可教少女们学土风舞,希望逐渐地普及这种有利身心的运动。

四、 音乐与文学

音乐能陶冶人们的个性,发泄人们的情感(它能使人哭笑,又能使人跳跃或表现其他各种不同的情感,甚至能使人将心底深处的情绪全都流露出来)。所以能够了解乐谱的人,便有机会去选择她所喜爱的音乐,以满足她对于音乐的需要。当她需要宁静或安慰的时候,她绝不会挑选一种富有刺激性、热情及放纵的音乐来搅扰她。因此,那些优美的音乐对于欣赏的人们是非常有益的。

文学包含着世界上各种不同的经验,但是很少的人能懂得怎样过那有文学意义的生活。图书馆即为我们欣赏文学的仓库,少女们可以依照她们各人不同的经验及心情来选读冒险或爱情的故事，议论文或辩论文等。历史或小说上的人物，常常会比真人更能影响少女的人格。近代我们已公认，就是一个很平凡的人，也可以把她自己在美丽的诗词或散文中表现出来。假如一个少女不会作诗，那么她可以搜集所爱好的文学作品而得到一种乐趣。有些人常常把她少女时代所搜集的文学作品翻开来看时，便发现那些几乎全是她情绪发泄的自传。

为什么在现在的社会中，有许多人彷徨无路，觉得人生单调枯燥而无味？这完全是因为她们对于人生及大自然间的一切奇迹不知道怎样去欣赏与接受。我们只知道羡慕别人的天才，而不会在平凡的事物中寻求不平凡的事；我们终日东奔西跑，为的是觅求生活的兴趣及新的意义，但是结果仍是失望。那么我们怎样才可以充实一个少女日常生活及正常的娱乐，才可以帮助一般普通青春期的少女踏入一个丰富而有生趣的新世界中呢？

五、理　想

理想往往被视为充实生活的元素，理想是由经验造成的。所以它能充实的程度，完全要看这少女以前所得的经验程度来决定。不过，一个高尚有价值的理想，常常具有很大的魔力，可以使少女改变她的行为，增加她做事的效能；可是如果一个理想太高而不能达到时，这少女便觉得她的无能及意志不坚强，渐渐趋于幻想了——因为要想做一个钢琴圣手，希望能有许多人拜倒在她的石榴裙下，那少女一定不惜任何牺牲，日夜练习钢琴。如果有一件要改良社会的工作，眼光太短的人固然没有出息，但眼光过远的人也不能急切地就有成效，所以最好是先有一个远大高超的目标，然后再按部就班地慢慢向着它做去。

六、宗　教

宗教，真正地说起来，对于充实人格的一方面确有莫大的贡献。它给每人一个机会可以在宇宙间占一重要地位。就以基督教对于上帝存在的意义来说明吧。记得罗巴（Leuba）曾这样说过："被基督教所爱护的人们是幸福的，他们的生活是一致集中在上帝的周围。他们的力量绝不会被无效的渴望或冲突的思想所浪费。久已停止和遏制着的力量又将激起而活动，于是他们重大的使命可以完成，他们的目的可以达到。"但是上帝存在的意义这种经验并不是随便得来的，必须要身经其境才能领会。她可以用她的信念来解释宇宙间的一切。假如她相信上帝是爱的话，那么在她的经验中她一定已寻求着爱的意义，因此上帝在这少女的眼光中便是一个爱神，因为她觉得爱是宇宙间一切的基础。另一方面说来，如果一个少女的生活是痛苦而波折的，根本没有尝过爱的滋味，那么她一定会相信上帝是一个暴君，"爱"则是一种欺人的谬见而已。往往因为不能有丰富的生活，少女们便借着宗教的经验来弥补她们的遗憾。所以青春期的少女很容易有这种补偿式的宗教信仰，而缺乏那人格发展的宗教信仰。这样说来，少女的真正的宗教信仰是要看她们的生活方式。我们要改变少女的宗教，先得改变她的生活方式。当我们要为那少女启开新生活之门的时候，我们必须给她深挚而丰富的宗教经验。

宗教对于少女究竟有什么贡献呢？我们可以说它能给少女们莫大的快乐——它能使人重生，它能破除一切的障碍，它能把肉体与灵感、世俗与神圣的生活联系起来，它能增加少女们对于宇宙的信心。但是我们怎样才能帮助少女们来发展她们的宗教经验呢？因为这种经验是由她们生活情形而产生的，所以我们应该帮助她们应付解决一切生活的困难，并且找出这些问题的所在，使她们能有快乐的期望而非以惧怕与怨恨的态度来应付这些困难，使她们能看见世界上一切声、色、形的美丽，更进一步地了解认识伟大与胜利人格的重要，这样她便会慢慢地觉得宗教是她生活中所不可少的一样东西了。

(《写给青春的少女》)

朱光潜（1897—1986），字孟实。安徽桐城人。现代著名美学家、文艺理论家、教育家和翻译家。先在香港大学学习，后留学英国、法国和德国，获文学硕士、博士学位。1933年回国后，先后在北京大学、四川大学、武汉大学任教。朱光潜是继王国维之后的一代美学宗师，对中西文化都有很高的造诣，所著《悲剧心理学》《文艺心理学》等具有开创性意义。

谈青年与恋爱结婚

朱光潜

在动物阶层，性爱不成问题，因为一切顺着自然倾向，不失时，不反常，所以也就合理。在原始人类社会，性爱不成为严重的问题，因为大体上还是顺自然倾向，纵有社会裁制，习惯成了自然，大家也就相安无事。在近代开化的社会，性爱的问题变得很严重，因为自然倾向与社会裁制发生激烈的冲突，失时和反常的现象常发生。伦理的、宗教的、法律的、经济的、社会的关系愈复杂，纠纷愈多而解决也就愈困难。这困难成年人感觉到很迫切，青年人感觉到尤其迫切。性爱在青年期有一个极大的矛盾：一方面性欲在青年期由潜伏而旺盛，力量特别强烈；一方面种种理由使青年人不适宜于性生活的活动。

先说青年人不适宜于性爱的理由：

第一，恋爱的正常归宿是结婚，结婚的正常归宿是生儿养女，成立家庭。青年处学习期，在事业上尚无成就，在经济上未能独立，负不起成立家庭教养子女的责任。恋爱固然可以不结婚，但是性的冲动培养到最紧张的程度而没有正常的发泄，那是违反自然，从医学和心理学观点看，对于身心都有很大的妨害。结婚固然也可以节制生育，但是寻常婚后生活中，子女的爱是夫妻中间一个重要的联系，培养起另一代人原是结婚男女的共同目标与共同兴趣，把这共同目标与共同兴趣用不自然的方法割去了，结婚男女的生活就很干枯，他们的情感也就逐渐冷淡。这对于种族和个人都没有裨益，失去了恋爱与婚姻的本来作用。

　　第二，青年身体发育尚未完全成熟，早婚妨碍健康，尽人皆知；如果生儿养女，下一代人也必定比较羸弱，可以影响到民族的体力，我国已往在这方面吃的亏委实不小。还不仅此，据一般心理学家的观察，性格的成熟常晚于体格的成熟，青年在体格方面尽管已成年，在心理方面往往还很幼稚，男子尤其是如此。在二十余岁的光景，他们心中装满着稚气的幻想，没有多方的人生经验，认不清现实，情感游离浮动，理智和意志都很薄弱，性格极易变动，尤其是缺乏审慎周详的抉择力与判断力，今天做的事明天就会懊悔。假如他们钟情一个女子，马上就会陷入沉醉迷狂状态，把爱的实现看得比世间任何事都较重要；达不到目的，世界就显得黑暗，人生就显得无味，觉得非自杀不可；达到目的，结婚就成了"恋爱的坟墓"，从前的仙子就是现在的手铐脚镣。到了这步田地，他们不是牺牲自己的幸福，就是牺牲别人的幸福。许多有为青年的前途就这样毁去了。让体格、性格都不成熟的青年人去试人生极大的冒险，那简直是一个极大的罪孽。

第三，人生可分几个时期，每时期有每时期的正当使命与正当工作。青年期的正当使命是准备做人，正当工作是学习。在准备做人时，在学习时，无论是恋爱或是结婚，都是一种妨害。人生精力有限，在恋爱和结婚上面消耗了一些，余剩可用于学习的就不够。在大学期间结婚的学生成绩必不会顶好，在中学期间结婚的学生前途绝不会有很大的希望。自己还带乳臭，就觍颜准备做父母，还满口在谈幸福，社会上有这现象，就显得它有些病态。恋爱用不着反对，结婚更用不着反对，只是不能"用远其时"。禽兽性生活的优点就在不失时，一生中有一个正常的时期，一年中有一个正常的季节。在人类，正当的时期是壮年，老年人过时，青年人不及时①；青年人恋爱结婚，与老年人恋爱结婚，是同样的反常可笑。

假如我们根据这几条理由，就绝对反对青年讲恋爱，是否可能呢？我自己也是过来人，略知此中甘苦，凭自己的经验和对于旁人的观察，我可以大胆地说：在三十岁以前，一个人假如不受爱情的搅扰，对男女间事不发生很大的兴趣，专心致志地去做他的学问，那是再好没有的事，他可以多得些成就，少得些苦恼。我还可以说：像这样天真烂漫地度过青春的人，世

---

①这里的"及时"为适当其时之义。——编者注

间也并非绝对没有；而且如果我们认定三十岁左右为正当的结婚年龄，从生物学观点看，这种人也不能算是不自然或不近人情。不过我们也须得承认，在近代社会中，这种浑厚的青年人确实很少；少的原因是在近代生活对于性爱有许多不健康的暗示与刺激，以及教育方面的欠缺。家庭和学校对男女间事绝对不准谈，仿佛这中间事极神秘或是极不体面，有不可告人处。只这印象对儿童们影响就很坏。他们好奇心特别强，你愈想瞒，他们就愈想知道。他们或是从大人方面窥出一些偷偷摸摸的事，或是从一块儿游戏的顽童听到一些淫秽的话。不久他们的性的冲动逐渐发达了，这些不良的种子就在他们心中发芽生枝，好奇心以外又加上模仿本能的活动。他们开始看容易刺激性欲的小说或电影，注意窥探性生活的秘密，甚至想自己也跳到那热闹舞台上去表演。他们年纪轻，正当的对象自无法可得，于是演出种种"性的反常"现象，如同性爱、自性爱、手淫之类。如果他们生在都市里，年纪比较大一点，说不定还和不正当的女人来往。如果他们进了大学，读过一些讴歌恋爱的诗文，看过一些甜情蜜意的榜样，就会觉得恋爱是大学生活中应有的一幕，自己少不得也要凑趣应景，否则即是一个缺陷，一宗耻辱。我们可以说，现在一般青年从幼稚园到大学，沿途所学的性生活的影响都是不健康的，无怪他们向不康健的路径走。

自命为"有心人"的看到这种景象，或是嗟叹世风不古，或是诅咒近代教育，想拿古老的教条来钳制近代青年的活动。世风不古是事实，无用嗟叹，在任何时代，世风都不会"古"的。世界既已演变到现在这个阶段，要想回到男女授受不亲那种状态，未免是痴人说梦。我个人的主张是要把科学知识尽量地应用到性爱问题上面来，使一般人一方面明白它在生物学、生理学和心理学上的意义，一方面也认清它所连带的社会、政治、经济各方的责任。这问题，像一切其他人生问题一样，可以用冷静的头脑去思索，不必把它摆在一种带有宗教性的神秘氛围里。神秘本身就是一种诱惑，暗中摸索都难免跌跤。

就大体说，我赞成用很自然的方法引导青年撇开恋爱和结婚的路。所谓自然的方法有两种。第一是精力有所发挥，精神有所委托。一个人心无二用，却也不能没有所用。青年人精力最弥满，要它闲着无所用，就难免泛滥横流。假如他在工作里发生兴趣，在文艺里发生兴趣，甚至于在游戏运动里发生兴趣，这就可以垄断他的心神，不叫它旁迁他涉。我知道很多青年因为心有所用，很自然地没有走上恋爱的路。第二是改善社交生活，使同情心得到滋养。青年人最需要的是同情，最怕的是寂寞，愈寂寞就愈感觉异性需要的迫切。一般青年追求异性，与其说是迫于性的冲动，毋宁说是迫于同情的需要。要满足这需要，社交生活如果丰富也就够了。一个青年如果有亲热的家庭生活，加上温暖的团体生活，不感觉到孤寂，他虽然还有"遇"恋爱的可能，却无"谋"恋爱的必要。

这番话并非反对男女青年的正常交接，反之，我认为男女社交公开是改善社交生活的一端。愈隔绝，神秘观念愈深。把男女关系看成神秘,从任何观点看,都是要不得的。我虽然赞成叔本华的"男女的爱都是性爱"的看法,却不敢同意王尔德的"男女间只有爱情而无友谊"的看法。因为友谊有深有浅,友谊没有深到变为爱情的程度是常见的。据我个人的观察,青年施受同情的需要虽很强烈,而把同情专注在某一个对象上并不是一个很自然的现象。无论在同性中或异性中,一个人很可能地同时有几个好友。交谊愈广泛,发生恋爱的可能性也就愈少。一个青年最危险的遭遇莫过于向来没有和一个女子有较深的接触,一碰见第一个女子就爱上了她。许多在男女社交方面没有经验的青年却往往是如此,而许多悲剧也就如此酿成。

在男女社交公开中,"遇"恋爱自然很可能,但是危险性比较小,因为双方对于异性都有较清楚的认识。既然"遇"上了恋爱,一个人最好认清这是一件极自然极平凡而亦极严重的事。他不应视为儿戏,却也不应沉醉在诗人的幻想里。他应该用最写实的态度去对付它。如果"恋爱至上",他也要从生物学观点把它看成"至上",与爱神无关,与超验哲学更无关。他就要准备做正常的归宿——结婚、生儿养女和担负家庭的责任。

柏拉图到晚年计划一个第二"理想国",写成一本书叫作《法律》,里面有一段话颇有意思,现在译来做本文的结束:

我们的公民不应比鸟类和许多其他动物都不如,它们一生育就是一大群,不到生殖的年龄却不结婚,维持着贞洁。但是到了适当的时候,雌雄就配合起来,相亲相爱,终身过着圣洁和天真的生活,牢守着它们的原来的合同——真的,我们应该向他们(公民们)说,你们须比禽兽高明些。

(《谈修养》)

纪果庵（1909—1965），原名纪庸，字国宣，号果庵，曾用笔名纪果庵、纪果轩等。河北蓟县人。1928年毕业于河北通县省立师范学校，随后考入北京师范大学国文系，1933年毕业后，在察哈尔宣化师范学校任国文教师和教务主任。20世纪40年代南下任职于南京中央大学。曾任江苏师范学院（今苏州大学）中国史教研室主任。著有《两都集》等。

夫妇之道

纪果庵

照八股文的做法，一定要说家齐而后国治，国治而后天下平，君子之道造端乎夫妇，所以夫妇之道不可不讲。好像夫妇之道不过是治平的手段、阶梯。但是我的看法，却以为天下、国家都好办，家倒是难得齐的，而吾辈之不得与于君子之列，亦正因不易造端之故。即圣人说这套话，恐怕也是感觉着家是个顶难弄的东西，于是发牢骚说，只要齐了家，什么都好办，只要男女之间的关系弄妥当，什么事都好应付。我们偏要本末倒置，以为治平乃是名山事业，齐家不过琐碎节目，岂知实在会错了圣人的原意呢？

第一个儒家崇拜的偶像，舜皇帝，就是家不齐的，可是不妨碍他接收尧皇帝的传国玉玺，娥皇女英的故事真相我们不得而知，就是按照郭沫若氏血族群婚的说法，舜和他老弟这种家庭冲突，并不因为当时通行制度如此而消灭。我想一个人的独占欲在家庭里是最显著了——我们可以对朋友千金一诺，解衣推食，但是祖传之产却未必愿意让掉；反之，兄弟阋墙之事，不知有多少。五伦中所以要立此一项，良有以乎！至于妻子，那不单是自己的不许别人占有，就是别人的，也是让我掏摸上才够滋味；若是自己妻子被别人占了便宜，盖无不引为奇耻大辱，甚至豁出生命以为湔雪者。由占有发展而为侵略，什么娘姨哩，大姐哩，凡入我室者，皆不愿其再属他人。不敢揣想女人对于男人心理如何，男人对于女人，尽管口里说着冠冕堂皇的话，而骨子里总免不了一些轨外的想头吧？

古人把男女的交情，用个"私"字来代替，这真是得其神髓。盖占有即是自私，而且这个自私，乃是人人认为应当的，除非去"私"别人的妻和夫算是逾越了范围，像自家的总不会招人反对。从先谭嗣同作《仁学》，以为男女间的关系因为看得太神秘了，故而越加成为稀罕，假如作为庙堂相见之礼，也许可以减少若干无谓纠纷。谭君如生在今日，其必赞成苏俄式的自由婚姻无疑。不过苏俄式的签字结婚，到底还是要维持短时期的私有制度，不能像谭君所说的那样随便。一般人喜欢骂旧式婚姻为买卖式、契约式，实则买卖是比较自由的，可以卖可以不卖，唯男女之间，则纵有买进之事，再卖出殊不多见，其成为商品，殆只有一次，而变成私有之后，商品的资格不免丧失，是称之为买卖，仍不当耳。不过假定男女之间完全变成买与卖的联系，将感情的事全部抛开不谈，则世界又是什么样子，闭目想来，也是很有意思的。我们正因为在物质作祟的环境下，仍然挣不断精神的枷锁，所以才有种种苦恼不能解决也。

于是我们就不能不抱怨自己有了知识，有了文化教养。有知识才会分别妍媸美丑，有教养才懂得礼义廉耻，但是老子所云：天下皆知美之为美，斯恶矣。世间多少闹离婚的案子，都是在那里讲什么性情不合，万万不肯说年老珠黄，我不爱她了，或是她不懂摩登不会打扮等等，这正是假仁假义的表现，道德观念常常和知识与感情的力量犯别扭，这不过一个例子罢了。我们不愿意犯法律，冒不道德的大不韪，可是感情又好好色，恶恶臭，而知识又足以用眼耳鼻舌之六根，去认识色声香味，人生的苦闷就来了。生物中为配偶而发生麻烦的，以人类为最多且最复杂，甚至于影响到国家世界大局的安危治乱，殊亦为其余生物所想望不及。我很希望人类也有那么一天，将配偶看作不值得大惊小怪的事，发帖子请酒席悬上天作之合的喜幛子固不必，作为庙堂相见之礼也不要，什么同居呀解除婚约呀，这种声明从此绝迹，顺乎自然，顺乎需要，岂不甚善？这也好比孔老先生晚年所讲的大同世界，人人都不自私，而人人不复争斗。可是理想总是理想，鱼与熊掌是大家所爱，而鱼与熊掌又不是有足够分配的数量（如数量太多也就不可爱了），便非有咬菜根吃粗粮的不可。对于善男善女，我们也是愁着。尽管西子潘安有人掷果，有人为之倾国倾城，而无盐左思则只有挨土块与冷淡的份儿，恰如今日的统制经济配给制度，物资不充分，不免遂有黑市了。

西洋人将结婚二十五年、五十年的老伉俪，叫作银婚、金婚，而又有纸婚、磁婚之说，表示男女之间的关系如何不易维持长久。因日子久远而生厌烦之意，原不止男的对女的如是，恐女的对于男的亦复同然。现代社会上无疑的还是男人占着优势，故而女人的被弃的比例比男人大得多。在过去几千年，男人公开地站在多妻制之上，一过三十，无不娶妾，一之不足，继之以二三，嫡妻不过备位而已，所以若讲爱情，实际上早已无有，徒然拥着"名分"二字在那里受罪。可是这么一来，男人就可以大放厥词地维持风教，很少有宣布离婚的事情，袁中郎书信中，且有"愿得不生子短命妾"的妙论，其着重点所在，盖不难知。如是云云，在礼教时代，虽说最重男女的分野，而实际在性的关系上，男人却是得大解放的。那些臭规矩、烂礼教，不过专为女子而设，所以《世说新语》才有周婆制礼当不如是的说话。到了打倒礼教以后，表面上是可以获得更多的自由，但男人若果真像从前那样纵欲胡来，必有人告他重婚罪、奸非罪而对簿公堂了。男人在对女子恋爱的时候，何尝不卿卿我我，说了八车神圣的誓词，但是旧机会一过，新机会再来，早已将前言抛到九霄云外，生理的本能与冲动，力量大过一切，到头来还是惹得一生烦恼。近代行为派心理学家，将人类行为完全放在 Want 上面，即以男女关系而言，其说已有可信之价值。夫打破礼教原是句空话，男人在社会上既有比女人便利得多的地位与机会（这乃是基于生理的关系，女子根本是办不到了），等到一旦遭逢遗弃，吃亏的还是女人。美其名曰男婚女嫁，各不相干，但女的能再婚的有几人？没有孩子还能，若是三男五女，活像子孙娘娘，即有再嫁之心，亦无再嫁之地。况女人心性柔懦，不易招架刺激，一经打击，也就无心再为冯妇。说来说去，还是男的占了便宜，也可以说，男人在娶妾方面受了限制，但在离婚再娶方面却获得方便。女人反而没有从先那种认命忍受的决心，守着一品封诰以娱老年，徒然彷徨半生，无所归宿。我在这里并不是提倡娶妾主义，而是感到许多事在皮相上似乎很有理，但骨子里则满不是那么回事，离婚也不过其一而已。

民国十七年北伐成功，所谓革命思潮，才真的普及于知识青年男女。那时我还在中学读书，几个亲戚长辈都是革命先进，不免忽然当起什么执委之类，我心中也暗自喜欢，以为他们的努力毕竟不是白费，不意在县中党务尚未公开之时，已先听见两位亲戚离婚的消息。我们足不出户的人，不懂离婚到底是怎么一回事，乡下人只晓得"休妻"。于是议论纷纷："×××把老婆休了，革命的人都要休老婆呀。"吵遍了全县，革命与真正的民众打成两橛，我想这不能不算是一点原因。布尔乔亚阶级都有点产业，高兴起来，一切不顾，爽爽快快把自家的产业送给离婚的女人了。但是旧式家庭是不容许媳妇随便"大归"的，做媳妇的知道前途出路很少，也不愿意便走，所以离了半天，还是一造的事情；遇见贤明的翁姑，对于媳妇加以安慰，依然过着旧日家庭井臼柴米生涯；若恰巧平时就是不得宠爱的媳妇，那也只有火上浇油的大倒其霉，说不定就此呜呼哀哉。但是有一个现象，就是绝不会提起诉讼。我们委实在这种题目下听到了不少的可悲可泣的故事，也看到不少活生生的实事。请想，三十岁左右的男人，哪里没有配偶的？尤其乡下人，指腹为婚，差不多十岁光景就已"乾坤定矣"，到了十五岁开外，便来个钟鼓乐之，上到大学，倒久已子孙满堂，做了三个孩子的爸爸了。在平时美美满满太平无事的家庭中，忽然卷起波涛，儿啼女泣，也是很难以为情。老实说，旧式太太宁可愿意丈夫讨了姨太太，也不愿意闹什么离婚的，可是新式太太又不肯身居黄面婆之下，被人家唤作二房。知识分子在这种人生问题矛盾中左冲右突，不知费了若干心血，流了多少眼泪，甚至有人事业隳毁，性命不保！我们因之感觉在新旧过渡期间，岂唯思想行动容易陷于苦闷，即此夫妇之道，亦成为比古昔圣人时代更加严重的问题。终身大事，不容马马虎虎，若让我普劝天下男人，该当牺牲此生幸福，已有配偶，不必再谈恋爱，从我心里也着实过意不去，而"天下有情人皆成眷属"又是如是其坎坷艰难，甚至这良缘必须缔于别人的血泪之上，又何尝希望人们忍心至此！左思右想，无计可施，此尚有待于海内社会专家加以研讨者也。

这种话说着不免太落伍了，还是打住为是。于此仍想讲一点：有了配偶的人，究竟怎么样可以把日子过得越来越有意思。古人告诉我们不少的教训。梁鸿夫人孟光，每逢吃饭，先把盛碗筷的盘子举到眉心，说是夫妻相敬，数十年如一日。这种办法，要是行之今日，过不了三天，任何人的太太都得要求离婚。吃饭就吃饭得了，何必弄这一套鬼把戏？而且要天天如此，真是出乎人情之外。中国的礼教定得很繁,什么礼仪三百、威仪三千哩,殊不知礼繁正足以招人讨厌,对于某种过于琐碎的仪式发生反感,那就虽然举行也等于亵渎。《论语·子张》篇以下数段记孔子吃饭、睡觉、坐车、唱歌都像有着一定的规矩,从来就有许多人反对,以为这是"小人儒"之言。夫妻两个,原应脱略形迹,无所不谈,岂能天天鞠躬如也,干着下属谒见上官的玩意?因之我想,这种故事也许是骗人,要不就是赁庑的梁鸿,穷极无聊,拿老实太太寻开心,过官瘾吧?

听说清末某巨公即曾因为罢免在家,不能再气势堂皇,而雇了一些穷人专门排班伺候喊堂威传手版以作屠门之大嚼的。在日本闻女人对于有职位的丈夫要跪了接送,这个在中国也是不行,不用说女人不肯办,就是男人受了此礼亦复局促难安。我每见我的太太特别为我做一种好吃的菜而她自己则吃隔宿剩下来的豆腐干时,心中已经不免有点那个,若是再弄上孟光小姐那一出戏,简直饭也不要再吃。所以说,夫妻相敬如宾一句话,根本是行不通的,至少在中国习俗上如此。又有一种属于张京兆画眉一型,也是夫妻间之佳话,然而娶了新娘子不妨画画,就是新娘子,不也要妆罢低头问夫婿,画眉深浅入时无吗?可是未见十年二十年的夫妇,天天替太太拿了炭笔扮装的,而且,老夫老妻又装扮什么呢?我们乡下有一个人看了老妻搽粉则大骂曰:"你胡打扮什么?给我看吗?我不高兴看。给别人看吗?我更不高兴。"此语颇幽默而含至理,我每见市上所售家庭杂志之类的刊物都登着怎样御夫、怎样驭妻等等的大文,其中必有一条曰:"竭力迎合对方心理,不要使对方发现缺点。"我们在外面尚不愿意拍马屁以获取富贵,反而在家中给自己的老婆或丈夫献殷勤,想想也未免太辛苦。固然在两性之间,互相取悦,像"女为悦己者容"的道理也是有的,但那必须是动机由于自发,不能迫于外力。吃饭的时候要鸿案相庄,困觉的时候要相敬如宾,日常生活又要逢迎揣摩,我们不是在过日子,倒是天天办外交了。这种办法,我老实不客气地要反对。但是说来说去,我的主张如何呢?我再告诉你,我没有主张。因为没有主张,所以才向大家请教,或者,没有主张,也不失为一种主张乎?这且按下不提。

我虽不懂什么御妻术、驭夫术之类的秘诀,可是结婚的日子也过了十年了,没有过分的厌烦也没有过分的喜悦,随心任运,如是而已。有时和太太发生一种善意的误会,则大吵一通。所谓善意的误会者,动机出于善意,而结果走入互不了解。譬如天气冷了,太太找出衣服张罗换换,懒惰的我,向来视此为麻烦,于是"明天再说吧",先延宕过去。到了明天,旧衣服穿好了,再换又得脱了,仍是不换,而太太不愿意矣,于是吵焉。再如,昨天我去某处旅行,早起,太太一定叫换件衬衣,下了决心,换了,可是市民证、服务证等等都在旧衣袋中,未曾放到新衣袋里去,马马虎虎,随着别人走掉。太太在家发现了,这一急非同小可,因为今日行路之难难于上青天,没有护符,是寸步难移的。怀着一肚子热心的太太,派人专差从后面赶上,把市民证交给了我,我却淡淡的,以为没有也呒①啥关系。比晚回家,太太说如何不放心,我如何荒唐,我便训斥她心眼太窄,殊用不着这样焦急云云,于是又吵矣。诸如此类,几乎每天必有,或大或小,则吵亦随之。但吵了以后,夫妻泰然,彼此都无所谓,该上班的上班,该烧饭的烧饭,是我之维持家庭合作秘法,反在一个"吵"字,岂不怪哉。不过我想这个应用于马虎一点的朋友还可以,否则必致裂痕愈来愈大,终而覆水难收,此时欲不吵而亦不可得矣。

然夫妻感情最易破裂之点,还是生于所谓吃醋问题。这也就是前边所说的占有欲作祟。这是先天的力量,无论如何,不是理论可以解决的。而如苏青先生所云,吃醋总是男的占了便宜,也就是男的在社会上总比女子占优势之故。原来美人谁都爱的,"不知子都之姣者,无目者也",谁又愿意甘为无目之人呢?只是到了悬崖勒马的关头,就要看一个人理智与感情冲动的分寸。我也许是浅薄的功利主义者,觉得 Love is all 的态度,殊属不无危险。年轻的人讲这话还可以,中年以上的人绝对不该讲这种话。青年人要荒唐要浪漫,以飞扬其志趣,活跃其灵感,原无不可,而且若承认夫妻应由恋爱而来,在势亦必经过一番风风雨雨,弄几回离离合合,然后才算不平凡,够滋味。到了结婚以后,两个人回味回味旧事,倒也增加不少的甜蜜。"及其老也,戒之在得",似乎男女之事,已竟不必关心,岂知

---

①"呒"音"mú",方言,意为"没有"。——编者注。

圣人此言，正是错了。血脉贲张的少年人，无须戒色，倒是事业未成，前途尚远的中年人该留心一下。古人有"匈奴未灭，何以家为"之说，那是慷慨陈旧的话，算不了数的，但如果一个人真的把学问事业的趣味代替了好色之心，其为有成，殆不必说。这种话说出来定为诗人所笑，为小说家所笑，以至为一切天才者所笑，盖歌德虽七十以后犹在大讲其恋爱也。

唯生活到底是生活，我不会作诗，不会作小说，尤无天才，而是老老实实的一个低能人，因此代表老实人讲一些不中听的老实话。若是说这种文章太无味，也不绚烂，那则我之该死也。

十一月十一日

（《两都集》）

柏静如，生卒年月不详。是著名出版人、享有"交际博士"之称的黄警顽（1894—1979）的妻子。曾在上海市金陵西路第一小学担任教师。

我的婚后生活

柏静如

一个人生在宇宙间，对于婚姻一件事，人人不能免去的。谈到婚姻这件事，不是勉强成功的。可是通常的夫妻，大半只重金钱而不讲道德，所以婚后以金钱为转移，时常反目，有时竟相骂相打起来，家庭的愉快了归乌有，他们精神上的痛苦，可以说可怜呀！无论是做丈夫或做妻子的，总要双方互相了解，大家体贴才好。我们的结婚，不追慕虚荣。经过多年的友谊，深刻的认识，知道他是一个三不主义的奇男子：（1）不欺贫弱；（2）不贪财色；（3）不吸烟酒。到了"一·二八"之后，我俩同在后方服务救济工作，朝夕相见，意气相投，所以感情非常好。而且在平时生活中，觉得他很有思想，常识丰富；尤其对于婚姻别具眼光，主张迟婚之益：（1）脑力充足；（2）体魄康健；（3）筋力强壮；（4）延年益寿；（5）记性优良；（6）身躯雄伟；（7）工作耐劳；（8）抵抗疾病；（9）婚姻圆满；（10）生育繁殖。又言早婚之害：（1）愚蠢；（2）孱弱；（3）多病；（4）夭折；（5）记性劣；（6）身体矮；（7）怕工作；（8）魄力弱；（9）易传染；（10）恶家庭。个人强，国必强，此根本救国之良法。所以他年将四十，尚未娶妻，又很小心翼翼地择交女友。据他告诉我，有许多留学生中学校长都愿意嫁他，因志趣不同而作罢。他的才情，人人皆知；而他的仁德，无可与比；诲人不倦，做事尽力，待人和蔼，志气宽大。回忆他在北新泾时，日日鼓励我，极言学问之利益，一言一笑，感人心曲。闲时携我去游公园，一举一动，皆甚忠实。希望别后早重聚，我俩盟作终身侣，他的热情竟溶化了我顽石似的心肠，因此同于今年元月二十四日，在我国政治的中心地举行了公开的仪式而同居了。到如今，过着非常幸福的日子，可以说贫而乐的模范家庭了。

时间过得真快，美丽的夏天又快来了。我和警顽结婚已将半年了。回想首都白雪中结婚的那一天，好像是昨天的事。我俩早眠早起天天一同出外做事，他经商，我教书，各人尽自己的本分，做各人的职务。遇着患难时，互相扶助。晚上聚首，家中有老母亲管理，无内顾之忧。租了一所单幢的房子，我们的费用毫不阔绰，刻苦俭朴，自己的事自己做。可是精神方面很愉快，在空闲的时候，大家到附近民众教育馆去散散步，体育场去玩玩，每逢星期日探望朋友亲戚，出席各种聚会，或到北新泾计划晨更工学团事，有时看看有意味的电影，听听中西音乐，运动会、展览会都有我俩的足迹，或参加文化慈善救国团体服务，借增知识而尽国民的义务。每月所得的酬劳，双方都公开，家庭有预算。各人有朋友的应酬，都预先通知，维系人情交谊。晚上他也很早地回来，七时聚餐，谈谈日间经过，时事新闻，世界大势，都记在日记上。所以我的婚后生活，解决衣食住行乐育外，总算还很幸福，有些乐趣。

　　名达先生：我之得有幸福的享受，你知道我是费了多少考虑和谨慎啊。你知道我和警顽的友谊，维持到六年之久，我们才决定结合的。因为我觉得需要这么长的时间，才可以彼此了解。否则就是胡乱结婚，真不知要贻多少痛苦。我现在总算没有失望，我的一生没有走错了路。和警顽共同奋斗，替民族、国家、社会尽一些力，谋一些大家的利益，才不虚此一生！

陈碧兰（1902—1987），笔名陈碧云，彭述之的妻子。中共早期著名女职业革命家，与向警予齐名。1918年夏，进入位于武昌黄土坡（即现在的首义路）的湖北省立女子师范学校读书。1922年10月，由陈潭秋介绍加入中国共产党。1923年秋，赴莫斯科深造。1925年在《中国妇女》杂志担任编辑。1946年创办刊物《青年与妇女》（后改名为《新声》）并担任主编。

性爱与优生

陈碧兰

在现社会里的优生学理论，被上层社会利用成为抑压下层社会的工具，这已是不容讳言的事实。因为在现社会里，一般被压迫的民族和下层劳苦民众，虽然是由于帝国主义和上层社会的剥削和压迫的结果，弄得他们无法自活自存，弄得他们不能娶妻育子，弄得他们不能受教育而至于愚昧无知，甚至于发育不全，瘠瘦残废。然而帝国主义者和上层社会的人却说他们是天然的劣种。根据达尔文的优胜劣败、自然淘汰的理论，他们的命运不但是在这自然法则下所必然发生的结果，而且也是应该被淘汰的。所以他们的压迫和剥削，正是尽着这种人类优生学上的天职，并不是什么残酷的行为。所以帝国主义者侵略和压迫弱小民族时，总是说他们自己是优秀民族，劣种人应该受他们的统治，甚至消灭。上层社会的人努力压迫、剥削和残杀下层民众时,总是说这些人是暴乱无知、愚鲁无能的劣等人,应当扫除这些为民族、国家、社会之累的病夫劣种,这就是现代所谓优生学的精神。

虽然现代的优生学理论为上层社会所歪曲了,但这并不是说优生问题就因此而一例摈弃。自从园艺学和家畜饲养学等等逐渐发达以来,的确证明了生物之善种实施的可能和必要了。人类亦是生物之一,亦同样部分地受自然法则的支配,所以人类自身之种族改良,不但同样是可能的,而且也是必要的。关于从怎样的观点和以怎样的方法去改良人种之全般理论,这里无暇多谈,我现在只单就性爱与优生的问题之有关联者来略一论及吧。

如果我们不否认亲属的特性可以遗传子孙之遗传法则是存在的,又假使我们不否认胎教有关于儿童以后的发育,那么从择配到性生活之性爱问题,就不能不和儿童之优劣和健全与否发生密切的关系,就是说和人种的改良之优生学有密切的关系。

两性的择配,从一般的观点上说,像现代社会拿金钱财产、社会地位和权势做标准,拿一切等级观念,甚至拿单纯色之外表的美丑做标准,都是不正常的。性的择配应该注意到学问事业之能互相帮助,思想之投合,情感性情之相调和,嗜好,艺术之同感等等条件,然后才能使个人间的幸福和性爱关系得到美满,而不致因此直接互相妨碍彼此的前途,间接妨碍彼此对社会尽其应尽的责任,损害及社会,这是不能不特别加以注意的。不但如此,即就人类的自然演进来说,要使人类之种族日益健全优秀，使人种能够逐渐得着改良，则性的选择同样是必要的。像许多过于幼稚和极端的性爱论者，以为两性的结合只是肉欲要求的满足，而无任何条件附加的必要，这当然是不正确的。

两性的结合，在适当的选择之下，使智识学问之相对平等，思想之相对的同一，个性嗜好之相对的调和，这不但是两性间爱情的浓厚淡泊的第一关键，而且在智识、学问、思想、感情与习惯之适宜配合之下，可因父母的特性之智慧、情感之适当配合的特征上，可能的影响及于未来儿童之先天禀赋的聪明与否，影响到他的个性。学识丰富爱情浓蜜的父母，正如生活在肥沃田园中，沐浴于美丽的、自由的空气中，存在于优美的自然环境中的花卉一样，自然会使它于花苞怒发时，得着美丽肥大的鲜花，使它于结蒂成实时，得着健壮肥大和生机充实的果实，发生良美的种子。所以即从人类的善种学的观点上说，两性配合上之智识、学问、思想、性情……的调和和相等的适当选择，是具有绝大的意义的。

从人类善种学的观点上看，男女两性的选择和配合，对于自然机体之体质的选择上，特别具有重要意义。因为智识、学问等等精神上的东西，虽然对于子嗣的聪明上亦有相当的关系，然而这些东西的获得，大部分是依靠在后天的教育和环境上的，而自然机体的体质，则大部分要靠先天的禀赋。在成长过程中的饮食、起居、衣服和劳动的培养，只是给予先天禀赋的特点以顺利发展的条件和补充而已。要对于先天禀赋根本加以改变，那不但是很缓慢而且也是不甚容易的。所以我们常常看到身体强壮的双亲生出来的子女，如果不为其他环境作用所反逆，妨碍其自然发育，则他们的身体也一定是壮健的。反之，如果父母的身体弱了，其所生的子女也常常是不甚强健的。这就证明性的选择中之身体的适当配合，在人类的善种学上获得了特殊重要的地位，是不可否认的。因而，一切身体强壮的女子，在性的结合上，是不宜于与体质萎弱和有隐疾的男子结合的，否则必然会将人类中之已有的善良种子反而弄成弱种。

虽然如此，但我们并不能即因此说对于那些体质上先天禀赋羸弱和有隐疾的人，应该完全断绝他们性生活的享受，如同希特勒的办法一样绝对禁止他们结婚。因为人类是应该把群的利益与个人的利益并顾的，不应该剥夺那些弱者的全部性生活。在为了人类种族演进上，应该注意配偶的选择，但不是说弱者就绝对不能结婚。弱者和弱者之间，在配合适当的条件之下，一样是应当享受其性生活的幸福的。不过我们对于他们的劣种子嗣的产生，应该予以相当的限制，或者是用科学的避孕法使其不生，或者限制其生育上的数目，或者更特别对于那些弱种的儿童注意其后天的培养等等，以改良人种，这才是正当合理的办法。

此外，性爱过程也和人类种族改良有密切的关系。比如夫妻间的感情和爱情的调整适宜，在爱情笃厚的夫妇间，其所生的子女是可能较为聪明的。而性的交合之调节与限制，使不至于损害着生殖机能，或使之衰弱，这也是为了获得健全的子女所必须注意的条件。在怀胎期中也是一样。爱情的浓厚和调节，使孕妇愉快，性的交合之限制，以免损及母体及胎儿等等，都是和获得善良的子女有密切的关系，亦即人种改良上所必须注意的。

总之，人类的善种学是和性爱有密切关系的。在适当的性择与婚姻上，美满的夫妇感情上，乃至调整合度的性生活上，某种程度的节制生育上，都是改良人种的必要条件。但是，首先我们绝对反对只把人类善种学实施于下层民众之间，而上层社会的人却可以无限制地结婚生子，单把下层民众当作劣种而行其自然淘汰。绝对反对完全剥夺弱者的性生活权利、禁止其结婚那种损害他们的幸福的办法。我们主张完全从智识、学问、性情、爱好、身体……相当调整的条件上去选择配偶，以施行其善种，主张施行科学避孕法于弱者的夫妇间，主张相对限制弱者生育上的数目和注意弱者儿童的社会扶养等等，以改良人种。

但这种人种改良之正确的方法，在现制度下都难于办到。因为：

第一，性的选择在现制度下不能摆脱经济私有关系之种种支配，使人人得着普遍适当的性配合和性自由，因而连爱情和性的调节等等，都成为不能十分美满的。

第二，良种的男女反因贫困不能结婚，以尽其生育义务，而劣种的男女反因他们有钱有势，而能多生多育。

第三，在现社会中，人人都未获得社会的担保，所以人人都不能不依靠家庭、依靠儿女以扶持其暮年生活，因而要使弱者的男女实行避孕都是不可能的，劣种的限制遂很难实现。

第四，社会对于儿童不尽扶养的义务，不能从儿童成长过程中去改良其生活，以强健其种族。且更在生活上使许多人因受贫困、压迫、饥饿……而损害及他们的身体，这当然不是在提倡善种而是在制造劣种。

因为如此，所以要在人类中实行善种，则改造社会当为其主要的课题。必须如此，才能改变性的生活乃至社会环境，使人类有充分实行人种改良和优生的机会与可能。

(《妇女问题论文集》)

陈西滢（1896—1970），著名作家和学者。江苏无锡人。1912年负笈英伦，先读中学，后入爱丁堡大学和伦敦大学，1922年获博士学位。回国后任北京大学外文系教授。1927年与王世杰等创办《现代评论》周刊。1929年到武汉大学任教授兼文学院院长。1943年赴伦敦主持中英文化协会工作。1946年出任国民政府驻联合国教科文组织首任常驻代表。著有《西滢闲话》和《西滢后话》。

节育问题

陈西滢

我们上一次①说过贫民有节育的必要。可是应当节育的，不单单是贫民，小资产阶级、智识阶级尤其有节育的必要。他们不仅得与贫民同时节育，并且在贫民没有觉到必要或得到方法的先前，他们就得想法去实行。这话，我知道，一定有人反对的。不但一般盲目的人口增加论者会反对，就是一般优生论者也会不赞成。

在优生论者看来，单单智识阶级和小资产阶级实行节育，一般无智识的贫民依旧生殖繁衍，结果少不了优良者一天一天地减少，劣种一天一天地加多，民族也就不灭而自灭。

资产阶级不用说了。我们实在不信他们就是优良的人种。

---

① 指作者此前发表的《贫民与节育问题》一文。——编者注。

拥兵十万的军阀,与他后营里的一个小兵,我们疑心,也许有的是同样的头脑。躺在汽车里肥头胖耳的大汉,他的聪明也许还赶不上坐在前面手敏目捷的车夫。至于一般面团团的富家翁,除了面团团之外,常常叫人找不出他们别的特殊之点来。

智识阶级也不一定就生优良的种子。为什么天才的儿子不一定是天才,美人的母亲不一定是美人?这种问题,远没有遗传学者能够给我们圆满的解答。萧伯纳是超绝一世的奇才,他的尊容可实在有些怪。有一次,一个法国有名的美人给他一封信。她说,他是世上顶聪明的男子,她是法国顶美丽的女人,要是他们结了婚,一定可以造出萧氏所希望的超人来。萧伯纳的回信也就妙得很。他说:要是这种结合的子嗣遗传了他的面容、她的头脑,不是糟了吗?还不如谢谢吧。

天才当然是例外。至于一般人,我们相信,他们得自先天的遗传,一定敌不过后天的滋养和教育。要是同样的两个平常的儿童,一个自小就饱食暖衣,少染疾病,环境良善,教育得法,一个衣不蔽体,食不得饱,常有病痛,调养无方,环境既然不佳,教育又时时因贫病中辍,他们成人之后,自然一个身心康健,进可以为学术、事业界做些贡献,退也少不了是社会上有用的公民,另一个的前途就可怕得很了。

要是一个人只有教养一两个子女的能力,却生了五六个以至七八个,他自然不得不效法《儒林外史》里的老和尚。老和尚受了郭孝子两个梨,叫水夫挑满了两缸水,把梨捣碎了,击云板传齐了二百多僧众,一人喝一碗水。谁看了这样的事,都得会像郭孝子点头叹息。可是也许有人同意吧，我宁愿有几个别人尝一尝梨味儿，不情愿自己喝那碗淡而无味的水。儿子女儿的教养更不比两个梨。两个子女可以吃饱穿暖的，五六个也许就免不了饱一餐饿一餐；两个子女一个母亲照顾得过来，五六个也许就免不了照应不周到；两个子女可以受高等教育的，五六个也许就免不了连普通教育都受不全。这样，如果只有子女二人，他们就成全了二个健全有用的国民；要是有了五六个，他们对于国家的贡献反而低落了。

我们还要记得，我们不应当只想着国家，忘记了个人，只想着子女，忘记了自己。生儿子也许是人类的天职、国民的义务，可是，生儿子断不能是人类唯一的天职、国民唯一的义务。在我看来，我们还不能说这是人类最大的天职、国民最大的义务。要是一个文艺或科学、艺术或者音乐的天才，他爱好的是他的学问或艺术，他完全不懂得家人生产。你如让他献身给他所信仰的事业，他也许能给世界一点永不磨灭的礼物；你如强他成家立业，生男育女，他的灵感也许就会埋葬在油盐柴米的烦恼账里了。

不错，我们还得说，天才应当是例外。可是一般人生活在世上，至少也得问一问生命的意义。要是人生还有意义，他们当然不单单是生殖的机器；要是人生没有意义，他们又何必多造些毫无意义的机器？一个待人刻薄自己也一钱不花的守财奴，大家都会笑他"何苦为儿孙做牛马"。一个生育了许多子女的人，为了子女要衣穿，自己不得不穿破衣；为了子女要饭吃，自己不得不挨饿或吃粗粮；为了子女要教育费，自己不得不一早到晚、一年到底不息地工作。大家非但不笑他，还说他福气大！可是福气愈大，精神的痛苦也常常愈深，甚而至于发疯的也有，堕落的也有，而甚至于自杀的也有。究竟一个人何苦有这样的好福气？

　　与其有这样的福气，我以为还不如"涵于性交跳舞的淫乐"吧。其实，说法国人"男男女女，都图自己夫妻的快乐，生怕生了一个儿子，会妨害他俩跳舞和性交的自由"，未免言之过甚了；同样，"跳来跳去舞了若干时候，世界的舞台上，就要绝了你的足迹"，也未免是过虑。一个社会学家说，女子可以分为两类，一是母性，一是娼妇性。母性的女子，我想他也肯承认，一定占大多数吧。要是她们的经济容许她们生育子女，无论怎样地爱好跳舞，她们也至少想有一两个小孩。至于母性不强的女子，强她们为许多小孩的母亲，她们的痛苦还是小事，她们的子女可真太可怜了。在她们自己，她们就有了子女，还不是镇天地应酬游玩，镇夜地打牌跳舞？可是她们的子女却永不享着母亲的照拂和慈爱，甚至于蓬首垢面、破衣百结也没有人管。

　　自然有人要说了，一个人的收入不是固定的，他的收入常常看他的需要而转移的。需要多了，一个人便不得不想法扩大他的生产力，他的收入也就增加了。这话固然不错，可是只能应用在各种事业已经上轨道的文明国吧。我们的小百姓永远生活在战祸的黑影里，他们要安身立命还不能够，哪里还讲得到收入。在这样情形之下，家累日重，需要日多，才智之士也没法可想，何况一般普通人。因此，依附军阀和依附洋人便成了许多人唯一的路径。就是有些志士，也常常未能免俗。他们往往主张反抗帝国主义，但是一面却用帝国主义者的名义做他们的护符；他们往往主张打倒军阀，但是一面就靠军阀吃饭；他们往往主张反宗教，但是一面求在教会学校担任功课。难道他们真心愿意？实在也出于不得已罢了。他们自己可以挨饿，老婆、子女却不能不吃饭啊！就是那些直接或间接用苏俄金钱的人，也何尝不是如此。要是说他们"宣传赤化"，加以"死刑"，岂不冤哉枉也？

（《西滢闲话》）

顾毓琇（1902—2002），字一樵。著名教育家、科学家、诗人、戏剧家、音乐家、禅学家。清华大学电机学学士，美国麻省理工学院电机工程学学士、硕士、博士。1929年回国后，历任浙江大学电机工程系教授兼主任，中央大学工学院院长，清华大学电机工程系教授兼主任、工学院院长，国民政府教育部次长，中央大学校长，音乐学院首任院长。1950年移居美国。顾毓琇学贯中西，博古通今，著述甚多，除了科学专著与论文，还有大量戏剧、诗词、禅学、音乐方面的作品。

三老太的一生

顾毓琇

齐眉两阅月，

守节五十年。

这两句话就代表了三老太的一生。

三老太在十七八岁当乡下小姑娘的时候，就许给了她一位城里的表哥。不久男家就来催着结婚，但是结婚的时候，他已经病得站不起来。勉强扶持着结过婚，他的病渐渐加重，她亦只得小心服侍着这位奄奄一息的丈夫。不到两个月他死了，她便起始那"守节五十年"的生活。

原来一个儿子病到危险的时期，可以把未婚的媳妇娶过来，也许就可以"人到病除"。这叫作"冲喜"。"冲喜"而有效，那是媳妇的命不差；"冲喜"而反不好，那便是媳妇的命"冲撞"了丈夫,而那一辈子的苦亦只是"自作自受"。这次主持"冲喜"大典的不是别人,便是她嫡亲的舅母。

但是她不像城里的姑娘那样"服命",她活泼泼的乡村的野性起始在几千年传统的家庭制度下明白表示她对于她受人摆布的命运的反抗。她觉得她蒙了极大的欺骗,而设计这个骗局的便是她嫡亲的舅母——现在她名义上的婆婆。她觉得世界上一切的人都是可恶,他们都一起张罗着完成了这样一个弥天的大憾。

婆婆是神圣不可侵犯的,但是她起始大胆地骂她。婆婆眼睛失了明,她公然骂她"瞎婆子!"

为保持一般的婆婆对于一般的媳妇的尊严起见,大家都说这个媳妇疯了,背后窃窃私议时便都叫她"痴婆子!"在世界上一切人的眼光里,她确是疯了!

她对于那早死的丈夫的态度到底怎样呢?这是很值得注意的。每逢岁时祝飨,她便指着那冥冥中的丈夫,骂他不该早死,骂他不该害人。这位早死的"三官",万一死而有灵,他亦决计得不到安息;他是一个永远受她咒诅的人。她决不怕鬼,她正要找这个无情的死丈夫算那五百年前的孽缘。

她对于一切人的态度,上文已经提过。她从今以后不能再相信任何人。她不要吃公婆的饭,她宁可在一付小灶头上自己烧。谁知道谁不在想害死她?她这种疑心病,自然又可以证明她确乎疯了。

她不要仆人走进她的房,她嫁妆里的红漆箱子,她每天自己小心擦干净,擦得一尘不染。那些好像是她在世上唯一的安慰,因为她可以相信它们对她至少没有恶意。

每天买菜她亲自到街上去,为着一切仆人生来的职务便是存心来占主人的钱。她自己提着竹篮带着秤,每天清早到菜场去,油盐酱醋,一样样自己费心来采办。一位大户人家的"少奶",怎样可以自己到街上抛头露面去买菜呢?并且她买菜必要讲价,讲好价分量亦要自己秤过。篮里装好了菜回来,路上遇见了熟人,她还要把所买的一条小鱼指给人家看,问别人便宜不便宜。倘若有人告诉她买贵了,她也许还要回去换过。这些都不是"少奶奶"应该做的,所以她的"疯"是疯定了。

米,她家自己仓厅上可以送来,但是放在什么地方妥当,便是一个严重的问题。一切的仆人都免不了要偷米的,所以最妥当的地方,还是在卧床的后面。但是还有不识时务的老鼠要来偷米吃。她在驱逐了一夜老鼠之后,走到街上看见人便要恨恨地咒诅老鼠一番。假使有人亦正感觉老鼠偷米的讨厌,她就能微微得着些难得的高兴。

她实在是世界上最不求人的人。她一切靠自己做。她不要同情,她鄙视一切人间虚伪的同情。她不能再让自己吃亏,她得小心着一切人对于她的欺伪和剥削。她是世界上最自主而又最节俭的人。她自己决不浪费,她亦决不让别人借着她生活的需要来浪费她的一文钱。但是她绝不是吝啬,她积了钱又没有半个子女。

她对于全世界的人起初是怀着仇视和报复的敌忾,逐渐她只是小心提防着一切的众生——连偷米的老鼠在内。

四十年来,她独自住在一座楼上。她过继了一个儿子,嗣孙也有不少。他们都住在一个邻近的新宅子里,几次三番接她过去,她总不肯。

她从老宅子到街上去,这个新宅子是必由之路。凡是路过时候,她看见了嗣孙们,总要每人给一个铜子买糖吃——这是她做祖母的面子,似乎不可少的。有时候她从街上回来,走到桥上,远远看见孙子们在门口,她不惜缩回去,改走隔河的那一岸,再从另一座桥上转到老宅里。她绝不是吝啬,因为每次孙子们看见她,叫了她一声"祖母",并不需要代价,而每次的铜子儿,小孩子们亦会同她老人家几次三番地推让。

小孩子们的天真,是使得三老太鄙视众生、仇恨众生的信念偶尔要受波动的。这种信念怎样可以摇动呢?所以她每见了孙子们必要给一个铜子儿,而最好还是少见面,免着动摇她四十年来的信念。

她六十岁了。她的嗣子为这位节母做寿,并且让人做了寿序,印好了分发。全城的人都说自己上街买菜的三老太做寿了,好福气。她自然还是十分冷淡。背后叫她"痴婆子"的亲友们都来吃面。他们还拉拉扯扯要向三老太来拜寿。她始终谦逊着不肯担受那样的宠遇。

她在冷淡里微微笑了——含着四十余年清节的辛酸的苦笑。

不到两年,那为她做过寿的嗣子死了。他是一个忠厚而孝顺的人,而竟不满三十五岁就死,这又足以证明命运的毫无公道。她得到了这样惊人的消息，无意中流了几滴同情泪。她忘了咒诅命运，她亦已经老了。但是在她鄙视一切众生的信念之外，暗中更增加了对于一切命运的不平。世界上的好人每每遭着造物的嫉妒，她的同情泪还是充满着无限的身世之感！

她的嗣媳妇领着一群孤儿在困苦里挣扎着过日子，依然几次三番要接三老太到新屋里来居住。论情理她应该对那守节抚孤的媳妇有很大的同情，但是这种对人的同情是违反她处世的信条的，所以就像她看见了孙子们要避开一样，她宁可不要媳妇的供养。

她原住的小楼，是在她侄子的势力范围之下。她的侄孙要娶新娘了，要她的小楼做新房，她只得搬到新宅里去。但是在没有搬过去以前，她提了两个简单的条件：自己烧饭同另从一个旁门出入。她是世界上最富于独立精神的女子，六十几年生命的重载，没有丝毫减削她的壮志浩气。

她年纪虽然渐近七十，而身体还是很好；还是自己上街，自己买菜，自己烧饭，自己擦房里的红漆箱子。岁时祝飨的时候，她仍然咒诅她早死的丈夫。但是她逐渐偷偷地亦肯做些修桥补路的布施。她告诉别人她的身体大不如从前了。

她从来不生病，生了病亦不找医生，别人要为她请医生更是千万不可以。医生是不能由人代请的，谁知道世界上没有人在串通了医生谋害她？所以她贤孝的媳妇看见她脸色渐渐发黄，肝火渐渐发旺，只有苦口劝她自己相信哪一个医生就去看，却不敢代请半个医生。

她仍然说用不着医生。但是，有一天，她自己扶病走到一个中医家里看了病，自己还到药材店里买了药带回来，因为托人买药是最危险的事，存心地或是无意地买错了便有性命的危险。

　　病还不见好。她觉得喉头有痰吐不出。有人来问她的病，她会用手指从喉头挖出一点火黄色的浓痰给人看。火气实在太重了。她自己有些不耐烦，她告诉别人，这次的病恐怕不会有希望。但她并不绝望，她还有挣扎的勇气。她天天还起床，天天自己梳头，天天梳头时对着镜子看她喉头的颜色一天深一天的浓痰。

　　她的嗣媳妇小心服待她，她对于媳妇的真诚，亦能渐渐地领受。她的大孙子是学西医的，现在亦为她找了几个当地的著名西医来同她看。

　　起初只同她商量好——只看病，不吃药。诊断的病状说得还同她投机，而且她在长期的病中亦减失了她对于一切众生的猜忌，所以在她媳妇的殷勤侍奉之下，她亦肯吃些西药了，吃了果然好一点。

　　她刚刚七十岁了。她的病有时好一点，有时坏一点。亦没有什么病，只是火气太重，以至于"胸膈饱满，四肢无力"。

　　她躺在床上几个月，再没有力量起床。但是她是很爱清洁的人，每天早晨在床上还要坐起来由她媳妇替她梳头。

　　她觉得实在不能支持了，嘴里好像冒出火来。她同嗣媳妇说："难为你服侍我这样久，你是有孩子的，我实在觉到对不起你。"她说着竟流泪了。她中心①的感激使她忘怀了一生对于一切人的仇视,她热诚的泪珠也洗净了七十年来对于命运的怨恨。她只是枉过了一生,她没有机会早发现世界上还有不欺骗不刁难真心待她的人。

一切都晚了,三老太便像油干灯草尽,完成了她的一生。

民国十三年冬初稿,二十二年元旦重作

(《我的父亲》)

---

① 这里"中心"为"心中"之义。——编者注。

胡　适（1891—1962），原名嗣穈，学名洪骍，字希疆；后改名胡适，字适之，笔名天风、藏晖等。安徽绩溪人。因提倡文学革命而成为新文化运动的领袖之一。历任北京大学教授、北京大学文学院院长、中华民国驻美利坚合众国特命全权大使、北京大学校长等职。胡适兴趣广泛，著述丰富，在文学、哲学、史学、考据学、教育学、伦理学、红学等诸多领域都有深入的研究，被誉为现代思想文化界最稳健、最优秀、最高瞻远瞩的哲人智者。

李超传

胡　适

李超的一生，没有什么轰轰烈烈的事迹。我参考她的行状和她的信稿，她的生平事实不过如此：

李超原名惟柏，又名惟璧，号璞真，是广西梧州金紫庄的人。她的父母都早死了，只有两个姊姊，长名惟钧，次名□□。她父亲有一个妾，名附姐。李超少时便跟着附姐长大。因为她父母无子，故承继了她胞叔槊廷的儿子，名惟琛，号极甫。她家本是一个大家，家产也可以算得丰厚。她的胞叔在全州做官时，李超也跟着在衙门里，曾受一点国文的教育。后来她回家乡，又继续读了好几年的书，故她作文写信都还通顺清楚。

民国初年，她进梧州女子师范学校肄业，毕业时成绩很好。民国四年她和她的一班同志组织了一个女子国文专修馆。过了一年,她那班朋友纷纷散去了,她独自在家,觉得旧家庭的生活没有意味,故发愤要出门求学。她到广州,先进公立女子师范,后进结方学堂;又进教会开的圣神学堂,后又回到结方;最后进公益女子师范。她觉得广州的女学堂不能满意,故一心要想来北京进国立高等女子师范学校。民国七年七月,她好容易筹得旅费,起程来北京。九月进学校,初做旁听生,后改正科生。那年冬天,她便有病。她本来体质不强,又事事不能如她的心愿,故容易致病。今年春天,她的病更重,医生说是肺病,她才搬进首善医院调养。后来病更重,到八月十六日遂死在法国医院。死时,她大约有二十三四岁了①。

这一点无关紧要的事实,若依古文家的义法看来,实在不值得一篇传。就是给她一篇传,也不过说几句"生而颖悟,天性孝友,戚郿称善,苦志求学,天不永其年,惜哉惜哉"一类的刻板文章,读了也不能使人相信。但是李超死后,她的朋友搜索她的遗稿,寻出许多往来的信札,又经她的同乡苏甲荣君把这些信稿分类编记一遍,使她一生所受的艰苦,所抱的志愿,都一一地表现分明。我得读这些信稿,觉得这一个无名的短命女子之一生事迹很有做详传的价值,不但她个人的志气可使人

---

①行状作"年仅二十",是考据不精的错误。——原注。

发生怜惜敬仰的心,并且她所遭遇的种种困难都可以引起全国有心人之注意讨论。所以我觉得替这一个女子做传比替什么督军做墓志铭重要得多咧。

李超决意要到广州求学时,曾从梧州寄信给她的继兄,信中说:

> 计妹自辍学以来,忽又半载。家居清闲,未尝不欲奋志自修。奈天性不敏,遇有义理稍深者,既不能自解,又无从质问。盖学无师承,终难求益也。同学等极赞广州公立女子第一师范,规则甚为完善,教授亦最良好,且年中又不收学费,如在校寄宿者,每月只缴膳费五元,校章限二年毕业。……广东为邻省,轮舟往还,一日可达。……每年所费不过百金。侬家年中入息虽不十分丰厚,然此区区之数,又何难筹?……谅吾兄必不以此为介意。……妹每自痛生不逢辰,幼遭悯凶,长复困厄。……其所以偷生人间者,不过念既受父母所生,又何忍自相暴弃。但一息苟存,乌得不稍求学问?盖近来世变日亟,无论男女,皆以学识为重。妹虽愚陋,不能与人争胜,然亦欲趁此青年,力图进取。苟得稍明义理,无愧所生,于愿已足。其余一切富贵浮华,早已参透,非谓能恝然置之,原亦知福薄之不如人也。……若蒙允诺……匪独妹一生感激,即我先人亦当含笑于九泉矣。战栗书此,乞早裁复。

这信里说的话,虽是一些"门面话",但是已带着一点呜咽的哭声。再看她写给亲信朋友的话:

前上短章,谅承收览。奉商之事,不知得蒙允诺与否。妹此时寸心上下如坐针毡……在君等或视为缓事,而妹则一生苦乐端赖是也。盖频年来家多故。妹所处之境遇固不必问及。自壬子□兄续婚后,嫌隙愈多,积怨愈深。今虽同胙,而各怀意见。诟谇之声犹(尤)所时有。其所指摘,虽多与妹无涉,而冷言讥刺,亦所不免。欲冀日之清净,殊不可得。去年妹有书可读,犹可借以强解。近来闲居,更无术排遣。……锢居梧中,良非本怀。……盖凡人生于宇宙间,既不希富贵,亦必求安乐。妹处境已困难,而家人意见又复如此。环顾亲旧无一我心腹,因此,厌居梧城已非一日。……

这信里所说,旧家庭的黑暗,历历都可想见。但是我仔细看这封信,觉得她所说还不曾说到真正苦痛上去。当时李超已二十岁了,还不曾订婚。她的哥嫂都很不高兴,都很想把她早早打发出门去,她们就算完了一桩心事,就可以安享她的家产了。李超"环顾亲旧无一我心腹",只有胞姊惟钧和姊夫欧寿松是很帮助她的。李超遗稿中有两封信是代她姊姊写给她姊夫的,说的是关于李超的婚事。一封信说:

> 先人不幸早逝，遗我手足三人。……独季妹生不逢辰，幼失怙恃，长遭困厄，今后年华益增，学问无成，后顾茫茫，不知何以结局。钧每念及此，寝食难安。且彼性情又与七弟相左。盖弟择人但论财产，而舍妹则重学行。用是各执意见，致起龃龉。妹虑家庭专制，恐不能遂其素愿，缘此常怀隐忧，故近来体魄较昔更弱。稍有感触，便觉头痛。……舍妹之事，总望为留心。苟使妹能终身付托得人，岂独钧为感激，即先人当含笑于九泉也。……

这信所说，乃是李超最难告人的苦痛。她所以要急急出门求学，大概是避去这种高压的婚姻。她的哥哥不愿意她远去，也只是怕她远走高飞做一只出笼的鸟，做一个终身不嫁的眼中钉。

李超初向她哥哥要求到广州去求学——广州离梧州只有一天的轮船路程，算不得什么远行——但是她哥哥执意不肯。请看他的回信：

> 九妹知悉：尔欲东下求学，我并无成见在胸，路程近远，用款多少，我亦不措意及之也。惟是侬等祖先为乡下人，侬等又系生长乡间，所有远近乡邻女子，并未曾有人开远游羊城（即广州）求学之先河。今尔若孑身先行，事属罕见创举。乡党之人少见多怪，必多指摘非议。然乡邻

众口悠悠姑置勿论,而尔五叔为族中之最尊长者,二伯娘为族中妇人之最长者,今尔身为处子,因为从师求学,远游至千数百里外之羊城,若不禀报而行,恐于理不合。而且伊等异日风闻此事,则我之责任非轻矣。我为尔事处措无方。今尔以女子身为求学事远游异域,我实不敢在尊长前为尔启齿,不得已而请附姐(李超的庶母)为尔转请,而附姐诸人亦云不敢,而且附姐意思亦不欲尔远行也。总之,尔此行必要禀报族中尊长方可成行,否则我之责任綦重。……见字后,尔系一定东下,务必须由尔设法禀明族中尊长。

这封信处处用恫吓手段来压制他妹子,简直是高压的家族制度之一篇绝妙口供。

李超也不管他,决意要东下,后来她竟到了广州进了几处学堂。她哥哥气得厉害,竟不肯和她通信。六年七月五日,她嫂嫂陈文鸿信上说:

……尔哥对九少言,"……余之所以不寄信不寄钱于彼者,以妹之不遵兄一句话也。且余意彼在东省未知确系读书,抑系在客栈住,以信瞒住家人。余断不为彼欺也。"言时声厉。……嫂思之,计无所出,妹不如暂且归梧,以息家人之怨。……何苦惹家人之怨?……

又阴历五月十七日函说：

……姑娘此次东下，不半年已历数校，以致家人咸怨。而今又欲再觅他校专读中文，嫂恐家人愈怒。……

即这几封信，已可看出李超一家对她的怨恨了。

李超出门后，即不愿回家，家人无可如何，只有断绝她的用费一条妙计。李超在广州二年，全靠她的嫂嫂陈文鸿，姊夫欧寿松，堂弟惟几，本家李典五，堂姊伯援、宛贞等人私下帮助她的经费。惟几信上（阴九月三十日）有"弟因寄银与吾姐一事，屡受亚哥痛责"的话。欧寿松甚至于向别人借钱来供给她的学费，那时李超的情形，也可想而知了。

李超在广州换了几处学堂，总觉得不满意。那时她的朋友梁惠珍在北京高等女子师范学校写了几次信去劝她来北京求学。李超那时好像屋里的一个蜜蜂，四面乱飞，只朝光明的方向走。她听说北京女高师怎样好，自然想北来求学，故把旧作的文稿寄给梁女士，请他转呈校长方还，请求许她插班，后来又托同乡京官说情，方校长准她来校旁听。但是她到广州，家人还百计阻难，如何肯让她远走北京呢？

李超起初想瞒住家人，先筹得一笔款子，然后动身。故六年冬天李伯援函说：

……七嫂心爱妹，甫兄防之极严，限以年用百二（十）

金为止……甫嫂灼急异常。甫嫂许妹之款，经予说尽善言，始获欣然。伊苟知妹欲行，则诚恐激变初心矣。……

后来北行的计划被家人知道了，故她嫂嫂六年十一月七日函说：

> 日前得三姑娘来信，知姑娘不肯回家，坚欲北行。闻讯之下，不胜烦闷。姑娘此行究有何主旨？嫂思此行是直不啻加嫂之罪，陷嫂于不义也。嫂自姑娘东行后，尔兄及尔叔婶时时以恶言相责，说是嫂主其事，近日复被尔兄殴打。且尔副姐（即附姐）亦被责。时时相争相打，都因此事。姑娘若果爱嫂，此行万难实行，恳祈思之，再思之。

那时她家人怕她远走，故极力想把她嫁了。那几个月之中，说婚的信很多，李超都不肯答应。她执意要北行，四面八方向朋友亲戚借款。她家虽有钱，但是因为她哥哥不肯负还债的责任，故人多不敢借钱给她。七年五月二十二日，她姊姊惟钧写信给在广州的本家李典五说：

> ……闻九妹欲近日入京求学，本甚善事也。但以举廷五叔及甫弟等均以为女子读书稍明数字便得。今若只身入京，奔走万里，实必不能之事。即使其能借他人之款，以遂其志，而将来亦定不担偿还之职。

这是最厉害的对付方法。六月二十八日伯援函说：

> ……该款七嫂不肯付，伊云妹有去心，自后一钱不寄矣。在款项一节，予都可为妹筹到。惟七嫂云，如妹能去，即惟予与婉贞二人是问。……七嫂与甫为妹事又大斗气。渠云妹并未知渠之苦心，典五之款，渠亦不还，予对妹难，对渠等尤难也。

照这信看来，连她那贤明的嫂嫂也实行那断绝财源的计划了。

那时李超又急又气，已病了几个月。后来幸亏她的大姊丈欧寿松一力担任①接济学费的事。欧君是一个极难得的好人，他的原信说：

> ……妹决意往京就学……兄亦赞成。每年所需八九十金，兄尽可担负。……惟吾妹既去，极甫谅亦不怼直也。……

李超得了李典五借款，又得了欧寿松担任学费，遂于七月动身到北京。她先在女高师旁听，后改正科生。那时她家中哥

---

①这里"担任"乃"担负责任"之义。——编者注。

嫂不但不肯接济款项,还写信给她姊夫,不许他接济。欧君七年九月五日信说:

　　……七舅近来恐无银汇。昨接璇儿信,称不独七妗不满意,不肯汇银,且来信嘱兄不许接济。兄已回函劝导,谅不致如此无情。兄并声明,七舅如不寄银则是直欲我一人担任。我近年债务已达三千元左右,平远又是苦缺,每年所得,尚未足清还债累,安得如许钱常常接济?即勉强担任,于亲疏贫富之间,未免倒置。……

看这信所说李超的家产要算富家,何以她哥嫂竟不肯接济她的学费呢?原来她哥哥是承继的儿子,名分上他应得全份家财。不料这个倔强的妹子偏不肯早早出嫁,偏要用家中银钱读书求学。他们最怕的是李超终身读书不嫁,在家庭中做一个眼中钉。故欧寿松再三写信给李超劝她早早订婚,劝她早早表明宗旨,以安她哥嫂之心。欧君九月五日信说:

　　……兄昨信所以直言不讳劝妹早日订婚者,职此之故。妹婚一日未定,即七舅一日不安。……妹婚未成,则不独妹无终局,家人不安,即愚夫妇亦终身受怨而莫由自解。……前年在粤时,兄屡问妹之主意,即是欲妹明白宣示究竟读书至何年为止,届时即断然适人,无论贤愚,绝无苛求之意,只安天命,不敢怨人,否则削发为尼,终身不字。

如此决定，则七舅等易于处置，不致如今日之若涉大海，茫无津涯，教育之费，不知负担到何时乃为终了。

又九月七日信说：

……妹读书甚是好事，惟宗旨未明，年纪渐长，兄亦深以为忧。……极甫等深以为吾妹终身读书亦是无益。吾妹即不为极甫诸人计，亦当为兄受怨计，早日决定宗旨，明以告我。

欧君的恩义，李超极知感激。这几封信又写得十分恳切，故李超答书也极恳切。答书说：

……吾兄自顾非宽，而于妹膏火之费屡荷惠助。此恩此德，不知所以报之，计惟有刻诸肺腑，没世不忘而已。……妹来时曾有信与家兄，言明妹此次北来，最迟不过二三年即归。婚事一节，由伊等提议，听妹处裁。至受聘迟早，妹不敢执拗，但必俟妹得一正式毕业，方可成礼。盖妹原知家人素疑妹持单独主义，故先剖明心迹，以释其疑，今反生意外之论，实非妹之所能料。若谓妹频年读书费用浩繁，将来伊于胡底，此则故设难词以制我耳。盖吾家虽不敢谓富裕，而每年所入亦足敷衍。妹年中所耗不过二三百金，何得谓为过分？况此乃先人遗产，兄弟辈既可随意支用,妹读书求学乃理正言顺之事,反谓多余,揆之情理,岂得谓平耶?静思其故,盖家兄为人惜财如璧,且又不喜女子读书,故生此闲论耳。……

李超说,"此乃先人遗产,兄弟辈既可随意支用,妹读书求学乃理正言顺之事,反谓多余,揆之情理,岂得谓平耶?"这几句话便是她杀身的祸根。谁叫她做一个女子!既做了女子,自然不配支用"先人遗产"来做"理正言顺之事"!

李超到京不够半年,家中吵闹得不成样子。伯援十一月六号来信说:

……七嫂于中秋前出来住数天,因病即返乡。渠因与甫兄口角成仇,赌气出来。渠数月来甚与甫兄反目,其原因一为亚凤(极甫之妾),一为吾妹。凤之不良,悉归咎于鸿嫂,而鸿嫂欲卖去之,甫兄又不许,近且宠之,以有孕故也。前月五叔病,钧姊宁省,欲为渠三人解释嫌恨,均未达目的,三宿即返。返时鸿嫂欣然送别,嘱钧姊勿念,渠自能自慰自解,不复愁闷。九姑娘(即李超)处,渠典当金器亦供渠卒业,请寄函渠,勿激气云云。是夕渠于夜静悬梁自缢,幸副姐闻吹气声,即起呼救,得免于危。……

……甫兄对于妹此行,其恶益甚,声称一钱不寄,尽妹所为,不复追究。渠谓妹动以先人为念一言为题,即先人尚在，妹不告即远行，亦未必不责备也。钧姐嘱妹自后来信千万勿提先人以触渠怒云。

这一封信，前面说她嫂嫂为了她的事竟致上吊寻死，后面说她哥哥不但不寄一钱，甚至于不准她妹妹提起"先人"两个字。李超接着这封信，也不知气得什么似的。后来不久她就病倒了，竟至吐血。到了八年春天，病势更重，医生说是肺病。那时她的死症已成。到八月就死了。

李超病中，她姊夫屡次写信劝她排解心事，保重身体。有一次信中，她姊丈说了一句极伤心的趣话。他说："吾妹今日境遇与兄略同。所不同者，兄要用而无钱，妹则有钱而不得用。"李超"有钱而不得用"，以至于受种种困苦艰难，以至于病，以至于死……这是谁的罪过？……这是什么制度的罪过？

李超死后，一切身后的事都靠她的同乡区君谦、陈君瀛等料理。她家中哥嫂连信都不寄一封。后来还是她的好姊夫欧君替她还债。李超的棺材现在还停在北京一个破庙里，她家中也不来过问。现在她哥哥的信居然来了。信上说他妹子"至死不悔，死有余辜"！

以上是李超的传完了。我替这一个素不相识的可怜女子做传，竟做了六七千字，要算中国传记里一篇长传。我为什么要用这么多的工夫做她的传呢？因为她的一生遭遇可以用作无量数中国女子的写照，可以用作中国家庭制度的研究资料，可以用作研究中国女子问题的起点，可以算作中国女权史上的一个重要牺牲者。我们研究她的一生，至少可以引起这些问题：

（1）家长族长的专制。"尔五叔为族中之最尊长者，二伯娘为族中妇人之最长者。若不禀报而行，恐于理不合。"诸位读这几句话，发生什么感想？

（2）女子教育问题。"侬等祖先为乡下人，所有远近乡邻女子，并未曾有人开远游求学之先河。今尔若子身先行，事属罕见创举。乡党之人必多指摘非议。""举廷五叔及甫弟等均以为女子读书稍明数字便得。"诸位读这些话，又发生什么感想？

（3）女子承袭财产的权利。"此乃先人遗产，兄弟辈既可随意支用，妹读书求学乃理正言顺之事，反谓多余。揆之情理，岂得谓平耶？"诸位读这几句话，又发生什么感想？

（4）有女不为有后的问题。《李超传》的根本问题，就是女子不能算为后嗣的大问题。古人为大宗立后，乃是宗法社会的制度。后来不但大宗，凡是男子无子，无论有无女儿，都还要承继别人的儿子为后。即如李超的父母，有了李超这样的一个好女儿，依旧不能算是有后，必须承继一个"全无心肝"的侄儿为后。诸位读了这篇传，对于这种制度，该发生什么感想？

民国八年十二月

（《胡适文存》）

丰子恺（1898—1975），著名漫画家、散文家、文艺理论家和翻译家。1919年毕业于浙江省立第一师范学校。1921年获亲友资助赴日留学，10个月后因经济困难回国，先后在上海、浙江、重庆等地任教，并曾任上海开明书店编辑、《中学生》杂志编辑。1924年在文艺刊物《我们的七月》上第一次发表漫画《人散后，一钩新月天如水》。1942年在重庆自建"沙坪小屋"，专事绘画和写作。

嫁给小提琴的少女

丰子恺

我乘船到香港。经过汕头，海关人员来检查。那人员查到我的房间，和我握手，口称"久仰""难得"。他并不检查，却和我谈诗说画，谈得非常起劲。隔壁房间的客人和茶房们大家挤进来看，还道是查出了禁品，正在捉人了。海关人员辞去之后，邻室的客人方始知道我的姓名，大家耳语，像看新娘一般到门边来窥看我。茶房们亦窃窃私语。可惜讲的闽南话我一句也不懂。

挤进来看的人群中，有一个垂髻女郎，不过十八九岁模样，面圆圆的，眼睛很大，盯着我炯炯发光。海关人员走后，此人也就不见了。开船，吃夜饭之后，我独坐房舱中（我的房两铺，但客人少，对铺空着，我独占一房）看当日的《星岛日报》。有人叩门。开门一看，正是那个大眼睛女郎。她忸怩地说："我是先生的读者,先生的文集画集我都读过。景仰多年,今日得在船中见到,真是大幸,所以特来拜访。打扰了!"一口国音,正确清脆,十足表示她是个聪明伶俐的女孩子。我留她坐,问她姓名籍贯,以及往何处去。她告诉我姓Y,是W城人,某专科学校毕业,随她姐姐乘船到香港去谋事。就住在我的隔壁房中。接着她就问我《子恺漫画》中的阿宝、瞻瞻、软软(我的子女,现在都比她大了)的近状,又慰问我在大后方十年避寇的辛苦。足证她的确都读过我的书,知道得很清楚。我发现她在听我答话的时候,常常忽然把大眼睛沉下,双眉颦蹙;忽然又强颜作笑,和我应酬。我心中猜疑:这个人恐有难言之恸。

忽然她严肃地站起来,着重地启请:"丰老先生,我有一个大疑问要请教,不知先生肯不肯教我?"说着,两点眼泪突然从两只大眼睛里滚出,在莲花瓣似的腮上画了两条垂直线,在电灯下闪闪发光。这是丹青所画不出的一个情景。突如其来,使我狼狈周章。我立刻诚恳地回答她:"什么疑问?凡我所知道的,一定肯回答你,你说吧。"她说:"先生,世间到底有没有'纯洁的恋爱'?"我说:"你所谓'纯洁',是什么意思?"她断然地说:"永不结婚。"我呆住了,心中十分惊奇。后来我说:"有是有的,不过很少很少。西洋古代曾经有一位大哲学家柏拉图,提倡这种恋爱,Platonic Love(柏拉图式的爱)。但我没有见到过实例。你为什么问我这个呢?"她凄凉地说:"啊,你没有见到过?那么,世间所谓'纯洁的恋爱'都是骗人!都是骗我们女人!啊,我上当了!"她竟在我房中呜咽地哭起来。

我更是狼狈周章了。等她哭过一阵,我正色地说:"你不必伤心,说不定你所遇到的的确是柏拉图恋爱主义者。我所见狭小,岂能确定你是受骗呢?你究竟是怎么一回事?不妨对我说。也许我能慰藉你。"因了我的催促和探诱,她断断续续、吞吞吐吐地把她的恋爱故事告诉我。原来是这样的一回事!

她出身于书香人家。她的父亲是当地很有名的文人。她从小爱好文艺,尤其是诗词。她今年十九岁半,性格十分天真,近于儿童。她憧憬于诗词文艺中所描写的人生的"美"与"光明",而不知道又不相信人生还有"丑"与"黑暗"的一面。她只欢喜唯美的浪漫主义,而不欢喜暴露的写实主义。她注意灵的要求,而看轻肉的要求。我猜想,养成她这种性情的,半由于心理,即文艺诗词的感染,而半由于生理,即根本没有结婚的要求,亦即没有性欲。古人说"食色,性也"。"没有性欲"这句话似乎不通,除非是残疾的人,况且她的体格很好,年龄也已及笄,我岂可这样武断呢?但我相信"性欲升华"之说,而且见过许多实例(历史上独身的伟人不少),故我料她的性欲已经升华,因而在世间追求"纯洁的恋爱"。据她说,她和她的姐姐很亲爱,大家抱独身主义,本来不再需要异性的爱。但因她迷信了"纯洁的恋爱",觉得除姐姐以外,再有一个异性纯洁的爱人,更可增加她的人生的"美"与"光明"。于是她的恋爱故事发生了。她的一个男同学追求她。起初她拒绝,后来因为合演话剧的关系,渐渐稔熟起来。那男同学就向她献种种的殷勤和非常的真诚。据说,他是住校的,她是通学,每天回家吃午饭的。而他每天到半路上接她两次,送她两次,风雨无阻。她说:"教我怎么不感动呢?"但她很审慎,终未明白表示"爱"他,因此他失望、绝食、生病了。别的同学来拉拢,大家恨她太忍心。她逼不得已,同时真心感动,便到病床前去慰问,并且明白表示"我爱你"。但附带一个条件:"纯洁的爱永不结婚。"男的一口答允,病就好了。她说,从此以后,她的确过了两个月的"美"的"光明"的恋爱生活。但是两个月后,男的便隐隐地同她计划结婚了。屡次向她宣传"结婚的神圣",解说"天下没有不结婚的恋爱"之理,抨击"独身主义"的不人道。她愤愤地对我说:"到此我才知道受骗呀!"她又哭了,我忍不住笑了起来。我想:"真是一个傻孩子!"又想:"这天真烂漫而奇特的女孩子,真真难得!"

她个性很强,决心和他分手。但因长时间的旅伴和感情的夹缠,未便突然一刀两断。她就拖延,想用拖延来冲淡两个人的爱情,然后便于分手。她说:"这拖延的几星期,是我最苦痛的时间。"但男的只管紧紧地追求,死不放松。她急煞了。幸而她已毕业,就写了一封绝交信寄他,突然离开 W 城,投奔在远方当教师的姐姐。至今已将一年。幸而那男子没有继续来追她。并且,传闻他已另有爱人。因此她也放心了。但她还有疑心,常常怀疑:世间究竟有没有"永不结婚的恋爱"?因此不怕唐突,来"请教"萍水相逢的我。她恭维我说:"丰老先生,你是我们孩子们的心灵的理解者、润泽者、爱护者。唯有你能够医好我心头的创伤。"我听了又很周章。我虽然曾经写过许多关于儿童生活的文和书,但不曾研究过柏拉图爱。对眼前这个痴疑天真的少女的特殊的恋爱问题,实在无法解答。我只劝她:"你爱你的姐姐。你用功研究你的学问。倘是欢喜音乐的话,你最好研究音乐。因为音乐最能医疗心的创伤。"她破涕为笑,说:"我正在学小提琴,已经学到 Hohmann(霍曼)第二册了。"我说:"那是再好没有了!你不必再找理想的爱人,你就嫁给小提琴吧!"她欢喜信受,笑容满面地向我告辞。

(1949年儿童节之夜①记于丰祥轮一等十七号房舱中)

---

①民国时期的儿童节是4月4日。——编者注。

李金发（1900—1976），中国第一个象征主义诗人，中国雕塑的拓荒者。1919年赴法勤工俭学，后就读于第戎美术专门学校和巴黎帝国美术学校。在法国象征派诗歌特别是波特莱尔《恶之花》的影响下，开始创作格调怪异的诗歌，被称为"诗怪"。1925年回国，先后在上海美专、国立杭州艺术专科学校执教。1936年任广州市立美术学校校长。著有《微雨》《为幸福而歌》《意大利及其艺术概要》《异国情调》《飘零阔笔》等。

漫谈妇女问题

李金发

女性自从脱离母系社会以降，真是每况愈下，渐次被男性中心社会抑压着，几乎透不过气来。虽然经了几世纪的挣扎，环境还没有改善，参政的事实还是很不普遍，女子始终居于附庸的地位，没有毅力、气节的，便流为男子的豢养品、玩物，无形中世界人口之大半是消费者，这影响于人类进化当然是很大的。

德国人赶女人回到厨房里去的三K主义（Kirche教堂，Kinder孩子，Küche厨房），真是蔑视女性之荒谬理论。德国人以为女子不会打仗，能力薄弱，只配回到厨房、教堂去煮饭、诵经、管小孩子。但我们敢说，男子亦很多是无能力，只能在人群充任贱役的女子之所以没有社会地位，是由于数千年来男子的压制过甚，使她们抬不起头来。她们在历史上和当代于人类文化有贡献的,也指不胜屈,或为人杰,或为天才。如埃及之克列荷拔秃拉、中国之武则天、慈禧太后,英国的维多利亚,荷兰之威廉赫明娜女王,法国之居里夫人、诺亚姨女诗人、史泰儿夫人,美国之赛珍珠及劳工部长,苏俄之女公使柯伦泰,甚至核米尔顿夫人、彭八多亚夫人、玛丹霞丽、敌酋土肥原的助手川岛芳子,都是能力超过男子的;她们不过全凭自己的魄力、天才,从男子的铁腕中奋斗出来;她们的成功,是带有血腥的。当然,不得时机被埋没了的天才尚不知有多少。

一般人都说女人之所以不能担当男子所做的事,是因为生理关系,我不同意这个解释。"客家"女子皆能做许多男子望而生畏的工作,如肩挑百斤,能行一二十里,食稀薄的营养物,在烈日下工作四五小时,这是一般养尊处优的白面书生所能望其项背的吗?故可以说,现在女子之孱弱,完全是人为的结果;现在的摩登伽女、贵妇人,每日沉迷于饮食、游玩的玩意儿,上下汽车还要男人来扶助,这样什么体力也会退化净尽,当然是强者亦变为弱者。故可以说一般安居在都会上,靠脂粉来维持自己的美态,靠性的引诱来换得男人的供养,是不光荣的。但她们安然在都会上过其快乐的一生,在乡野的女性则永远挣扎、昏迷于礼教压力之下,过其地狱似的生活,永远没有人看到,她们也噤若寒蝉。

中国旧日的吃人礼教,三从四德,七出之条,虽然是为大部分所唾弃,但在旧社会中,仍是支配着整个人生,不肯放松,使人浩叹。中国的妇女运动,也出过几个健者,但都好像是以这运动为达到名利地位的工具、"敲门砖",个人成功后,则高高在上,忘记自己同类之呻吟疾苦了。所以妇女运动,始终断断续续地不能发展。

《娜拉》剧本介绍到中国来以后,曾激起了不少女性的醒觉,但不知是不是男子更大的压力,不久以后,这问题又被人遗忘了。中国委女子做县长只有过一次,难道她们做县长的能力没有?只是我们男性成见过重,不肯放松而已。现在情形变了些,女性做起参政员、参议员的也不少了。负了这个重托的女性,就要努力地表现出自己的政治才能,以削弱从前男子蔑视女子能力的心理,当然,一面不忘改进女同胞一般待遇及地位问题。譬如现在女子在社会上做事,都是居于次要的地位,很少女子做科长秘书的,活动些的,则称为"交际花""交际树""男人婆",美丽点的,则称为"花瓶",对于肯穿军服吃苦的女政工人员,又造出许多谣言和蔑视的观念(她们的待遇,实在太苛刻了),这全是男人做出来的圈套,好像女子应该永久做他们的奴隶、玩物,不许翻身。

在这问题上,若希求改进,当然女性自己要努力,束身自爱才能做得到。常常看见有些人,年轻的时候很发奋地求学向上,甚至在外国留学十年八年,专门一种科学,但一结婚以后,则什么都抛弃了,终于成了厨房里一个平庸的女人,这不是社会的浪费吗?女人结婚后,有了儿女的拖累,没有余钱来请奶妈的,当然是影响到为社会服务问题,故国家若没有公育儿童的制度，则女子始终不能到社会上与男子争一日之长。

中国规定一夫一妻制，但事实上娶妾及"顶两房"的仍是很多。男子可不专一，女子则须专一，这是何等不平等。在男性中心社会，女子只好吞声饮泣，若没有更周密的法律制裁，则惨剧及不人道事仍当层出不穷。

因为中国逐渐欧化，中国新女性成了欧洲式的贵妇人，也不知多少。欧洲尊重女子过甚，就是女子堕落之阶。什么都是Ladies First，脱外衣也要男人援手，上落车也要牵，否则被认为无礼，一切生活全由男子去供奉，只要天天以人工打扮得花枝招展，好像承认自己是寄生的、不劳而食。严格说起来，不是很难过的人生吗？欧美贵妇人的生活之"无所事事"，说起来真是惊人（这里也不能详述），这样只消费而不生产的人，不会影响人类进化是不能置信的！

欧美之人尊崇女子（实则认女子为弱者，而存鄙视之心），可以说是由于自由恋爱而起。什么文艺作品，都以描写真爱情为题材，把女子捧到三十三重天；人生好像有了真正爱情（其实永远找不着），人生就有了意义；有了归宿什么都可以牺牲（当然是文艺暗示的结果）。中国现代人也受了这种影响，而渐向这条路前进。我以为这是欧美个人主义太发达的缘故，每个人都觉得国家与我关系松懈，无可爱恋。父母因家庭制的经济，各人独立（有时父子亦要算账，子住父屋亦要算房租）的结果，感情亦淡泊了；假使回去，亦只尽义务地去访候一次，无可眷恋。兄弟、亲戚亦各有壁垒地盘、各自为谋。于是觉得人海茫茫，一切皆与我疏远，只有妻子可爱，女人可爱，于是永远在恋爱中翻筋斗，这样就注定了现代新女性的命运。

二十五年于韶关

（《异国情调》）

曹伯韩（1897—1959），当代著名语言学家。曾任香港《华商报》翻译、桂林《自学》月刊主编、昆明《进修月刊》编辑，后于桂林师范学院任教。著有6部语言学专著以及20余部历史、地理、国际关系、青年修养等人文社会科学方面的学术和文化普及读物，如《语法初步》《世界历史》《语文问题评论集》《中国文字的演变》《怎样求得新知识》《国学常识》《民主浅说》《通俗社会科学二十讲》等。

知识妇女的责任

曹伯韩

知识分子在中国是可宝贵的，而知识妇女则尤可宝贵，因为遍中国是缺乏教育的广大妇女群众，仅有极少数女子有机会受到教育。不要说受过高等教育的妇女很少了，就是受过中等教育的妇女在数量上也不多。如果是在偏僻地方，一个小学高年级的女学生，就够做那地方妇女中的文化导师。

可是这并不是说，知识妇女因此就可以在一般妇女面前表示骄傲，自以为是了不得的人物，瞧不起大多数没机会求知识的姊妹们。更不是说，知识妇女可以拿自己这一点儿知识作为恋爱的资本，以便取得社会地位较高或财产较多的男子的宠幸，而满足世俗的虚荣和物质享受。假使是这样，那么我们将不承认知识妇女的可宝贵，而只是感觉她们的庸俗、卑污、可厌恶了。

任何知识分子,如果把知识当作自私的东西,作为个人争名逐利的工具,那是庸俗可憎的。只有肯把知识用在启发落后群众文化、改善劳苦同胞生活上面的知识分子,才是可宝贵的。男子如此,女子亦复如此。

中国的知识妇女,喜欢谈谈妇女问题,甚至投身到妇女运动里面的倒也不很少,这些人似乎已经不肯把她们的知识看作自私的了。但是其中的上层分子,心目中是否顾念到多数穷苦受难的妇女同胞,如那些被人家毒打、活埋的丫头、小媳妇,受人家剥削、侮辱的女工、佣妇,等等,是否有志促进各阶层妇女的解放,恐怕是大成问题的吧?据我看来,许多知识妇女所谈的妇女问题,只是她们本身的问题,如争财产继承权、反对丈夫纳妾等,至于其他的妇女解放,不但不谈起,甚至她们本身就做了解放之敌,如毒打婢女,薄待女工、佣妇等,简直成了某些知识妇女的家常便饭。这仍然不能够脱掉一个"私"字。

从前有位社会科学大师说过:"压迫别的民族的民族,其本身也不能获得解放。"笔者也想仿照他的话说:"压迫别的妇女的妇女,其本身也不能获得解放。"我们乡下有句俗话说,"堂屋桌子轮流转",意思是说,在家庭掌握权力的人,是一代一代递嬗的,一个女人在做媳妇的时期,要忍受婆婆的百般侮辱,但一到了自己做婆婆的时候,又可以扬眉吐气,侮辱别人了。说这句话的人,大约以为尽情地侮辱别人,就可以补偿自己受侮辱的损失,医治自己受侮辱的创伤吧?其实这是一种阿Q主义。阿Q在假洋鬼子面前吃了亏,却去找王胡出气,打王胡不过,转而找尼姑开玩笑。这种没出息的"英雄"实在令人齿冷,太可羞耻了。自己受了压迫不能反抗,反而去压迫弱者,这算得有志气的人吗?老实说,这只是奴隶心理与奴隶行为罢了。奴隶不敢向主人收回自己的自由,只敢于压迫更下层的奴隶。而这,不幸成为现代中国高贵人物的共同精神,男子如此,女子也如此。以这种精神来求得解放,真是"南辕北辙""缘木求鱼"。

高贵的夫人太太们也许以为在大多数妇女未曾获得解放以前,她们自己可以首先获得解放。其实是想错了,看错了。住洋房、吃大菜、坐汽车、叉麻雀的物质享受,不是解放的指标,而只是和鹦鹉、八哥儿们美丽的鸟笼与珍贵的食品相类似,因为所有这些享受,并不是社会对于夫人、太太们的报酬,而只是老爷、大人们收买爱情的代价。妇女知识程度无论怎样高,如果不凭自身对社会的贡献取得社会的报酬,而只是依照"夫贵妻荣"的旧例,享老爷赐予的福,那就是把爱情当商品,将它交换物质享受。其与妓女不同之点,仅在于夫人、太太们是整个出卖,而妓女们则零星出卖的一点。事实上,今天的女子教育,已经明目张胆地强调贤妻良母主义,在恶俗的男子们心目中,女子愈多受教育,只是愈增加其活泼可爱的程度,及愈适合于高贵男子的身份,故女子教育的安排,即造就候补的夫人、太太,愈高级愈是如此。而头脑受了定型铸造的妇女们,的确也以做夫人、太太为终身最高的目标,甚至像某省女学生,在某一时期,大家都以做军官姨太太为光荣,有某君加以批评,竟引起该省女学生们的公愤,群起攻击。这些情形,真可慨叹!

我以上的话也许说得太过分一点,可是我并非抹煞一切夫人、太太们,她们之中尽有许多能够为社会服务,建立本身事业的,这些人都是可尊敬的,都属于我前面所说的可宝贵的知识分子。不过我们所希望的是,她们的眼光,她们的工作,还能够更深入到下层群众中去。

同时我更希望现在正受教育的女同学们,要立志做大事,不要立志做大官的太太或大官的儿媳。而所谓大事,也并不是一定要在职业界取得一个"长"字号的职位。只要你所参加的事业是具有伟大意义的,就是一部分很平常的事务工作也是大事,因为它是大事的一部分呢。什么事业最有伟大意义?我认为,在中国的落后环境中,应以改造社会的事业为最伟大,妇女解放运动就是改造社会事业中的一个重要部分。所以在妇女而言事业,仍然以参加妇女解放运动为最有意义。

妇女解放运动是一个事业,但并非一个职业。我们仍然得站定职业岗位,凭借职业来维持自己的生活,凭借职业来接近群众。接近群众是改造社会的工作起点,做妇女解放运动就必须接近妇女群众。所以争取妇女职业岗位是非常重要的一件事。

为了接近下层群众,知识妇女便须特别重视下层的职业岗位,例如在工厂中当一个会计员,就不如做一个工头;在教育界做一个教育厅科员,就不如当一个女学校教师。

要接近群众,还得放下知识分子的架子,和群众生活打成一片，忠心为群众服务。这样才能取得群众的信任。取得了信任，然后启发她们的思想，灌输她们以新知识，指导她们组织团体、做生产工作、为本身谋利益等，就容易进行了。

中国的知识妇女是暗沉沉的妇女界的明灯，是寂静静的妇女界的号角，是二万万妇女文盲的教师，是一切徘徊险道的妇女的领路人，是无数呻吟于精神枷锁或物质压迫下的妇女的救助者。她们责任真是重大极了，笔者希望她们清楚地认识这个重大的责任，勇敢地把它担负起来！

有觉悟的知识妇女，在现阶段，本身生活也是很苦闷的。因为她们不甘心关闭在狭隘的家庭里，但环境又阻碍她们在社会事业上的活动。职业界到处排斥妇女。妇女创办的事业得不到社会的有力赞助。有些不开明的男子甚至公然反对妻子的社会服务，恐怕她与社会接触而转移爱情，这种金屋藏娇的自私心理，明显地把妻子视为私有的妇女，私有的妇女无异于私有的财货，应该"韫椟而藏"。受这种拘束的知识妇女，假使有觉悟的话，不是苦闷得很吗？至于中下层知识妇女，则因为和男子们受着共同的经济压迫与环境的束缚，加上妇女特殊的痛苦，物质上、精神上都负担着重重的枷锁：有旺盛的求知欲而不能满足；有强烈的事业心而无用武之地；有了职业而家事分心，又无法摆脱；有时男女全都失业，生活更挣扎不起来。种种痛苦，真是说不尽。

所以，知识妇女本身还没有解放，为了争取本身的解放，她们也得努力于妇女解放运动。可是解放事业是整个的，各部分互相关联的,知识妇女只有投身于整个妇女解放乃至整个人民解放的事业,求得总的胜利、总的成功,然后本身才能获得彻底的解放。因此,笔者主张知识妇女一方面努力求得本身的真正解放,一方面努力帮助一般非知识妇女的解放运动,同时还要着眼于整个人民解放的运动即整个民主运动,把工作的方针与内容和整个民主运动密切配合起来。要这样,才能够发展这一伟大事业而使之达到预期的理想目标。

(《青年修养》)

林语堂（1895—1976），现代著名作家、翻译家、语言学家。福建龙溪人。1916年在上海圣约翰大学获得学士学位，1920年获哈佛大学文学硕士学位，1923年获德国莱比锡大学语言学博士学位。曾任北京大学英文学系语言学教授、厦门大学文学系主任兼国学院秘书、联合国教科文组织艺术文学组组长、国际笔会副会长等职。其用英文所著《吾国与吾民》《生活的艺术》《京华烟云》等被译为多国文字。

让娘儿们干一下吧

林语堂

上星期见《大陆报》登一条新闻。有美国某夫人，是什么女权大同盟的主席，名字似是 Mrs. Inez Hayne，已记不清了。她得着神感似的说：男子统治的世界，已弄成一团糟了，此后应让女子来试一试统治世界，才有办法。

以"统治世界"的男子之一的身份而言，我是完全赞成此议的。我原并不想要治天下，治了半世，也有点倦意了，我愿意把天下禅让出来，交给任何有勇气接收这种责任的傻瓜。我要请假一下。我是道地失败者。我想凡诚实的男子，都与我同意。就使达斯马尼亚①的土人愿意出来负此重任，我也愿让天下给他们。只怕他们有许由的聪明，不肯出来。

---

① 今译达斯玛尼亚。——编者注。

我要挂冠而去了。我觉得，而所有的男子大概可同我觉得，"有子万事足，无官一身轻"是可以欣羡的。据说，男子是自己命运的主人翁及世界的主人翁，而且是掌自己魂灵的主宰及掌一切人事的主宰；据说，世上最好的差事，如做文官、武将、市长、推事、导演、主笔，都被男子包办了。老实说，谁在高兴这些？事实是非常简单。哥伦比亚大学某心理学教授说过，真正男女的分工，是男子赚钱，女人花钱。我很赞成调换一下。我很愿意看见女人在船坞、会议室、编辑室、公事房出汗，而我们穿淡素旗袍在花园中，等我们所爱的人由公事房出来，带我们去看电影。黑恩夫人①有此妙想，真是可人。

这些自私的话且按下不提。老实说，我们看看自己的成绩，也应该害臊。世事无论是中国是外国，是再不会比现在男子统治下的情形更坏了。所以姑娘们来向我们要求"让我们娘儿们试一试吧"，我只好老实承认我们汉子的失败，把世界的政权交给娘儿们去。

娘儿们专会生养儿女而我们汉子偏要开战，把最好的儿女杀死。这真叫作短命。但是也没法可想。我们生性如此。汉子总是好战。女人最多互相揪发抓脸而已。假如伤口不入毒，实际上都没有什么害处。女人最多拿帚柄相打，男子却非用机关枪对打不可。Heywood Broun②说过，毛病就在我们喜欢听锣鼓

---

①即本文开头提到的"Mrs. Inez Hayne"。——编者注。
②今译海伍德·布龙（1888—1939），美国新闻记者。——编者注。

或是现代的军乐,我们一天喜欢听锣鼓,战争一天不会消灭,此可断言。我们抵抗不过锣鼓的声音。假使女子统治世界,而将要宣战,那时我们可以说:"姑娘们,现在的世界是你们的了。假使你们非打仗不可,你们自己去打吧。"这样就没人用机关枪对打,而天下真正太平了。

我们实在太不害臊了。军缩会议失败了,经济会议也失败了。人,男人,失败了。谁也知道,现在的世界,应该大家禁用毒气,和平贸易。但是我们怎么做法?我们不把当今的贤者如罗素、爱斯坦①、罗兰之流请出来,却把这些事交给"专家"!我们要裁减军备,促进和平,却去请出一班海陆军事专家——专长屠杀技术的嗜杀人的汉子——来开会,而愕然诧异为什么军缩会议失败了。后来便是大家觉得战债必须取消,关税必须废除,世界的不景气才会终止。我们怎么办呢?我们请出一些大学教授,统计学家,眼光如豆,只懂得算百分之几的关税"专家",出来开会,于是又愕然诧异为什么经济会议也失败了。你想,关税取消,这些关税专家还有饭吃吗?这等于训诂专家来开会打倒汉字。

现在我什么都不管了。外交家在挂白羊皮手套拉手谈天,战云却弥漫天际了,而我们正在自作聪明。如果不赶紧将世界治权由戴白手套的外交家及带厚眼镜的专家手里夺回来,不久必有大战,而一切就完了。所以也不必怎样鳃鳃过虑。因此娘

---

① 今译爱因斯坦。——编者注。

儿们要来自告奋勇,我只好说:"来吧,姑娘们!上帝保佑你们!横竖你们治来的成绩不会比我们那样糟的。"假使你要禁止毒瓦斯,就禁止毒瓦斯。事情是做得到的,假使你有真心。而假使你不请"专家"来开会,把所有的专家枪毙,而请萧伯纳、爱斯坦、蓬利夫人①出来统治世界,第二次大战是可以而一定会避免的。

假使猴狲会知道我们人类在日内瓦所做的勾当,必定笑断牙齿了。

至少我自己是预备下野,而把政权交与陶老三、富春楼老六②、郑毓秀、张默君之同性。假定我能积一点钱,我要跑到太平洋之南的岛上,或是钻入非洲山林中。倘使富春楼老六之辈仍然不能消此浩劫,而欧洲文明全部焚毁了,那时我居在非洲深林的树上,可以拍胸说:"上帝啊!至少我是诚实的。"

(《有不为斋文集》)

---

①今译居里夫人。——编者注。
②此陶老三即《碧眼儿日记》之 Dorothy,而富春楼老六即该书中之 Dora,纽约百老汇之小姐也。即中国若有老三、老六其人,鄙人亦未尝见面,幸读者垂察,不胜感激涕零之至。——原注。

林语堂（1895—1976），现代著名作家、翻译家、语言学家。福建龙溪人。1916年在上海圣约翰大学获得学士学位，1920年获哈佛大学文学硕士学位，1923年获德国莱比锡大学语言学博士学位。曾任北京大学英文学系语言学教授、厦门大学文学系主任兼国学院秘书、联合国教科文组织艺术文学组组长、国际笔会副会长等职。其用英文所著《吾国与吾民》《生活的艺术》《京华烟云》等被译为多国文字。

论性的吸引力

林语堂

女人的权利和社会特权虽然已经增加了，可是我始终认为甚至在现代的美国，女人还没有享受到公平的待遇。我希望我的印象是错误的，我希望在女人的权利增加了的时候，尊重闺秀之侠义并没有减少。因为一方面有尊重闺秀之侠义，或对女人有真正的尊敬；另一方面任女人去用钱，随意到什么地方去，担任行政的工作，并且享有选举权——这两样东西不一定是相辅而行的。据我（一个抱着旧世界的观念的旧世界公民）看来，有些东西是重要的，有些东西是不重要的；美国女人在一切不重要的东西那方面，是比旧世界的女人更前进的，可是在一切重要的东西这方面，所占的地位是差不多一样的。无论如何，我们看不见什么现象可以证明美国人尊重闺秀之侠义比欧洲人更大。美国女人所拥有的真权力还是在她的传统的旧皇座——

家庭的炉边——上产生出来的；她在这个皇座上是一位以服役为任务的快乐天使。我曾经看见过这种天使，可是只在私人家庭的神圣处所看见，在那里，一个女人在厨房中或客厅中走动着，成为一个奉献于家庭之爱的家庭中的真主妇。不知怎样，她是充满着光辉的，这种光辉在办公室里是找不到的，是不相称的。

这只是因为女人穿起薄纱的衣服比穿起办公外套妩媚可爱吗？抑只是我的幻想？女人在家如鱼得水，问题的要点便在这个事实上。如果我们让女人穿起办公外套来，男人便会当她们作同事，有批评她们的权利；可是如果我们让她们在每天七小时的办公时间中，有一小时可以穿起乔其绉纱或薄纱的衣服，飘飘然走动着，那么，男人一定会打消和她们竞争的念头，只坐在椅上目瞪口呆地看着她们。女人做起刻板的公务时，是很容易循规蹈矩的，是比男人更优良的日常工作人员。可是一旦办公室的空气改变了，例如当办公人员在婚礼的茶会席上见面时，你便会看见女人马上独立起来，她们或劝男同事或老板去剪一次头发，或告诉他们到什么地方去买一种去掉头垢的最佳药水。女人在办公室里说话很有礼貌，在办公室外说话却很有权威呢。

由男人的观点上坦白地说来——装模作样用另一种态度说来是毫无用处的——我想在公众场所中，女人的出现是很能增加生活的吸引力和乐趣的，无论是在办公室里或在街上，男人的生活是比较有生气的。在办公室里，声音是更柔和的，色泽是更华丽的，书台是整洁的。同时，我想天赋的两性吸引力或两性吸引力的欲望一点也不曾改变过，而且在美国，男人是更幸福的，因为以注意性的诱惑一方面而言，美国女人是比（举例来说）中国女人更努力在取悦男人的。我的结论是：西洋的人太注意性的问题，而太不注意女人。

西洋女人在修饰头发方面所花的工夫是和过去的中国女人差不多一样多的；她们对于打扮是比较公开的，是随时随地这样做的；她们对于食物的规定、运动、按摩和读广告，是比较用心的，因为她们要保持身体的轮廓；她们躺在床上做腿部的运动是比较虔诚的，因为她们要使腰部变细；她们到年纪很大的时候还在打扮脸孔，还在染发，在年纪那么大的中国女人是不会这样做的。她们用在洗涤药水和香水上的金钱是越来越多的；美容的用品，日间用的美容霜，夜间用的美容霜，洗面用的霜，涂粉前擦在皮肤上的霜，用在脸上的霜，用在手上的霜，用在皮肤毛孔上的霜，柠檬霜，皮肤晒黑时所用的油，消灭皱纹的油，龟类制成的油，以及各式各样的香油的生意，是越做越大的。也许这只是因为美国女人的时间和金钱较多。也许她们穿起衣服来取悦男人，脱起衣服来取悦自己，或者脱起衣服来取悦男人，穿起衣服来取悦自己，或者同时在取悦男人和自己。也许其原因仅是由于中国女人的现代美容用品较少，因为讲到女人吸引男人的欲望时，我很不愿意在各种族间加以区别。中国女人在五十年前缠足以图取悦男人，现在却欢欢喜喜脱下"弓鞋"，穿起高跟鞋来。我平常不是先知者，可是我敢用先知般的坚信说：在不久的将来，中国女人每天早晨一定会费十分钟的工夫，将两腿做一高一低的运动，以取悦她们的丈夫或她们自己。然而有一个事实是很明显的，美国女人现在似乎想在肉体的性诱惑和服装的性诱惑等方面多用点工夫，企图用这方法更努力地去取悦男人。结果在公园里或街上的女人，大抵都有更优美的体态和服装，这应该归功于女人天天保持身体轮廓的不断努力——使男人大为快活。可是我想这一定很耗费她们的脑筋。当我讲到性的诱惑时，我的意思是把它和母性的诱惑，或整个女人的诱惑做一个对比。我想这一方面的现代文明，已经在现代的恋爱和婚姻上表现其特性了。

艺术使现代人有着性的意识，这一点我是不怀疑的。第一步是艺术，第二步是商业对于女人身体的利用，由身体上的每一条曲线一直利用到肌肉的波动上去，最后一步是涂脚趾甲。我不曾看见过女人的身体每一部分那么完全受商业上的利用，我不很明白美国女人对于利用她们的身体这件事情为什么服从得那么温顺。在东方人看来，要把这种商业上利用女性身体的行为和尊敬女人的观念融合起来，是很困难的。艺术家称之为美，剧院观众称之为艺术，只有剧本演出的监督和剧院经理老老实实称之为性的吸引力，而一般男人是很快活的。女人受商业上的利用而脱起衣服来，可是男人除了几个卖艺者之外，是几乎都不脱衣服的——这是一个男人所创造和男人所统治的社会的特点。在舞台上我们看见女人差不多一丝不挂，而男人却依旧穿晨礼服，结黑领带；在一个女人所统治的世界里，我们一定会看见男人半裸着,而女人却穿着裙。艺术家把男女的身体构造做同等的研究,可是要把他们所研究的男人身体之美应用到商业上去,却有点困难。剧院要一些人脱光衣服去嘲弄观众,可是普通总是要女人脱光衣服去嘲弄男人,而不要男人脱光衣服去嘲弄女人。甚至在比较上等的表演中,当人们要同时注重艺术和道德的时候,他们总是让女人去注重艺术,男人去注重道德,而不曾要女人去注重道德,男人去注重艺术的(在剧院游艺表演中,男演员只是表演一些滑稽的样子,甚至在跳舞方面也是如此,这样说便是"艺术化"的表演了)。商业广告采取这个主题,用无数不同的方法把它表现出来,因此今日的人要"艺术化"的时候,只需拿起一本杂志,把广告看一下。结果女人自己深深感觉到她们须实行艺术化的天职,于是不知不觉地接受了这种观念,故意饿着肚子,或受着按摩及其他严格的锻炼,以期使这个世界更加美丽。思想较不清楚的女人几乎以为她们要得到男人、占有男人,唯一的方法是利用性的吸引力。

我觉得这种过分着重性的吸引力的观念之中,有着一种对于女人整个天性的不成熟和不适当的见解,结果影响到恋爱和婚姻的性质,弄得恋爱和婚姻的观念也变成谬误的或不适当的观念。这么一来,人们比较把女人视为配偶,而不大注意她们做主妇的地位。女人是同时做妻子和母亲的,可是以今日一般人对于性的注重的情形看来,配偶的观点是取母亲的观念而代之了;我坚决地主张说,女人只有在做母亲的时候,才达到她的最高的境地,如果一个妻子故意不立刻成为母亲的话,她便是失掉了她大部分的尊严和端庄,而有变成玩物的危险。在我看来,一个没有孩子的妻子就是情妇,而一个有孩子的情妇就是妻子,不管她们的法律地位如何。孩子把情妇的地位提高起来,使她变得神圣了,而没有孩子却是妻子的耻辱。许多现代女人不愿生孩子,因为怀孕会破坏她们的体态——这是很明显的事实。

好色的本能对于丰富的性命确有相当的贡献,可是这种本能也会用得过度,因而妨害女人自己。为保存性的吸引力起见,努力和奋发是需要的,这种努力和奋发当然只消耗了女人的精神,而不消耗男人的精神的。这也是不公平的,因为世人既然看重美丽和青春,那么中年的女人只好跟白发和年岁做绝望的斗争了。有一位中国青年诗人已经警告我们说,青春的泉源是一种愚弄人的东西,世间还没有人能够"以绳系日",使它停住不前。这么一来,中年的女人企图保存性的吸引力,无异是和年岁做艰苦的赛跑,这是十分无意义的事情。只有幽默感才能够解决这个问题。如果和老年与白发做绝望的斗争是徒然的事情,那么,为什么不说白发是美丽的呢?朱杜唱道:

> 白发新添数百茎,
> 几番拔尽白还生;
> 不如不拔由他白,
> 那得工夫会白争?

这一切情形是不自然的、不公平的。这对母亲和较老的女人是不公平的,因为正如一个超等体重的拳斗大王必须在几年内把他的名位传给一个较年轻的挑战者一样,正如一只得锦标的老马必须在几年内把荣誉让给一只较年轻的马一样,年老的女人和年轻的女人斗争起来,必将失败,这是不要紧的,因为她们终究都是和同性的人斗争。中年的女人与年轻的女人在性的吸引力方面竞争,那是愚蠢的、危险的、绝望的事情。由另一方面看起来,这也是愚蠢的,因为一个女人除了性之外还有别的东西,恋爱和求婚虽然在大体上须以肉体的吸引为基础,可是较成熟的男人或女人应该已经度过这个时期了。

我们知道人类是动物中最好色的动物。然而,除了这个好色的本能之外,他也有一种同样强烈的父母的本能,其结果便是人类家庭生活的实现。我们和多数的动物同有好色和父性的本能,可是我们似乎是在长臂猿中才初次发现人类家庭生活的雏形。然而,在一个过分熟悉的人类文化中,在艺术、电影和戏剧中不断的性欲刺激之下,好色的本能颇有征服家庭的本能的危险。在这么一种文化中,人们会轻易忘掉家族理想的需要,尤其是在个人主义的思潮同时也存在着的时候。所以,在这么一种社会中,我们有一种奇怪的婚姻见解,以为婚姻只是不断地亲吻,普通以婚礼的钟声为结局;又有一种关于女人的奇怪见解,以为女人主要的任务是做男人的配偶,而不是做母亲。于是,理想的女人变成一个有完美的体态和肉体美的青年女人。然而在我的心目中,女人站在摇篮旁边时是最美丽不过的;女人抱着婴孩时,拉着一个四五岁的孩子时,是最端庄最严肃不过的;女人躺在床上,头靠着枕头,和一个吃乳的婴儿玩着时(像我在一幅西洋绘画上所看见的那样),是最幸福不过的。也许我有一种母性的错综(a motherhood complex),可是那没有关系,因为心理上的错综对于中国人是无害的。如果你说一个中国人有一种母与子的错综或父与女的错综,这句话在我看来总觉得是可笑的、不可信的。我可以说,我关于女人的见解不是发源于一种母性的错综,而是由于中国家族理想的影响。

(《有不为斋文集》)

朱光潜（1897—1986），字孟实。安徽桐城人。现代著名美学家、文艺理论家、教育家和翻译家。先在香港大学学习，后留学英国、法国和德国，获文学硕士、博士学位。1933年回国后，先后在北京大学、四川大学、武汉大学任教。朱光潜是继王国维之后的一代美学宗师，对中西文化都有很高的造诣，所著《悲剧心理学》《文艺心理学》等具有开创性意义。

谈性爱问题

朱光潜

这问题的重要性是无可否认的。圣人说得好："饮食男女，人之大欲存焉。"许多人的活动和企图，仔细分析起来，多少都与这两种基本的生活要求有直接或间接的关系。整个的人类文化动态也大半围着这两个轴心旋转。单提男女关系来说，没有它，世间就要少去许多纠纷，文艺就要少去一个重要的母题，社会必是另样，历史也必是另样。但是许多人对这样重要的问题偏爱扮面孔，不肯拿它来郑重地谈，郑重地想。已往少数哲学家如卢梭、康德、斯宾诺莎诸人对这问题所发表的谈论，依叔本华看，都很肤浅。至于一般人的观念，更不免为迷信、偏见和伪善所混乱。许多负教养之责的父母和师长对这问题简直有些畏惧，讳莫如深，仿佛以为男女关系生来是与淫秽相连的，青年人千万沾染不得，最好把他们蒙蔽住。其实你愈不使他们沾染，而他们偏偏爱沾染；对这重要问题你想他们安于愚昧，他们就须得偿付愚昧的代价。

从生物学的观点看，这问题本很简单。有生之伦执着最牢固的是生命，最强烈的本能是叔本华所说的生命意志。首先是个体生命。我们挣扎、营业、竭力劳心，都无非是要个体生命在物质方面得到维持、发展、安全、舒适，在精神方面得到真善美诸价值所给的快慰。一切活动的最终目的都在"谋生"。但是个体生命是不能永久执着的，生的尽头都是死。长生不但是一个不能实现的理想，而且也不是一个好理想。你试想：从开天辟地到世界末日，假如老是一代人在活着，世界不就成为一池死水？一代过去了，就有另一代继着来，生生不息，不主故常，所以变化无端，生发无穷。这是造化的巧妙安排。懂得这巧妙，我们就明白种族不朽何以胜似个体长生，种族生命何以重于个体生命，种族生命意志何以强于个体生命意志。男女相悦，说来说去，只是种族生命意志的表现。种族生命意志就是一般人所谓"性欲"。"爱"是一个较好听的名词，凡是男女间的爱都不免带有性欲成分。你尽管相信你的爱是"纯洁的""心灵的""精神的"，骨子里都是无数亿万年遗传下来的那一点性的冲动在作祟，你要与你所爱的人配合，你要传种。你不敢承认这点，因为你的老祖宗除了遗传给你这一点性的冲动以外，还遗传给你一些相反的力量！关于性爱的"特怖"（Taboo）[①]，

[①] 今译禁忌、戒律。——编者注。

你的脑筋里装满着性爱性交是淫秽的、可羞的、不道德的之类观念。其实，你须得知道：假如这一点性的冲动被阉割了，人道就会灭绝。人除着爱上帝以外，没有另一种心灵活动，比男人爱女人或女人爱男人那一点热忱，更值得叫作"神圣"，因为那是对于"不朽"的希求，是要把人人所宝贵的生命继续不断地绵延下去。

传种的要求驱遣着两性相爱，这是人与禽兽所公同的。但是有两个因素使性爱问题在人类社会中由简单变为很复杂。

第一个因素是社会的。社会所赖以维持的是伦理、宗教、法律和风俗习惯所酿成的礼法，"男女居室，人之大伦"，没有礼法更不足以维持。关于男女关系的礼法，大约起于下列两种：

其一是防止争端。性欲是最强烈的本能，而性欲的对象虽有选择，却无限制。一个人可以有许多对象，而许多人也可以同有一个对象。男爱女或不爱，女爱男或不爱。假如一个人让自己的性欲做主，不受任何制裁，"争风"和"逼奸"之类事态就会把社会的秩序弄得天翻地覆。因此每个社会对于男女交接和婚姻都有一套成文和不成文的法典。例如一夫一妻，凭媒嫁娶，尊重贞操，惩处奸淫之类。

其二是划清责任。恋爱的正常归宿是婚姻，婚姻的正常归宿是生儿养女，成立家庭。有了家庭，就有家庭的责任。生活要维持，子女要教养。性的冲动是飘忽游离的，常要求新花样与新口味，而家庭责任却需要夫妻固定拘守，"一与之齐，终身不改"。假如一个人随意杂交，随意生儿养女，欲望满足了，就丢开配偶儿女而别开生面，他所丢下来的责任给谁负担呢？在以家庭为中心的社会，这种不负责的行为是不能不受裁制的。世界也有人梦想废除家庭的乌托邦，在那里面男女关系有绝对的自由，但是这恐怕永远是梦想，男女配合的最终目的原来就在生养子女，不在快一时之意；家庭是种族蔓延所必需的暖室，为了快一时之意而忘了那快意行为的最终目的，破坏达到那目的的最适宜的路径，那是违反自然的铁律。

因为上述两种社会的力量，人类两性配合不能全凭性欲指使取杂交方式。它一方面须满足自然需要，一方面也要满足社会需要。自然需要倾向于自由发泄，社会需要却倾向于防闲节制。这种防闲节制对于个体有时不免是痛苦，但就全局着想，有健康的社会生命才能保障个体生命与种族生命。性欲要求原来在绵延种族生命，到了它危害到种族生命所借以保障的社会生命时，它就失去了本来作用，于理是应受制止的。这道理本很浅显，许多人却没有认清，感到社会的防闲节制不方便，便骂"礼教吃人"。极端的个人主义常是极端的自私主义，这是一端。同时，我们自然也须承认社会的防闲节制的方式也有失去它的本来作用的时候。社会常在变迁，甲型社会的礼法不一定适用于乙型社会，一个社会已经由甲型变到乙型时，甲型的礼法往往本着习惯的惰性留存在乙型社会里，有如盲肠，不但无用，甚至发炎生病。原始社会所遗留下来的关于性的"特怖"，如"男女授受不亲""女子出门必拥蔽其面""望门守节"，孕妇、产妇不洁净、带灾星之类，在现代已如盲肠，都很显然。

第二个使人类两性问题变复杂的因素是心理的。从个体方面看，异性的寻求、结合、生育都是消耗与牺牲。自私是人类天性，纯粹是消耗与牺牲的事是很少有人肯干的。于此，造化又有一个很巧妙的安排，使这消耗与牺牲的事带着极大的快感。人们追求异性，骨子里本为传种，而表面上却显得为自己求欲望的满足。恋爱的人们，像叔本华所说的，常在"错觉"（Illusion）里过活。当其未达目的时，仿佛世间没有比这更快意的事；到了种子播出去了，回思虽了无余味，而性欲的驱遣却不因此而减杀其热力，还是源源涌现，挟着排山倒海的力量东奔西窜。它的遭遇有顺有逆，有常有变，纵横流转中与其他事物发生关系复杂微妙至不可想象，而身当其冲者的心理变迁也随之幻化无端。近代有几个著名学者如韦斯特马克（West Mark）、霭里斯（H. Ellis）①、佛洛依特（Freud）②诸人对性爱心理所发表的著作几至汗牛充栋。在这篇短文里，我们无法把许多光怪陆离的现象都描绘出来，只能略举数端，以示梗概。

男女相爱与审美意识有密切关联，这是尽人皆知的。我们在这里所指的倒不在男爱女美、女爱男美那一点，因为那很明显，无用申述。我们所指的是相爱相交那事情本身的艺术化。人为万物之灵，虽处处受自然需要驱遣，却时时要超过自然需要而做自由活动，较高尚的企图如文艺、宗教、哲学之类多起

---

①今译埃利斯。——编者注。
②今译弗洛伊德。——编者注。

于此。举个浅例来说,盛水用壶是一种自然需要,可是人不以此为足,却费心力去求壶的美观。美观非实用所必需,却是心灵自由伸展所不可无。人在男女关系方面也是如此。男女间事,如果止于禽兽的阶层上,那是极平凡而粗浅的。只须看鸡犬,在交合的那一顷刻间它们服从性欲的驱遣,有如奴隶服从主子之恭顺,其不可逃免性有如命运之坚强,它们简直不是自己的主宰,一股冲动来,就如悬崖纵马,一冲而下,毫不绕弯子,也毫不讲体面。人要把这件自然需要所逼迫的事弄得比较"体面"些,不那样脱皮露骨,于是有许多遮盖,有许多粉饰,有许多作态弄影,旁敲侧击。男女交际间的礼仪和技巧大半是粗俗事情的文雅化,做得太过分了,固不免带着许多虚伪与欺诈;做得恰到好处时,却可以娱目赏心。

实用需要壶盛水,审美意识进一步要求壶的美观。美观与实用在此仍并行不悖。再进一步,壶可以放弃它的实用而成为古董,纯粹的艺术品;如果拿它来盛水,就不免煞风景。男女的爱也有同样的演进。在动物阶层,它只是为生殖传种一个实用目的,继之它成为一种带有艺术性的活动,再进一步它就成为一种纯粹的艺术,徒供赏玩。爱于是与性欲在表面上分为两事,许多人只是"为爱而爱",就只在爱的本身那一点快乐上流连体会,否认爱还有借肉体结合而传种那一个肮脏的作用。爱于是成为"柏拉图式的"、纯洁的、心灵的、神圣的,至于性欲活动则被视为肉体的、淫秽的、可羞的、尘俗的。这观念的形成始于耶稣教的重灵轻肉,终于十九世纪浪漫派文艺的"恋爱至上"观。这种灵爱与肉爱的分别引起好些人的自尊心,激励成好些思想、文艺和事业上的成就;同时,它也使好些人变成疯狂,养成好些不康健的心理习惯。说得好听一点,它起于性爱的净化或"升华";说得不好听一点,它是替一件极尘俗的事情挂上一个极高尚的幌子,"金玉其外,败絮其中。"

从这一点,我们可以看出人心怎样爱绕弯子,爱歪曲自然。近代变态心理学所供给的实例更多。它的起因,像佛洛依特所说的,是自然与文化、性欲冲动与社会道德习俗的冲突。性欲冲动极力伸展,社会势力极力压抑。这冲突如果不得到正常的调整,性欲冲动就不免由意识域抑压到潜意识域,虽是囚禁在那黑狱里,却仍跃跃欲试,冀图破关脱狱。为着要逃避意识的检察,它取种种化装。许多寻常行动,如做梦、说笑话、创作文艺、崇拜偶像、虐待弱小以至于吮指头、露大腿之类,在变态心理学家看,都可以是性欲化装的表现。性欲是一种强大的力量,有如奔流,须有所倾泻。正常的方式是倾泻于异性对象。得不到正常对象倾泻时,它或是决堤而泛滥横流,酿成种种精神病症;或是改道旁驰,起升华作用而致力于宗教、文艺、学术或事功。因此,人类活动——无论是个体或是社会的——几乎没有一件不可以在有形无形之中与性爱发生心理上的关联。

这里所说的只是一个极粗浅的梗概,从这种粗浅的梗概中我们已可以见出人类两性关系问题如何复杂。要得到一个健康的性道德观,我们需要近代科学所供给的关于性爱的各方面知识,一种性知识的启蒙运动。我们一不能如道学家和清教徒一味抹煞人性,对于性的活动施以过分严厉的裁制,原始时代的"特怖"更没有保留的必要;二不能如浪漫派文艺作者满口讴歌"恋爱至上",把一件寻常事情捧到九霄云外,使一般神经质软弱的人们悬过高的希望,追攀不到,就陷于失望悲观;三不能如苏联共产党人把恋爱婚姻完全看成个人的私行,与社会、国家无关,任它绝对自由,绝对放纵。依我个人的主张,男女间事是一件极家常极平凡的事,我们须以写实的态度和生物学的眼光去看它,不必把它看成神奇奥妙,也不必把它看成淫秽邪僻。

我们每个人天生有传种的机能、义务与权利。我们寻求异性,是要尽每个人都应尽的责任。一对男女成立恋爱或婚姻的关系时,只要不妨害社会秩序的合理要求,我们就用不着大惊小怪。这句话中的插句极重要:社会不能没有裁制,而社会的裁制也必须合理。社会的合理裁制是指上文所说的防止争端和划清责任。争婚、逼婚、乱伦、患传染病结婚,结婚而放弃结婚的责任,这些便是法律所应禁止的。除了这几项以外,社会如果再多嘴多舌,说这样是伤风,那样是败俗,这样是淫秽,那样是奸邪,那就要在许多人的心理上起不必要的压抑作用,酿成精神的变态,并且也引起许多人阳奉阴违,面子上仁义道德,骨子里男盗女娼。

在人生各方面,正常的生活才是健康的生活;在男女关系方面,正常的路径是由恋爱而结婚,由结婚而生儿养女,把前一代的责任移交给后一代,使种族"于万斯年"地绵延下去。

传种以外,结婚者的个人幸福也不应一笔勾销。结婚和成立家庭应该是一件快乐的事,人们就应该在里面希冀快乐,且努力产生快乐。到了夫妻实在不能相容而家庭无幸福可言时,在划清责任的条件下,离婚是道德与法律都应该允许而且提倡的。

(《谈修养》)

凌独见，生卒年月不详。本名凌荣宝。浙江人。曾就读浙江省立第一师范。他反对白话文，曾一人创办一份杂志，就叫《独见》，这本刊物全部用文言文。曾公开批评章炳麟《国故论衡》中关于文学的定义不合现代要求，主张"文学就是人们情感、想象、思想、人格的表现"。他强调新诗"要有旧诗（包括古今中外）做根底"的重要性，认为"中外诗结婚之后，产出来的""介乎诗词曲之间，而兼有诗词曲之长的新体诗"是"新体诗的成人期"。著有《国语文学史纲》（1922年）和《新著国语文学史》（1923年）。

性的诱惑

凌独见

小家庭的构成，是由一夫一妻组织起来的。以房屋来做喻，若是男人算栋梁，那么女人就是石础了；一个家庭如其没有女人，那就不成其为"家"。所以，男人女人，都是成家的主角，由男女共同生活，而生男育女，而柴米油盐，而日常用品，衣着家具，房屋田地，这样一件件累积扩大开来；于是男人肩上的负担一天一天加重，无形之中，男人做了家庭的罪犯，受家庭的束缚，受家庭的桎梏；普天之下的人，走上"家累"之途，为家累而辛劳，为家累而忙碌，为家累而奔波，吃尽千辛万苦，历尽艰险危难。

可是世界上的男人，为什么大家都这样愚笨，自讨苦吃，男大愿意有个"家"呢？近来报纸上的广告地位，有一大半被订婚、结婚的启事所占据呢？打开窗子说亮话，揭穿纸老虎的秘密，是由于"男的好色""女的诱惑"而已。

一、女性的诱惑

　　女孩儿到了十岁以上，就知道整洁，知道打扮，知道修饰，每天所花在这些事上的工夫是很多的。她们比男人更爱看女人，不过注意点与男人有些不同罢了。她们所注意看的，就是她的"打扮""修饰"如何？有无足以仿学的地方？她们对于打扮、修饰是很公开的，在火车上，在轮船上，在菜馆里，在公共场所，在盛宴席上，在郊外，在庙里，都随时随地摸出小镜子、小粉扑来修饰。如其给她们在什么地方发现一面镜子，她们总得照一照，梳一梳头发，正一正领儿，甚或搔首弄姿。

　　她们的生性，大都节俭；但是买化妆品的钱，是不吝惜的，什么巴黎香水，什么生发油，什么香肥皂，什么雪花膏、美容霜、柠檬霜，什么口红，什么爽身粉，什么染指甲的蔻丹，消灭皱纹的油皮肤，晒黑时所用的油，鱼类制成润肤的膏，以及许多记不起说不尽的化妆品。

　　她们买衣料的钱，也是不吝惜的。夏天的什么花洋纱、乔其纱、蝉翼纱，春秋的什么绸，什么缎，以及各色各样的哔叽，冬天的紫貂、狐皮、獭绒、灰鼠、丝绒的大氅，均不嫌贵，愈贵愈妙，愈示其阔绰高贵。

　　她们买首饰的钱，也是不吝惜的。金刚钻的镯子、戒指，黄金箔宝石的手镯，黄金或珍珠的链子和耳环，翡翠的镯子、戒指，金牙齿、金戒指，上等的手表，银子的钱袋，价值连城，价值巨万,均不嫌贵。

现在西洋的女人,每天早晨起来,有十分钟的运动,运动的方法很简单,就是躺在床上,将两腿一伸一曲;或是站直,将两手搓在腰上,两腿做一高一低的运动。这种运动,能使腰部变细,姿态妩媚,保持体美的轮廓。我想运动总属有益的,不久的将来,中国的女人,一定也愿意仿行的。

女人为什么不惜金钱,不惜工夫,要悉心修饰,这样打扮,打扮得花枝招展,像花人儿一样呢?赤裸裸地说,是在取悦男人,使男人注视,使男人大为快活。再换句话讲,就是用性来诱惑男人,吸引男人。

有人说,世界上只有女人最"美"。这话我是同情的。美的女人,正同好的千里骏马一样,头目蹄足自相匀称,正是"增之一分则太长,减之一分则太短,着粉则太白,施朱则太赤"。眉清目秀,唇红齿白,体态袅娜,一笑倾城。他如"肥若玉环,轻若飞燕",各臻其妙,各有其美。

我们晓得钻石是闪烁的,黄金是辉煌的,水蜜桃是白中泛红的,白玉是润洁的,这些都是世上的珍贵之品。可是都是死的静物,美女则钻石为眼,黄金为发,水蜜桃为颜,樱桃为口,杨柳为腰,白玉为身,兼而有之,而且是活的动物,而且聪明的才女善解人意,风雅多趣,无怪令人迷醉,拜倒石榴裙下。

现代的艺术家,亦以为女人最美。女人的身体,曲线最多,常用女人脱光衣服作为画本。意大利的雕刻家,把石雕的裸女,大的小的,坐的立的,一船一船出口运销于别国;巴黎和纽约的剧院经理，就利用性的诱惑，叫女人一丝不挂在舞台上跳着舞着，来号召观众，取悦观众，吸引观众。男人也很愿意看这一套，场场可卖满座，挤得水泄不通。

且莫说裸女表演裸体跳舞，令人乐予赏观，不是平常几个朋友聊天，扯的时候久了，各有一点倦意，只要话锋转到女人，精神就为之抖擞一振，兴趣就浓厚许多，话就愈扯愈长了。女性的吸引力，都是这样强烈的，所以西人有言："左右世界之物有二：一曰黄金，一曰女子。"中国古人亦有一句话叫作："英雄难过美人关。"项羽，因一世之雄也，《史记·项羽本纪》载：项王军壁垓下，被汉军包围，夜惊起，慷慨歌曰："力拔山兮气盖世，时不利兮骓不逝，骓不逝兮可奈何？虞兮虞兮奈若何！"他在危急存亡之秋，还丢不下虞美人。世界战争大王拿破仑，也有同样的故事。殷纣的爱妲己，幽王的爱褒姒，总之：自来英雄莫不爱美人，才子莫不惜佳人。

二、男性的好色

一切的动物，性的冲动，一年只有一个时期，人则不然，或因自身生理的需要，或因外界女性的诱惑，性的冲动是绝对没有时期的，是随时随地行之的。如法国凡尔赛林中，时有男女野合之情事。日本这种事情更多。中国素称礼教之邦，男女亦多濮上之行。所以有人说："人类是动物中最好色的动物。"信不诬也。孔子说："吾未见好德如好色者。"齐宣王曰："寡人有疾，寡人好色。"这些话，都是男人好色有力的佐证。

因为男性有好色的本能，女性有诱惑的本能，于是男女结合为夫妇，组成为家庭，由家庭而家族，而宗族，而民族，而国家，而世界，生生不绝，永远地嗣续下去。

异性相吸，不限于人。一切动物，鱼虫禽兽，莫不皆然；一切生物，树木花卉，莫不尽然；甚至非生物如电如磁，亦是异性相吸。不过人的表现，格外露骨罢了。

做人都是醉生梦死、迷迷糊糊的，若在五十以上的年纪，回想少年如何追求异性，如何恋爱，如何结婚，如何度共同生活，如何谋生、负担家计，如何抚育子女，如何为女人所缠缚，如何为家所累、所苦、所烦恼，从人生快乐与清福而观，以今视昔，倒不如做独身者来得轻快悠闲。李叔同先生的辞去学校教员，抛离妻子家门而去做和尚，或即有感于此吧？

(《怎样生活》)

谢六逸（1898—1945），著名作家、翻译家，中国现代新闻教育事业的奠基人之一。1917年考取公费留学日本，1919年入日本早稻田大学专门部政治经济科学习，1922年毕业回国，到商务印书馆工作。先后任暨南大学教授、中国公学文科学长兼中国文学系主任；在复旦大学创建新闻专业，并任复旦大学新闻系、中国文学系主任。新闻记者须具备"史德、史才、史识"三条件，就是谢六逸先生提出的。

性爱与痛苦

谢六逸

一

在动物世界的性生活里，当交尾时表演残酷行为的，不算稀有。例如海驴、海豹到了交尾期，便成群的来到海洋的岩石上，为要得到雌的，雄的互相争斗，甚至于丧失生命。如像棘鳍鱼的雄的，在交尾期性质暴躁，勇于打架。蚌萤等的混战，都是为要得到雌的而争斗。这是雄与雄的争斗，还有当雌雄两性交尾时，一方伤害或杀死他方的残酷行为，也是常见的。其中最著名的要数蜘蛛类，在交尾时，雄的常被雌的吃掉。"育子蜘蛛"的雌是吃掉自己丈夫的可怕的虫类，夙为世人所知；但是多数蜘蛛都是如此，雌的大而且强，常吃掉了雄的。因此雄蜘蛛走近雌蜘蛛时，性命交关，此时苟不最敏捷地赶快交尾，便要被雌的吃掉了。有一种蜘蛛名叫"达南特尔拉",意大利最多,雄的要亲近雌的时候,先走到雌的穴旁,把小石或叶片之类投入,以惹起雌的注意。做这事时,也是战战兢兢的;雌的爬出穴外,则雄的敏捷地跳上雌的脊背,实行交尾,苟不幸被雌的捕着,便当场吃掉。又,虽然登上雌的脊背平安地交尾,万一被雌的一足拉进穴内,也必丧命无疑。

所以交尾这一事,在蜘蛛类,倒是拚①命的工作。这是因为雌的大而且强,杀了雄的当作自己的饵食,虽与性欲无关,但在其他的许多动物,雄的向雌的求爱,因而兴奋,伤害雌的,也是常见的。金丝雀的雄的在性的兴奋时,屡屡破巢且杀害雌的;雄鸡交尾时,啄伤雌的头部或后头部;种马或种牛的雄往往咬啮雌的。诸如此类的行为,是为要获得异性的胜利与压服的支配,从此种感兴的冲动而发生的;在雌的一方面,因为受了这样的暴行,情热遂以亢进。据仲马氏所述,亚拉伯②人有一种习惯,他们把不喜欢交尾的牝马和已起交尾欲的牡马同放在草原,就是因为牝马被牡马咬啮,可以引起性的兴奋之故。

在人类,对于异性的感兴情热昂奋时,也和动物一样地表演一种残暴行为。爱人们互相抓股或啮颊以表示或增进爱情,这是普通的事实。日本江户时代有一首情歌,是:"抓伤了,紫色,咬啮了,红色,用颜色染成的这身体呀。"夫妇口角,反使

---

①"拚"音"pàn",通"拚"。——编者注
②今译阿拉伯。——编者注

爱情益加浓厚；不仅是言语的争吵，甚至于抓头发，打耳巴，扭手腕，舞动菜刀，外人看去好像是感情极恶似的，其实时时反复着的争吵，就有性的感兴与兴奋随之，夫妇的感情因此益加增进。谚示："打是心疼骂是爱。"信然。

二

前述的事实是在普通的人看出的，但在病态的人，则有虐待凌辱异性，使大受痛苦，听着叫唤的声音，看那苦恼的情状，觉有无上性的快乐的。其甚者，至于杀伤异性，吸那淋漓的鲜血，又或剥皮切肉，食其内脏，由此以满足性欲。此种变态性欲，为 Sadismus（暴虐狂）；反之，受了异性的虐待，自甘忍受痛苦，感到性的满足的变态者，称为 Masochismus（被虐狂）。

Sadismus（暴虐狂）这名称，是从法国的贵族莎德侯爵（Marquis De Sade）的行为与他著的《说部》（*Romance*）而来的。莎德1740年生于巴黎，1814年以七十四岁的高龄逝世。在青春时代曾做骑兵士官，参加"七年战争"之役。对于文学、哲学、历史、社会学等颇有兴趣，对于圣书，有下明晰的批评的才能。他所爱读的哲学书是拉玛德利的《唯物论》，又对于阿克唯尼的学说，从根本地加以研究。虽然是这样一个多才多艺的人，可是他的行为完全逸出常轨，从青年时代起就度着放荡的生活。其动机是因为失恋。他的父亲为他娶了个二十岁的身出名门的女子，而他却爱妻的妹妹，结果从尼姑庵里将妻妹盗出来同栖，一时过着幸福的生活。不幸情妇死亡，大失所望，悲哀之极，就放荡度日，他的性欲也变了常态。偶然在路上看见一个向他求乞的女子，他就带她回来鞭笞；又在妇人集会的席上，把名叫"康打尼丁"的药放在点心里给客人吃，中毒者甚多。因为做了这种暴虐行为，遂被禁锢在监狱里。他的监狱生活过了二十七年。在逝世以前，做了许多小说，都是描写虐待凌辱异性，使性的快感满足的变态性欲事态。作品中的主人是性欲盛旺的男子，被他牺牲的多上流的妇人，卖笑妇等则较少。他或写男子鞭打妇人，或写某人拿药给他友人的爱人服下，使他们在公众的面前做出不好的事；或写杀伤女子，流出血液，感觉有绝大性感的残酷的情景。每作都以他自己的残忍的性生活做根据，加上空想描绘出来。他的五种作品中，有一种名叫 *La Philosophie dans le Boudoir*（1795），一名《放荡的教师》（*Lasinstituteuseurs Libertins*）。由于莎德的行为与他的创作的内容，使异性痛苦而感觉性的快乐的变态性欲，遂称为 Sadismus（暴虐狂）。

轻微的"暴虐狂"在普通人也看得出，如抓所爱的异性的身体的某部分，或咬唇与颊，或故意出恶言招引口角，以表示爱情或使爱情昂奋，但这还是在生理的范围以内的举动。如果超过这种程度，使异性受强制的痛苦，目睹叫唤、苦恼、流血等惨状，以满足性欲，则自然是"病理的"了。这样的残暴行为如变成真实或热烈，必演出令人战栗的悲惨事件。

与"暴虐狂"相反，甘受异性的虐待凌辱，以得性的满足的"被虐狂"（Masochismus），是由奥国的文人马梭哈（Sachor

Masoch）的行为与他的创作的内容而得来的名称。

"恋爱者是奴隶，是囚人，是义勇的使仆。"正如这句话一样，在恋爱里，屈从异性，求媚异性，以求其欢心的倾向，是普通的；但如此种倾向非常显著时，则欲跪在异性的膝下，全然成为俘虏。其甚者，虽被异性詈骂嘲弄，殴打鞭笞，或用刀割，竟不以为痛苦，反而喜欢领受，因此做出种种的手段以受异性的虐待。如像这一类人，明明是"病理的"。马梭哈就是此种变态人物，在他的创作里，也描写着同样的事实。

马梭哈 1830 年生于加尼细亚的勒姆堡，他的血管里有西班牙、日耳曼、俄罗斯人的血液，他的祖先是西班牙的贵族，十六世纪时在卞尔五世之下打过仗，他的父亲是勒姆堡的警察长，与贵妇人莎尔洛德结婚，十一年后就生他。他从小儿时代起特别喜欢看残酷的记录或死刑的绘画，又爱读讲殉死的口碑传说的书。到了思春期的年龄，他常梦见一个使他痛苦的残酷的妇人。原来加尼细亚有一种风俗，就是那地方的妇人支配她们的丈夫，视如自己的奴隶一样。他十岁时，才实地目击这种情况。他的近亲有某伯爵夫人者，她的纤手掌握一家的全权，役使其夫伯爵。他目睹这种情况，受了终生不能忘记的印象。

伯爵夫人只有面貌好看，却是一个不规矩的夜叉婆，但马梭哈对于夫人的美貌与她所围的高贵的毛皮很憬慕，而且赞美夫人，夫人也喜欢他的从顺，时常许可他进她的化妆室。有一天，他跪在夫人的面前为她穿鞋，他突然吻夫人的脚，夫人却微笑而以脚轻轻地撞他的脸，他很喜欢而且感到幸福。

有一天,他和姊妹们做捉迷藏的游戏,偷进夫人的卧室,隐身于挂在壁上的衣服后面。一刹那间,伯爵夫人同她的情夫进来了。他依然躲着不走,偷看室内的情景,见夫人横身在沙发上,和情夫调情。既而伯爵进来了,身后有两个人随着,来势并不平常。伯爵正要挺身向二人时,夫人忽然从沙发上跃起,挥拳殴打伯爵的面孔,伯爵的脸上鲜血涓涓流下。夫人这时又取鞭在手,把伯爵和随从追出屋外。情夫逃出的一刹那,挂在壁上的衣裳落下,躲到如今的马梭哈的身体便完全出现了。夫人一见他,就把他投在床上,用手牢牢地压着他的肩膀,痛打一顿。他觉得很痛,但是同时觉得有莫大的愉快。

夫人的暴行尚未演完时,伯爵又转来了。见他一点也没有发怒的样子,悄然地跪在夫人面前,哀求饶恕。夫人又痛打伯爵。这时马梭哈已逃出室外,却又折回来,蹑手蹑脚地隐身门外,倾耳听室内,只听得鞭子嘶嘶的声音与伯爵的哼吟声互相唱答。

上述的光景,在神经过敏的他的脑里留下了深的印象,给他的感情生活以显著的影响。"妇人"在他是"爱的印象",同时又是"憎恶的印象",是具有美与残酷两种性质的。这事映入他的一生的原因,就是他少年时代目击前述的情景,深深地感动了他。他的处女作 *Der Emissar* 中的女主人,实在就是用伯爵夫人做模型(model)的。他对于有美丽毛皮与鞭子的伯爵夫人的爱常不去怀,时常梦见她,她支配了他的著作与空想。此外还有一个女性,深印在他的脑里,影响及于他的思想。就是他在十三岁时,即当 1848 年的革命战争时,在皮带上挂着手枪,在堡垒上助他打仗的妙龄勇妇。

马梭哈的父亲喜欢演剧,在自己家中备有舞台,表演歌德哥哥儿①的著作。他的文艺趣味,在幼年时代受父亲的感化实多。他进了勃赖格与格拉兹大学,十九岁毕业,当德国史的讲师,在格拉兹大学执教鞭。但对于文学有莫大的兴趣,埋头从事;既而辞去大学教职,专心于文艺的创作。1866 年参加意大利战争,在莎尔非力一役极勇敢地战斗,奥国元帅曾赐以褒状。但是他退出军队后,遂委身于小说的著作,文名渐为世人所知。

当时他曾爱过几个女子,多令他失望,或遭遇不幸,遂用自己的经验做材料,做了几种小说。那些小说中的主人公,必定是心意坚强、发挥女权、压服男子的痛快女性。后来在格拉兹,有一个爱读他的小说的女子名叫洛娜,是以缝手套为业的,身份不高,但是一个有文学趣味的伶俐女子;她假借他的小说中女主人捷郁那耶夫的名字写信给他,模拟他所理想的女性的性格,以投合他的心意。这时他虽有一个已经定了婚约的女子,他仍想和洛娜相会。因他从来信的字里行间想象起来,她一定是一个贵妇人。委身于一个比自己身份高的而且刚愎的女性,被她颐指气使,是无上的愉快。洛娜和他会见了,她把自己的身份隐藏着,装起贵妇人的态度给他看。于是他的爱情愈炽,舍弃了未婚妻,和洛娜成为难舍难分的伴侣,生了一子。举行

---

①这里的"歌德哥哥儿"是人名。——编者注。

结婚式是1873年。

但是结婚之后,不久间,两人的感情里吹起秋风来了。洛娜知道他的性质是病的、空想的、无能力的,他也发现了洛娜并非自己所梦想的贵妇人,于是两人都大大的失望了。并且他在结婚以后,他的病态的性欲赤裸裸地暴露出来。他叫洛娜用鞭子打他,反复要求过好几次,但是洛娜不答应。一回他叫女佣鞭打他以求满足,洛娜强使他解雇女佣。他不绝地对洛娜献媚,但女的不尽力使他称心满意,因此家庭渐渐不和睦不愉快了。后来不知怎样的说服了洛娜,叫洛娜每天用鞭打他;但仅仅如此还不满足,更进一步叫洛娜假装不贞的妇人,他自己执笔,在报纸上登了一个广告——"一妙龄美人,愿与美壮的男子交际",强使洛娜与他人奸通。因此洛娜浪费财产,至于出丑。不久洛娜果与一个新闻记者携手逃赴巴黎,和他断绝关系了。

他的第二妻是他雇用的秘书与舌人①,名叫迈斯达的处女。她与洛娜不同,温顺贞淑。他为了前妻的缘故,颇觉灰心,对于后妻,诚心诚意地献上爱情。二人生了两个孩子,很和睦地度日。他的晚年生活比较安静,但前妻洛娜时时把侮辱胁迫的信寄给他。他模仿他父亲,在家中设备舞台,时常演戏,以妻子演主角,快乐可知。此后他的健康衰损,1894年赴洛哈姆疗养,病势渐增,遂于1896年3月辞世。

---

① 舌人,即今称的译者、译人、译员。——编者注。

以上是马梭哈的略传，他的奇异的性行为与创作的内容，使克拉弗特耶宾氏对于受异性虐待而以为愉快的病的性欲起了一个名称，即 Masochismus（被虐狂）。

性爱与痛苦有如此的关系，借这些事实便明显地证明了。普通一般人，其虐待的程度虽不至于陷于这种病态，但在爱人夫妇间，于隐秘的行事里，当然有"暴虐狂"与"被虐狂"的倾向，尤其是容易引起性的兴奋的许多事实，更是世人所夙知的了。

除了上述两种病的性欲之外，还有一种由残酷行为表演出来的异常性欲，名曰 Fetischismus（性的拜物病）。这病是恋爱异性身体的一部分，例如头发、眼、手足、阴部、排泄物；或爱异性的所有物，例如衣服、鞋子、袜、手巾、化妆品，或触或看或嗅或尝，由此以感觉性的快感。健全的人见了异性的清澄的眼，浓厚的眉毛，紧张的口，如雪的肌肤，便生爱慕或将异性的所有物作为纪念而恋爱着的人也不少，这是周知的事实。在某程度，这类行为在常人也有的，尤其在恋爱没有达到目的之时；但在病态的人，则并非爱异性的全人格，只单恋身体的一部分或是所有物。喜欢在路上剪女人的头发，使女人头部负伤的残酷行为，就是对于异性的毛发异常地爱着，见了便性欲兴奋，不能克制，冲动地去剪取女人的头发的。

以上所说的，是由变态性欲而来的残酷行为。在别一方面，由嫉妒而来的残酷也很多。正如日本的谚语说："爱愈甚，恨愈满。"为爱人所背弃时,便伤害对手①,以疗嫉妒之心。有这种要求的,在缺乏反省,陷于性的变态者,常常得见。尤其是感情强而易动的女性,因为嫉妒,陷于极度的兴奋,毫无判断与顾虑,爆发似的做出残忍行为的很多。

三

男性的雄伟刚壮,女性的优婉温顺,这是两性的特征。因为人类有要求自己缺乏的东西的欲望。在性的关系上,男子要求优柔温雅的女性,女子景慕雄伟刚壮的男子。原始人类的男子对女性表示他的勇气胆略,作为求爱的最好的手段。非洲的玛塞蛮族有一种习惯,就是男子的矛没有染上他人的血时,不能够结婚。南洋波尔勒俄的打牙克蛮族有猎取人头、藏储骷髅之后才能有妻的习惯。耶斯基摩人②的习惯是如果没有杀过一只海狗,就没有求婚的资格。像这种杀人或杀动物,无非是表示本人的勇气胆略,借以获得异性的爱。就是说,在男子方面,他的勇壮成为获得女性的爱的"资格";在女子方面,委身于这种雄壮的男子,因此可以永远保有自己的爱。

如像掠夺婚姻,是可以借上述的事实来说明的。男子用暴力去掠夺女性,是证明自己的勇壮的手段。因为如非强壮的男子,则不能实行掠夺;达到掠夺目的的人,被人称赞为有勇气

---

①此处及本书后面几处的"对手"一词,乃"彼此相等者"之义。——编者注。

②今称因纽特人。——编者注。

的男子，由此以得异性的爱。太古时代所行为的掠夺婚姻的遗习还在现在的未开化民族里保存着。在求婚时，男子故意和他将娶来做妻的女子争斗，打胜了对手后，始成为伉俪，这种风习很不少。根据法尔氏记述纽锡兰①的蛮族的风俗，男子寻着了可以求来做妻子的女性时，先是到女子的父亲或亲族家里去要求他们的允许，其次便用暴力把女子带走，于是女子用全身的力量来抵抗。纽锡兰的女子一般是身体强健，筋力勇猛，不弱于男子，因此两性间发生激烈的争斗，常常互斗两三小时以上。如果女子方面得胜了，便走回父母的家中，男子非打断求婚的念头不可。又根据谭法尔的记载，新南威尔斯的蛮族，当男子向女子求婚时，男子逼迫女子同他一起到他的家里去，女子故意拒绝，男子再对女子威迫，于是殴打，双方争斗起来，结果常是男子占胜利。女子虽然在心里老早就答应那求婚，但仍不断地反抗。经过了横强的手段，然后带回家中，和睦地同栖。又据哈耶斯氏所记耶斯基摩的结婚风俗，新郎用暴力把新妇拐逃，女子故意叫喊反抗，直到进了男宅为止，然后成为夫妇。

上述的习俗都是掠夺婚姻的模仿的遗风。男子表示自己的勇敢刚壮，借以获得对手女性的欢心，以达到求婚的目的。就是说，若非具有完全征服女子的体力、意力的男子，就没有获爱的资格。原始人的爱有残忍性伴随着，就是基于这种理由，暴虐狂与被虐狂的本性的一面，也能够借以说明。如借新加勒

---

①今译新西兰。——编者注。

德尼亚蛮族的男女关系来说明,更是最适切的例证。据佛俄勒氏的记述,此种蛮族中的处女被她的爱人追逐于森林内,受了暴行迫害,脸被搔,身体被殴打,头、肩部等被咬,受了各种的残害,然后回到男子家中。像此种凌辱迫害,在男子方面,表示他有勇,使对手的爱加深;在女子方面,认识了对手的勇壮,爱情更其增加。

男子的勇壮表现在他们的体力、意力上。因此,女子为男性的强壮的体力、意力与显著的个人性所牵引,较之男性的肉体美为甚。在原始人里,恋爱争斗的胜利者与有做优越的爱人的资格的男子未必是好男子或有才之人,却是最勇敢、最刚健的人。由此说来,也不单根于原始人,在开化的民族里,景慕体力、意力坚强的男子的女性也不少。加洛利勒·徐勒格尔氏论法国的奸雄米拉波,在加氏写给路易莎·柯达的信里写着"他是丑男子,然而莎菲却爱他,因为女子并非为美貌而爱男子的"即是。莎菲是爱着米拉波的男性的雄浑刚迈的气质。德国的有名哲学家哈尔特曼在他的名著《无意识哲学》里说,女性的强烈的爱并非由最美貌的男子而起的,乃是由与此反对的最丑恶的男子而起的。还有,俄国文学家娄蒙夺夫[①]在他的创作《现代英雄》里也说:"为一个容貌丑恶的男子爱到发狂的妇人,绝非稀有的,她们不愿把那丑恶的爱人和美少年耶梯米昂交换。"总之,真的男性美,正如伊凡·普洛何所说,是精神的

---

①即莱蒙托夫(1814—1841)。——编者注。

美,即意志力、创造力、自由的个性的表现,未必是容貌、肉体的美。

恋爱与残酷之间有着必然的关系,由前面的说明便能充分地说明。在文化民族的性生活里,爱人或夫妇间互相争闹,反而爱情更加深厚的事实,是不少的。在斯拉夫民族的下层社会里,有一种风俗,不被丈夫殴打的妇人好像感着被侮辱似的。据鲍尼奴斯的记载,俄国的妇人以为丈夫鞭打妻子是爱情的表征,若不被丈夫鞭打时,便不会感到幸福。此种风俗现在还存在于魏卡龙地方。克拉夫特耶宾氏曾记述那地方农民的妻子,除非丈夫饱以老拳,她不感到爱。俄国的谚语中有这样的句子:"爱你的妻如爱你的灵魂一般,打你的妻如打毛皮。""最爱的人的殴打是不痛的。"休立特格洛耳氏对于斯拉夫民族记载着与前面相反的事实,就是妇人鞭笞殴打男子。

捷利立氏在他的自叙传里记载着,他虐待做 model 的他的情妇加特尼娜,她反而觉得愉快,他见了这种情形不觉惊异。男子殴打他的爱人是恋爱的表征,女子遂甘心领受。在捷尔凡登的创作里,有一段插话足以证明。南美的印度种族里也有相同的风俗。曼特卡兹氏在波尼维亚的旅途上,知道不受丈夫殴打的妻子便诉说丈夫的无情;一个处女议论她的爱人道:"他很爱我,他时常打我就是证据。"

这种性的感觉在古代的文化民族里也有。例如基尔安氏的《赫特勒故事》中的一个妇女,曾经这样说:"不鞭打自己所爱的女子,不拉她的头发,不撕破她的衣服的男子,不是真爱那女子。"俄维对于情夫发怒似的叫他撕破她的衣服。卢骚①记载着意大利的某地方,只有妇人被丈夫虐待时,认为受了丈夫的爱,不殴打妻子的男子是蠢货。

一部印度古代的典籍,述说关于性爱的种种事象的名叫《爱经》(Kamasutra)的书里,曾说:"热情的极度,殴打异性身体的某部分是性爱的伴随。"又说:"妇人的身体的隐处,见有爱人的爪伤时,过了长日月之后,往昔的爱情重新在心中唤起。若果没有使人想起旧交的爱人的爪伤,则爱情在长日月后就消失了。"又说:"搔伤咬伤,时时作为赠送爱人的物品,这是因为要表示爱而做出来的预备动作。"如果再要列举这种事实,还有:乔那国王曾打一个名叫吉特那色娜的娼妓的胸,娼妓死了;班德亚王的将军纳拉德维打一个舞姬的颊,误中她的眼睛,因而盲其一目。从这些例看来,印度民族里,从太古时代起,伴随性爱的种种残忍行为是普遍地行着的。

在卖笑妇里,因受情人的虐待迫害,爱情反而增进的也不少。关于这类的事实,法国的学者巴兰·吉夏德莱氏曾有记述。他看见一个娼妇被泥醉的情夫毒打,眼睑裂开,满脸是血,身上的皮肤也被搔破,半死半活,抬进医院,但她病好了之后,又急速地回到情夫的家里去了。又据尼采法罗所记的,有一个名叫落莎耶儿的娼妇,情夫胁迫她,说要杀她,把小刀放在她的头上,虽然这样的虐待,当法官讯问她时,她却完全否认这

---

① 今译卢梭。——编者注。

事实。又有一个名叫玛利亚耶儿的娼妇，受了情夫的殴打，脸上刺破，留下一个大瘢痕，容貌变得奇丑，但是她无论什么时候都不忘记她的情夫，像相思似的保存着他的相片。有时警察询问她脸上的瘢痕时，她答道："他伤了我，因为他真爱我。"

耶尼斯举出一例，说明受男子的暴力征服反而愉快的女子。他记述着下面的一个妙龄女子。这是一个受过教育的十九岁的女子，懂得几种外国语，聪明而且有富于同情心的性格，她与爱人相会时，常叫爱人加暴于自己的身体。爱人问她的理由，她说："我愿委身于男子的暴力之下而被征服。"有的时候，她说："我想要一个男子，他使我的身体受痛苦，差不多使我绝命似的有力的男子。"耶尼斯又记着，犯伤害罪、杀人罪的男子常接着陌生的妇人的情书。基尔兰曾从支加哥通知耶尼斯，说一个犯堕胎帮助罪与伤害罪嫌疑被捕的男子，有陌生的女人来向他求婚，或是写情书给他。寄信的人是德国人和俄国人。

柯林·施考特氏曾说："求爱是一种美妙的战斗。"将此语从动物的性的关系上来观察，雄的常借体力的发挥以获得雌的，因此雌的不能不忍耐痛苦。雄的加痛苦于雌的，不外是表示体力强壮的欲望的结果。正如米拉孟特所说："残酷即力量。"废了残酷，就是力量的废弃。把自己是一个强有力的人，使得异性知道，为了求爱，非加异性以暴力不可，于是变成残酷行为表现出来，雌的由此被唤起了爱情，并且增进了爱情。所以残酷、痛苦与性爱之间，是有连锁的事，已在动物的性生活里有了渊源，传到原始人，更在文化民族里表现出来。

从这方面观察，"暴虐狂"与"被虐狂"是从动物遗传到人类的性能，普通的人多少都带有此种倾向，如成为病态，则殴打异性，用小刀或烧红的火箸去伤害异性的身体而感到性的快乐，异性受了这种残酷的行为便感到欢喜，增进爱欲。像这种男女，世上绝不算少有的。仅是口角争吵，不能够满足，还要打、掷、踢，甚至于舞起刀来，看去是极不和睦的夫妇，其实是爱情极深的。夫借暴力以征服女子，妻因被征服而得兴奋与满足，夫妇间的爱情更加浓厚。现另举一个极端的例于下：

距今数年前，日本东京市下谷区龙泉寺町住着一个木匠，名叫小口末吉（年二十九岁），他的姘妇名叫矢作米子（年二十四岁）。米子原是吉原妓寮河本楼的女佣，末吉是做木匠的，曾在河本楼做过木工，遂成相知。末吉因此与自己的原配妻子离婚，和米子同栖，二人的爱好像蜜一样的甜，别了看去，无不羡慕。末吉每天朝晨六时左右出外做工，当时寓居在楼上的一个青年，趁末吉不在家时，便和米子发生了关系。

有一天米子对末吉说："你在家中或是出外做工时，都是想念着我的，你的心中谅必很苦吧？因为要除去你的痛苦，我是任随受怎样的痛苦都情愿的，请你把火箸烧红，在我的背上烙上'小口末吉之妻'的字样。这样，你的痛苦可以除去，便可安心做工了。"末吉听了这突然的话，一时惊异得很，他在心里想道："照女人的话做了，烙上了字，以后她不会结交他人了。"他便照女人的话做去，用烧红的火箸在她的背上烙上了"小口末吉之妻"的字样。

男的问道："怎样？热吗？"女的微笑着道："比灸药还开心呢，但是烙在背上没有人看见，你给我烙在手腕上吧。"

于是男子用同样的方法在女人的右腕上烙了相同的字。

既而女人又说："烙在背面看不见，你再给我烙在正面吧。"男人又在她的左腕上第三次烙上了字。

"你痛苦吧？"虽是富于残酷性的末吉，见了这烧烙过的手腕上的糜烂的痕迹，也不能不呆起来。

"说什么话，比灸药还开心呢。"女人悠然地笑。

女人虽受这样惨酷的痛苦，一点也不怨恨男人，反而觉得愉快，二人的感情比以前增加。

从此以后，女人渴望男人伤害她的身体的各部分，叫男人切断她的手指足趾。如果男人不允许时，她就自己动手切断，并不觉苦楚，反而以做这种残酷的事为快乐。她这样地切了指趾，或是剥去指甲，做尽残酷的事，以为比较什么都愉快。不久，她因此丧了生命。把房子分租给他们的房东一点也不曾注意到他们的行为。女人直到临终时，对于男人有着强烈的爱情，时时给男人以热烈的接吻。这种因为变态性欲而生的伤害致死罪，由东京地方裁判所刑事第一部西乡裁判长付之判决，当时都下传为佳话。

四

轻微的"暴虐狂"与"被虐狂"，在普通人中也屡屡得见。如用手抓异性身体的一部分或咬唇、颊等，在异性受着时，足以表示性欲或增进爱欲。这种行为是在爱人间常常发生的。现在对于"爱的咬"（Liebesbeissen）稍加以说明。

哺乳兽当性的兴奋时，便咬雌的颈部；雄鸡在交尾时啄雌鸡的后头部或颈，至于受伤，这是一般地为人知道的。在人类中，也有所谓"爱的咬"这一回事。这种事实在东西的文艺作品中屡屡被描写。例如普洛兹氏描写旁贝留斯的情妇弗洛娜，情妇爱旁贝留斯至于不咬他不肯放手。海涅的诗写过哈斯丁格司战役之后休瓦勒哈尔斯寻出她的情人（皇帝）的死骸时，是因为她曾经咬过皇帝的肩膀，有了瘢痕，借此辨别了皇帝的尸首。印度古代的性典——《爱经》里曾仔细地叙说由牙齿的咬伤或互相口咬而产生的伤痕，事后爱人们彼此互视起来，可以使得爱情永久继续不衰。

日本的倭奴也有此种风俗，莎唯吉·南德牙氏关于倭奴的处女曾有下述的记载。他说："爱与咬啮在她们是视为一物，离开其一事，其他一事即不存在。当日将暮时，我们坐在一块石头上，于是她轻柔地咬我的指尖，恰如狗轻咬主人的手一样，并不感什么痛苦。但她却不懂得接吻，我被她咬遍身体感到疲劳之后，二人相携着走回屋里去了。"

如前述的"爱的咬"只不过是轻微的"暴虐狂"。但若咬啮异性的身体而觉得有绝大的性的快感的人，确实是病态的。据莫尔氏所记，有一患"歇斯底里"的妇人，她咬对手的男人至于出血，自觉有莫大的快乐。又传叶尔里阿尼氏曾记一性欲倒错的男子如次（是根据男子的情妇自述的话记下来的）："我的男人宛如狂人，但是他爱我，常送钱给我。他有奇癖。必使我痛苦（中略），使我痛苦后又向我道歉。他发起兴来，常常咬我。"

不过，"爱的咬啮"不仅是行诸异性，也有行诸自己的爱儿的。此种风习，见于细吉利亚人的农妇，阿农梯氏曾有此种风习的记载。他说，多血腥罪犯的地方的农妇，有对于小儿表示爱情的风习，就是咬并且吸小儿的颈或腕，使小儿痉挛地哭叫。这时妇人们温柔地对小儿道"你真乖呢""我要咬你"。若果小儿恶作剧时，则殴打还不以为满足，她们追逐已经逃出屋外的小儿，将小儿捉住，咬她的脸、耳、腕至于流血。这时女的很兴奋，脸上的血抖搐起来，眼里充血，咬着牙齿，虽是美貌的女人也变成可怕的相貌了。

据耶尼斯的记载，在美国的纽约，有一个少女因为虐待小儿被捕。小儿的母亲时时觉察小儿为疼痛所苦，后来果然在脚部发见了咬伤的痕迹。咬小儿的少女，她自供说自己的行为是很愉快的。又有一个三十岁的男子因为虐待自己的三岁的女孩而被控，他咬并且长时间吸女孩的口唇、耳、手等处，使她负伤，但本人自供是因为女孩可爱，所以才咬的。

以上已说明"爱的咬"的一斑，现在更进一步来讲"虐待的甘受"。这是受了异性的虐待凌辱，甘受痛苦，由此以得性的快感的"被虐狂"。有一张绘画画着希腊大哲学家亚里士多德两手两脚匍匐在地上，他的身上骑着一个女子，她的手中拿着鞭子，据此看来，这位哲学家是"被虐狂"的人。中世纪时代的骑士诗人的大部分也是这一类人物。他们的恋爱的对手是封建诸侯的夫人，他们以奴隶的态度屈从在她们的膝下，为要得她们的爱，牺牲生命而不辞。例如，格林·方·森克特·戴得耳，他的上衣仅仅触着某夫人的蓬蓬的头发，就舍弃生命而无悔恨，非德烈·方·俄耶耳弗尔特为他所爱的某夫人，不穿甲胄，与别的骑士比武，负了重伤。魏尔尼昔·方·尼希登司坦不仅吞服某夫人的洗澡水，而且为要得她的欢心，砍断一只手指，又在唇上施了手术使它改变形状。

法国大革命的导火线《民约论》①一书的作者卢骚也是一位被虐狂者。这事可在他的名作《忏悔录》中的少年时代的一件事得到证明。我们知道，这部书是他赤裸裸地记述自己的阅历的自叙传。他八岁的时候住居在牧师拉姆伯尔昔的家中，他被牧师的女儿（三十岁的妇人）鞭打而感到愉快。这是卢骚记述自己是一个"被虐狂者"，已无疑义了。此外，卢骚住在捷南时，做出种种滑稽而猥亵的态度给街上的妇人女仆们看，因此受到的侮辱及羞耻自觉有相同的快感，这也证明他是一个"被虐狂者"。

与卢骚同样被别人鞭笞而觉有快感的被虐狂者，又见于十三世纪至十五世纪时代的旧教徒（Catholio）的苦行。旧教徒是重灵轻肉的，难行苦行，使肉体吃苦，脱离现世的欲望，以此劝说世人，并期实行。在苦行之中，有殴打鞭挞身体的。可是

---

①今译《契约论》。——编者注。

因为要脱俗而实施的苦行，反而把信教者的肉欲挑拨兴奋起来，引起相反的恶果。试举一实例，有比丘尼玛利亚·马格打勒那·巴琪与耶利莎白特·肯德者，每当他人打她们的身体时，便引起性的兴奋，发生猥亵的状态。关于这个事实，有克那克特耶宾氏的记述。他说巴琪尼叫尼院的长老缚住她的两手，露出臀部，用杖殴击，时情火忽炽，扬声绝叫："好呀！好呀！这火焰要烧尽我的身体，请勿煽动，我还不希望这样死去，快乐正多呢。"她的意识恍惚，为淫猥的幻觉所袭，殆将破戒了。肯德尼也是每当受殴打时，觉得有莫大的快感，见自己与神交的幻象，连声呼"爱！爱！"

在近世，用"被虐狂"做小说或诗歌的题材的却不少。此种小说多出于法国。其中以德俄尔南求的创作《爱欲》(*L' Homme Passion*)能够深刻地描写西色特侯爵的被虐狂的行为。原作写西色特侯爵访其情妇，自己把行为举动装作小孩的模样，穿上小儿的衣服，玩弄木偶，又令情妇装成教师，而自己向她学习语言，故意使学习的成绩不好，让她殴打，再向她哀求，以此事为无上的愉快。此外被虐狂的色彩显著的诗歌，有歌德的《百合园》(*Lillys Park*)。日本著名的谷崎润一郎是一个以变态性欲为题材的特殊小说家，他的作品《帮闲直到舍弃饶太郎》等篇都是以被虐狂者做主人公的。

又有被异性绞扼颈部，陷于窒息状态而得到性的快感的人。如耶尼斯所记述某妇人，就是叫异性压迫自己的颈部而引起快感的"性欲倒错者"。又如基洛斯记述的某男子，叫娼妇站在他的背后，用围巾绕住颈部缢他，至有窒息状态，以为是无上的快乐，非如此不能够满足他的性欲。

更有绞扼自己的颈部以引起性的快感的人。据最近阿尔弗勒特·哈斯氏的报告，就是一个好例。有一个十二岁的少女，是精神病的体质，时常用自己的两手压迫颈部，或由外绞扼喉头。这时她的脉搏是由平时的七十六搏亢进到一百十一搏；她的呼吸迫促，脸上发红，瞳孔散大，既而全身带青赤色，呼吸带着喘息，眼睑下垂。她绞颈部的时间是二十四秒到四十秒钟，绞完之后，她的全身弛缓，头倾向一边约有二三分钟光景，或马上入睡。哈斯氏以为这是自求苦闷以惹起快感的一种性的行为。

除了肉体而外，因精神的苦闷或恐怖，意外地引起显著的性的快感或兴奋的，也往往有之。如像这一类，自然是属于病的知觉过敏者的变态现象。患神经衰弱症者感觉激烈的苦闷或恐怖之时，或自觉宗教色彩的良心的苛责之时，有引起性的快感或做自慰行为的人。苟尔氏对此种事实，曾有实验。又据耶尼斯氏的记载，有某妇人，在她父亲的葬式时，虽是悲伤，却对于在棺前祈祷的和尚有了恋爱之心，并声言想和他结婚。又有某医师，虽有严肃的气质，但逢参列葬仪时，就感到强度的性的兴奋，因此他避免参列亲戚的葬仪。又休尼兹希特格洛耳氏曾经说过，葬仪、死刑、殉死等情景特别使某一部分的妇人有愉快的感觉。这些都是由苦闷而引起性的快感的明证。

还有比上述的事实更有兴味的，就是寡妇耶弗耶兹司谒亡夫的墓时，哀恸苦闷，既而就和她家中守门的兵卒相爱。与此类似的事实，往往在小儿也可以看见。莫尔氏所著的《小儿的性生活》里，曾说十三岁到十四岁的少女，为苦闷袭击时，每易引起性的快感；学童有不用功，被老师责骂，由这种苦闷也引起性的快感。弗洛德①氏也举出学童在试验前的苦闷引起性的兴奋的事实。

以上所述，是由肉体的及精神的痛苦引起性的兴奋的变态者，甘心受异性的暴虐而以为愉快的人，世上常有的原因，借此便可以说明了。

（根据日本医学博士田中香涯著的《爱与残酷》）
（《摆龙门阵》）

---

① 今译弗洛伊德。——编者注。

谢六逸（1898—1945），著名作家、翻译家，中国现代新闻教育事业的奠基人之一。1917年考取公费留学日本，1919年入日本早稻田大学专门部政治经济科学习，1922年毕业回国，到商务印书馆工作。先后任暨南大学教授、中国公学文科学长兼中国文学系主任；在复旦大学创建新闻专业，并任复旦大学新闻系、中国文学系主任。新闻记者须具备"史德、史才、史识"三条件，就是谢六逸先生提出的。

唯性史观与大学生

谢六逸

从中国的历史上看来，许多丰功伟业，不免是由性的关系助成的；又有许多十恶不赦的大罪，不免是由性的关系构成的。

饱受了金元的恩惠的美国人说："1930年代就是三个S，一是Speed，二是Sports，三是Sex。"

环游世界的"大徐伯林"，在法国烧毁了的"R101"，最近烧掉了半只翅膀的"DO-X号"，舞台上的整齐划一的几十条"大腿"的飞舞，骚乱而律动具有Tempo的爵士音乐（Jazz），都是具体的Speed的表现。中国的男女同校的大学生，内中有一部分，希望着自认识以至于"成功"有"大徐伯林"飞船那么的迅速；同时，自入学以至于获得"文凭"，也希望有"R101"那样的快。

田径赛、足球、篮球等运动，在中国都含着奇怪的

(Grotesque)意味。英雄主义是中国运动员的信条,所以在比赛时会演全武行。女运动员又为无数观众欣赏曲线美的箭垛。所谓"交际博士为某人擦松节油"能播为美谈,变成上海的Journalism的最佳的资料。远东运动会中国每年失败不算一回事,日本胜了也不算什么。因为日本人的英语没有中国人说得好,运动比赛是失败了,然而英语是赢了,所以虽败犹荣。大学的运动员,是要显出一点本领给女同学们看看,以便她们赞美自己是一个College Hero。

"性"是大学生的运动机,有时表现出来的是广义的性,就是Eroticism。在课堂黑板上写着的即兴文字,在厕所里吟味的性××的漫画,是男性大学生的本色。大学里需要年轻貌美的教授,不必听讲,单看那一副形容,在课堂上枯坐五六十分钟都值得;如其在教本以外还能够讲点《山海经》,那是再好没有了,就连坐一二小时也不妨。某教授教书不行,但是昨天有人在马路上看见他和师母挽手而行,他的"师母"是多么的漂亮美丽,第二天就传遍了全课堂,于是大家对于他都有好感。某教授不会教书,快要被赶走了,但是他穿的西装非常讲究,轮廓缝襞,莫不整然,头发梳得那么光亮,大家因为尊重"西装"起见,这位教授实在有拥护的必要。美貌的女同学是最荣耀的,也是苦恼,被男同学们在无形中推选为××时,就有人亦步亦趋地跟随着;每天批阅许多赞美的函牍已经很费工夫了,他们硬叫这貌美的女同学没有用功读书的可能,把她的精力、心思移转到另一方面。在大学生的头脑里,女性是最神秘的,有不可思议的地方,看为永远的谜。

奉唯物史观为经典的青年,同时也是一个信仰"唯性史观"的。在熟记必需的名词之外,第一是要追求一个女性同志,以便共同研究。他们的书架上,也一定陈列着柯伦泰女士的《赤恋》《伟大的恋爱》等杰作。

唯性史观支配着中国的一切!

(注)本文中有两处用了××的符号,代替了四个字,这是作者尊敬大学生的缘故。

再,本文中的"大学生",不是专指某处某校的大学生,是泛指具有我所说的这种倾向的大学生。

(《摆龙门阵》)

陈碧兰（1902—1987），笔名陈碧云，彭述之的妻子。中共早期著名女职业革命家，与向警予齐名。1918年夏，进入位于武昌黄土坡（即现在的首义路）的湖北省立女子师范学校读书。1922年10月，由陈潭秋介绍加入中国共产党。1923年秋，赴莫斯科深造。1925年在《中国妇女》杂志担任编辑。1946年创办刊物《青年与妇女》（后改名为《新声》）并担任主编。

性爱生活之过去与将来

陈碧兰

一、性爱为人类的自然要求

人类亦动物之一。动物之最基本的本能就是"食"与"性"。前者为维持个体之生存，后者为延续种族之繁衍。没有此等本能，动物便根本失其生存和发展的可能性。固然，此等本能在人类更是发展到了最高度，因为人类生理上的一切机构，较之其他任何动物都发展得最为完善，最为超绝。但从"本能"的本质上说来，还是一样的。因此，"性"的问题，即性爱或性欲的问题，绝非如一般道德家或宗教家虚伪地所诅骂的是什么可鄙的淫秽、肉欲问题，也不是如诗人、文学家们所想象、所描写，是神秘或玄妙的问题。实际上"性爱"只是人类生理上一种自然的要求，即人类个体发展到一定程度时生理上一种本能的冲动。

在一切动物，特别是较高等的动物，我们可以从它们看到剧烈的性欲冲动，对性爱的热烈的追求。在追求性爱时，有些动物（如犬、牛等）往往表现疯狂的状态。在人类中亦有同样的表现。当一个人（无论男女）的生理发展到成熟时期，性的冲动就要显示它的伟力，它会推动人们寻找异性的安慰，追求性欲的满足。而且，在追求性爱尚未达到目的的当中，往往表现神经病状态。所以有人说，热烈的恋爱，就是性神经病的具体表现。据佛罗伊特（Freud）[①]的分析心理学，现代的神经病十分之八九是由于性的问题所引起的。佛氏的心理学固然还有许多可訾议的地方，但关于这一点，即关于性心理的分析方面，不能不说是一种天才的启示。

从生物学和生理学上说来，此种性本能的冲动，两性的吸引力，确然是生物界生理上一种最奇异的现象，和现代的科学家还不能完全说明蛋白质（生命中的基本因素）的化学成分一样。但我们已经知道此种本能是一种自然现象，并无任何神秘存在其中，且是千万年来生物自身进化的结果。大抵最低的动物，性的冲动与要求亦最微弱，反之，最高等的动物，其性的冲动亦最烈，要求亦最奢。在起初，性的本能不过是一种极简单的保持种族延续的本能。但经过长期天演淘汰的结果，此种本能得到高度的发展，尤其是人类，生理上成为一种最感兴趣、最感愉快的肉欲刺激。这样，使动物（人类在内）在性的自然

[①] 今译弗洛伊德。——编者注。

追求,即满足其最感愉快的肉欲刺激的追求中得以延续和繁殖其种族。这与饥饿时吃食物能使胃部感到愉快,因而得以维持生命,是同样的道理,同样是生理上自然的满足和要求。

但性本能的发泄,性爱的满足,不是单方面的问题,而是两性双方的共同问题。当一个男性或女性希图达到性的满足时,必须征求另一女性或男性的同意。故此性爱问题上,必然发生一些问题,发生双方能否同意的条件问题。根据达尔文的学说,许多动物,尤其雄性方面,往往因为要取得异性对方的喜悦,以便达到性的满足的目的,往往改变了自己的性情和形貌。在人类亦是如此。不过人类为社会的动物,不仅限于自然的条件,限于形貌、生理、性情方面的选择,而且有社会条件(即经济、习惯、法律、地位等)的限制,正因为有此等限制,所以人类的性爱亦极不自然,极受束缚,发生种种悲剧。但我们知道,此等不自然的社会条件的限制,也不是从来就如此,是从历史上逐渐发生出来的,而且在各个历史时期中各自不同;即在同一历史时期的社会中,在各阶级间亦有不同的表现。所以我们如果要想真正了解性爱问题,求得满足人类性爱的正当道路,必得首先从历史演进中去探讨。

二、原始的性生活

从人猿进化到真正人类的社会生活,即最初能以两足直行,以两手使用最简单的工具的原始人的社会生活,无论是考古学或人种志,都不能给我们以直接可靠的证据,使我们能了解那时的社会生活情形。所以对于那时的性生活情形,我们亦无从肯定地加以判断。但我们根据一般动物现象和社会学的理论可以推想,大概人类最初的性生活,是极类似现今猿类的性生活的。最古代的人类性生活据说曾经过一个"乱交"时期,这是可信的。在乱交时期中,性的生活当然是极自由的。在一个人数不多的集团内,男女都能自由地依着性的自然冲动而举行性交,无所限制。这是因为那时生产技术异常之低,人们常常在一种寻找食物的流浪生活中,互相结合的社会关系异常薄弱,因之不能形成较固定的社会习惯,一切生活方面都带着动物的性质,性的方面当然亦是如此。

迄至生产技术稍微进步,采集与狩猎经济较为发达,人群的结合较巩固时,即达到原始的共有集团社会时,性的生活也就改变而略有限制了。这就是所谓"群婚制"的时期。在这时期内因生产的关系,集团内的人们被按年龄分为小孩群、成年群和老年群。在成年群当中,凡是年龄相当的男女都可以自由发生性交的关系。在澳洲的乌拉宾(Urablarn)和基利(Giori)等部落中还保存此种制度。在这些部落内,年龄相同的男子视年龄相同的女子均为他们的妻子,反之,年龄相同的女子亦视年龄相同的男子为她们的丈夫,他们同她们的性的关系是极自由的。这种性生活制度,在一切民族的社会发展史上差不多都经过的。

但在群婚制的末期已经发生了一对男女比较固定的性的关系,不过一个男子或一个女子虽有其较固定的性关系,一个男子或一个女子虽有其固定的妻与夫，但同时还可以与别的男或女发生性的关系。因此便演进成为原始的一夫多妻或一妻多夫的现象。

继前一社会制度而来的是氏族社会的形成，即血统关系的确定。这是由于农业和畜牧的发展，经济生活的比较稳定，社会关系的比较团结，因而社会的习惯、传统和种种限制得以保存和巩固。故在此种社会内，性生活较前更受限制，是很自然的。不但同母生的兄弟姊妹间不能发生性的关系，两性的结合只能在不同图腾的氏族内的男女之间举行。而且有许多禁律和迷信，性的关系较前更是固定。虽然如此，但性生活还比较的自由。在图腾与图腾的男女间，尤其在青春时期，对于性生活差不多极端放任的。譬如托罗卜勒岛人（The Trobriand Islands——氏族社会）在男女未正式结婚之前，图腾间的男女可以任意选择对象发生性的关系，社会并为这些青年男女们置备有特别过自由性生活的房屋，名之为"拔哥贾土拉"。此种现象在其他的许多落后民族中还可以找出许多遗迹。如中国的苗猺，当男女达到结婚年龄时，常常在山林中举行唱歌或跳舞的露天大会，俾令其自由选择情人，自行发生性爱。氏族社会里，夫妇间如有不和不能共同生活时，亦比较容易脱离。最主要的，就是在这种社会中，还没有发生私有财产制和阶级制，男女在经济地位上还是平等的，当然还不会发生特别抑制女子的事实。自然，在氏族社会末期，发生了私有财产制的雏形，发生了一夫多妻制（在畜牧氏族社会中最盛），但这正是氏族共有社会制崩溃之主要原因。

从上述的情形看来,我们所以说,从人类的最初社会直到氏族共有制社会(这一时期最长,大约在十万年左右),男女间的性生活虽然带动物的原始的性质,但是自由的。那时两性的选择虽有或多或少的社会习惯的限制,但还没有财产的、阶级的限制,大都根据自然条件,即在相貌、性情、能干等条件各自选择其所好,以完成各自的性生活。换言之,这是根据自然的、自愿的恋爱原则而满足其性爱的。

三、封建时代的性生活

自氏族社会崩坏后,私有财产制日见发展,阶级日趋对立,随即形成了封建社会的制度。在封建社会中,女子的经济地位几全限于附属状态,因而在政治、法律、宗教及一切习惯和道德方面,都将妇女置在男子的严格管辖和支配之下,驯至于男子可以自由处置女子的生命。这样,在社会中便形成了男女间绝对不平等的关系。在性的方面,女子亦常处于纯粹被动的多方受限制的地位。最明显的表现,就是对于妇女的贞操观念。这就是说,女子在任何时期和任何情形之下,都要替男子保持"贞操",绝对抑制自己的性欲要求。如果一个女子破坏了"贞操",不但要遭受家庭和社会的凌辱,且要受法律的制裁,有时丈夫可以随便结果其生命。但在一方面,男子可以自由纳妾,自由调戏女人,甚至自由宿娼留妓,社会反不以为怪,且为法律所允许。在此种情形之下,男女的结合,绝非由于自愿与经过双方的自由选择,而是根据于门阀地位,特别是根据于父母的意志;在结婚后,无论女子怎样不愿意,怎样感受痛苦与压迫,也只能忍受,不能要求脱离——只有男子有休妻之权。妇女在这种种片面的严酷的束缚之下,在性生活上只是满足男子性欲的简单工具而已。

但在封建社会内既然产生阶层,则在各阶层内的男女关系、性爱生活,自亦各有不同的表现。在封建阶层中,女子表面上虽亦备受爱护,处之以深闺,藏之以高阁,仿佛培养花卉一样,但"深闺"与"高阁"不过是限制女子性爱,监视女子"贞操"的特别监牢而已。

总而言之,封建社会时期,从女子方面看来,是一个特别残酷可怕的时期。同时对性生活,特别是对妇女的性生活,是一个极端剥夺和栲梏[①]的时期,也就是一个充满了"怨女旷夫"的悲愤的时期。

四、 商品化的性生活

自封建经济崩溃,商业的发展,货币制度的流行,工业的改革,于是形成了现代的资本主义社会。在资本主义社会中,私有财产成为绝对的神圣制度。一切法律、道德、习惯乃至宗教的教条都被建立在保护这一神圣制度的基础之上。换言之,一切人与人之间的关系,都被溶化于这一制度之

[①]此处"栲"通"拷"。——编者注。

中。如果封建社会的主要特征是看门阀的高下，则资本主义社会的特征是视财产的多少，即赤裸裸的拜金主义。不但货物的好坏、土地房产的价值均须用这一"主义"来测量，即科学、艺术、哲学乃至人品的高下、宗教的效能，亦须以此"主义"为标准。性爱当也逃不脱这个"米突尺"的范围。在这一社会中，妇女的地位固然比在封建社会时期要高得多并得到了相当的解放，但在经济、政治及社会习惯和道德方面，还是保存着不少的封建传统，即男子支配女子的传统。因此，在性的方面，女子仍然是处在被动的、受束缚的和被压迫的地位。简言之，就是女子的商品化。在性的结合中，其唯一标准当然是财产。女子选男子的条件是：有多少财产，或每月能得多少薪金；而男子之看女子，则除遗产之外，特别要看是否美貌，仿佛美貌是女子唯一的资本和价值似的。在结婚之后，其双方性的关系之保持和继续，亦几全依金钱的关系而定。男方一旦缺乏经济的维持，立刻就有宣布关系破产之可能。反之，男方如果经济优裕，他亦可以随便公开地或秘密地宿娼留妓。如果是一个获得较多遗产的女人，她亦自然可以任意胡为。总括一句话，就是性关系的金钱化。现时普遍的公开娼妓制度，便是现代资本主义社会男女间性爱关系之象征和讽刺画。所以我们称资本主义社会的性生活为"商品化"，不是没有根据的。

不用说，在这个社会中，有些男女的结合是多少根据于自愿或"自由恋爱"，或"纯洁的爱情"，然就整个社会说来，这些究竟是少数之少数。而且所谓"自由"或"纯洁",亦不免要受许多客观的限制,更难保持长久。我们时常听到"结婚是恋爱的坟墓",这不是公开道破了那些自由和纯洁当中的秘密吗?

资本主义社会在某种程度上亦如封建社会一样,性爱越是在上层阶级之间,越腐败、越金钱化了;在下层阶级之间,金钱化和虚伪、腐败的程度要比较少些。这正是金钱的罪恶!譬如资本家或地主处处总是以金钱为目的,他们对于女性不是希望对方的遗产,就是用自己的财产去引诱。不仅在结婚后可以任意收买情人,宿娼留妓,而且可以随便借口休自己的妻子,至多给点赡养费就行了。女子在这种情形下,当然只好忍气吞声,或是阳奉阴违,干些私通的勾当。至军阀、官僚们对于女性的玩弄、虚伪、蹂躏和贱视,那更是不用说的了。在工人中间却有些不同,他们反正都是依靠两只手来维持生活,自然谈不到金钱主义的问题。而且男女多半集合在一个产业中共同工作,互相接近,因此他们与她们之间容易发生比较自然、纯洁的性爱关系。他们同她们最困难的问题,就是受资方残酷剥削,不易维持生活,因而减损了甚至破坏了他们的性爱关系。有大部分的男工因工资过少,或常常失业,往往不能完成结婚,只得临时宿娼留妓。而女工或因此被迫而公然当娼或零售肉体——这些都是现代严重问题一方面之反映。在农民与城市小市民之间,他们的性生活有各种各样的复杂形式和内容,但一般说来,在金钱势力的严酷侵蚀和打击之下,是极不自然的、极痛苦的。在现社会中且有很大一部分男子,因缺乏经济能力,几全不能接近性生活的愉快,一部分女子则以同一原因零售肉体为生。所以封建社会的"怨女旷夫"这宗遗产,资本社会还是继承了下来,不过将"怨女"改为"娼妓",将"旷夫"的数量加以可怕的扩大而已——犹之扩大失业一样。

五、 性生活的将来

男女间的性关系,从历史发展的过程上看来,虽然是一本悲剧的记录,却同时也是一幅富有教训的图画。我们不但可以从这幅画中窥见人类将来性生活的前途的憧憬,而且可以找到走向这一前途的实际步骤和方案。

氏族社会以前的性生活,如"乱交""群婚制"等,虽然是自由的,比较合乎自然的要求与满足,但是过于粗野和单调,换言之,即过于"动物式"了。在氏族社会中的性生活,除粗野与单调之外,还加上了一些愚笨的禁律与迷信。在封建社会里,因女性地位的特殊低落与备受压迫,性生活在男性方面成为单纯的"玩物主义",在女性方面成为"服从主义"。资本主义社会则将性爱转变为单纯的"生意经",为市侩化、娼妓化。而且封建与资本主义社会中,因财富的垄断,造成了无数的怨女旷夫,能享受性生活的只限于一部分人,形成性生活的极端不平等现象。

上面这些畸形、悲惨现象之造成,如果追索其最根本的原因,则氏族社会及以前的社会,是由于生产与一般文化程度尚在最低级阶段，客观上尚不能容许人们过高尚的生活。在封建与资本主义社会，则由于私有财产制度及等级和阶级的横暴，剥夺了大多数人民一切应享的权利，因此摧残了女性，也就摧残了性爱，性生活因之变成畸形的社会罪恶的渊源。要想改造现代社会中畸形的悲剧的性生活，只有彻底推翻私有财产和阶级制。此等制度如一旦废除，则建筑于其上之一切法律、道德、习惯等，自亦随之消灭，则一切束缚性爱之障碍，当然亦随之烟消云散——性生活从此才能踏上自然的、自由的光明道路。事实上，历史的巨轮已在推动人类走向这一前途。

如果我们想象：在遥远的将来，那时全世界的资本已早入了坟墓，社会一切财富完全公有化；那时的科学和生产技术已发展到了最高阶段，人类成了支配自然之王；那时的社会除了劳动律，一切束缚人们的法律、道德、习惯等都被堆在博物院中；那时的人们除每日从事二三小时带艺术性的生产劳动之外，其余时间都费在研究科学、艺术和享乐方面；那时人们的智识发达到如此高度，即一个平常的中年人的各种常识，都超过了现时许多专门家各种专门知识的总和而且还要正确；那时人们的身体、性情及人们间相处的友爱和互相尊重的习惯（或者可以名之为新道德）一定进展到最高的阶段——在这些条件之下，男女间的关系、性的生活，一定会呈放奇异的光彩。以那时的人来回顾我们这时代，简直好像一个黑暗的地狱！我们相信，那时人们的性生活，不但极合乎自然性本能的要求，而且是科学和艺术化的；那时性爱结合的条件只是男女双方的愿意，即双方对于体格、仪表、性情、科学、艺术及其他嗜好的投合。在现社会中将性的关系不是看作神秘的或淫秽的举动,就是认为单纯的肉欲发泄,因而忽视了两性生理上的适合、性的卫生和性艺术等知识;而那时性生活的科学化和艺术化,不仅愉快人们的精神,改良人们的种嗣,而且会增进人们的健康,延长寿命,使人们在生理、性情和理智各方面达到和谐的、迅速的发展。

六、 在现社会制度下对性爱应有的态度

在现社会制度下,即在现社会未改造前,我们对此生理上实际的要求,即现实的性生活的需要,应持怎样的态度,怎样解决呢?我以为应当看作衣食住的问题一样,只有就每个人的可能范围内去解决它,不要过存幻想,更不宜过于追求。社会上许多青年男女们常把性爱看作一种神圣的事业,用全副的精力追求恋爱,所得的结果往往是悲剧。因此不是走向颓废,就是腐化。其实在现社会的限制下,绝不能容许人们获得完美的恋爱成功,更不容许人们过长期的理想的性生活。性爱问题既是全社会病态之一面,在整个社会没有根本改造之前,性爱问题是得不到单独的解决的。有思想、有志向、有能力的人们,特别是青年男女们,应该将自己的精神和能力灌注于根本改造社会的方面,为绝大多数人群的幸福而奋斗;就是说,应该牺牲个人幸福以为推动历史前进之代价,从奋斗中寻找人生的价值与乐趣。我们这一代人反正

是社会的牺牲者,如果将我们的牺牲造成后一代人平坦的、和谐的道路,总算是值得的;而且我们的牺牲也并不是绝对的。我们在奋斗的过程中还有可能找到异性的同道,获得某种限度内的安慰和满足。我们相信:人类社会走到理想社会之一日,理想的性生活终有一日在理想之王国实现出来,人们不应过于顺从或重视历史的污迹,应同现实的罪恶抵抗,应将自己的目光注射到伟大的将来!

1934 年 5 月 17 日

(《妇女问题论文集》)

鲁毓泰，生卒年月不详。民俗学、文化学学者。曾与谢云声等人开展闽南地区的民俗调查与研究。长期在厦门大学任教，著有《民间风俗谈》《文化与艺术》《生命之花》《茜萝之园》等。

性道德的研究

鲁毓泰

一

什么是性道德？要解答这个问题，不能不先解释什么是道德。我们现在简单地答说：所谓道德，无非规定人间行为的善恶，使人人都有行善去恶的义务而已！然而这样解说，不甚明了。所谓善与恶的界说，究竟怎样？世界上往往有同是一样的行为，在这一方为恶，在那一方为善，而在另一方又属不同的；用我们人类的认识能力，来认识绝对的善或绝对的恶，乃是一件不可能的事！而且有一层，行为的动机与行为的结果，往往未必一致。一般父母为了爱子女的缘故，替他们包办婚事，往往使子女终身受怨偶的苦痛！这都是动机的善恶与结果的善恶相冲突的明证。

道德的意义,是永远不能确定的吗?那也未必尽然。所谓道德与不道德,是比较的,而不是绝对的。凡是能够增高我们大家的生活条件,减少我们身体的精神的苦痛的,都可称为善;而对于人类以外的东西,为我们人类的幸福起见,尽可牺牲它们而无稍顾忌。因此我们可以得到一个正确的道德的定义,就是所谓完全在乎增进个人及社会最大多数的幸福,而使之进化和向上。在这里所最需要的,便是各人的善意及爱他的感情的教育。

二

这样我们便可以来解释所谓性道德了。性的道德,是完全应该以有益于社会及个人为绝对的标准。从消极方面说,凡是对于社会及个人并无损害的,我们绝不能称之为不道德!这是十分明白的。我们建设今后的性道德,不能不以这为基础!

从前性道德上的错误非常之多!因为从来的性道德大抵是伪善的、神秘的、因袭的、独断的、嫉妒的、复仇的、虚荣的,大家从不曾肯用明晰理智把它分析一下;所以他们的所谓道德,多数是绝大的不道德!譬如患有遗传性疾病的人也娶妻生子,繁衍种族;不用结婚的仪式而产生子女;至于所谓合法的夫妇不顾自己的能力如何,随便产生一大群子女,不加教养,任其疾病、残废、夭亡,乃至于流为乞丐、盗贼、娼妓,使社会蒙受莫大不良的影响!一个性质不良的男子,因了一时的肉感的劣情,诱惑处女,以致怀妊,便即逃走;父母包办的婚姻,当事人不发生丝毫高尚的恋爱的感情,挪成一对形式上的夫妇;癫痫、白痴、低能和许多残缺的及在病态中的人也来结婚;一夫多妻制,一妻多夫制;当女子是牛马,是财产;女子要贞节,用贞操带缚束女子的身体,女子无人格之可言……像这类谬误错乱的性道德观,在现代的社会上,实在可说举不胜举!我们为人类全体的利益计,为未来世代的幸福计,于这样谬误错乱的性道德,实在有根本的革新之必要!

性的欲望,乃是人类天然的欲望。我们绝不能像从前的把性欲看作一种秽亵的东西,而把性欲冲动的满足认为不道德的行为;但我们应该知道性欲的满足并不是专为有利于一己的,同时亦须认为有利对手的异性的。所以像上面说的那些把供给男子的性欲满足,认为女子在结婚生活上的义务,乃是不道德的!男子不应该在性欲事情上强迫妻子满足自己的欲望,同时尤须顾及对手的欲望,使她得到相当的满足。这是素来许多人所不曾注意的,而是性道德上非常重要的!

三

性道德因时代的不同也会发生各种变化,也是很明显的事。查西洋的婚姻情形,从《旧约全书》中,便可以看出古代的时候,也如中国的,可以因细故出妻。但到了罗马时代,男女渐趋平等,婚姻渐变为自由,后来因为基督教的影响,性道德观念遂又生剧变,视离婚为罪恶,结婚为不洁了。这种观念,直到近代方有失堕的趋势,主平等、自由,以人为本位的性道德观念来代替。中国今日的老先生们还主张男女应当隔别,婚姻不应自主;他们并且很神秘地以民族的盛衰、社会的光荣都在女子的贞操上,恋爱是最不名誉的事;男子背弃妻子、纳妾都可随便,而女子如夫不合或受虐待而出走时,是不应该有容纳她的地方的。但这类意见,在许多有知识的青年看来,是不合理的。因为他们找不见什么是礼教和家族制度及由这发生的性道德的好处,而从那里产生的过失和悲惨,他们却看到了!

四

本间久雄说爱伦凯之所以高唱恋爱的理由时说:"不但恋爱的当事者自身享受个人的幸福,并且因其间可以生质地优秀的小孩,而举人种改良的利益。所以有恋爱的男女,相互的个人幸福,即构成一种社会的价值。"英国加本德说:"贞义绝不能约束的,只可以每日重新地去赢得。""要使恋爱年年保存这周围的浪漫的圆光,以及这侍奉的深情,便是每日自由给予的恩惠。这实是一个大艺术,这是大而且难的,但是的确值得去做的艺术。"(周作人先生《自己的园地》)美国自称为人道主义者的洛宾逊医生在他的《结婚和善种学》里曾力说:"性欲不和谐的夫妇,有离婚的必要。"英国司托泼夫人更力说:"女性的性欲不是被支配的;为免避配偶的两人的性生活的可悲和不幸,男子的性行为有应顺女子性的周期和相互的满足的必要。"美国山额夫人的产儿制限运动勃起以后,把女子给男子达生子的目的手段的思想摇动!

著名的性欲家福莱尔（Angnst Forel）曾定性道德的戒律如下："你不可依了你的性的冲动及性的行为而故意仿害自己及任人，应该尽力增高两者的幸福及价值！"

福莱尔以为，为了遵守这戒律起见，对于性的冲动及性的欲望的自制，实在是第一的要务。所以在平常的人，都该有禁欲的练习。如果从青年时期习惯于冲动及欲望的节制，便可使品性高尚，达到比较的自由，不至于因了利己而害及他人。

这样性道德的潮流来到有极长远的前因，它也是由许多的思想酝酿出来的。它的主要部分不能不归功于科学，赖科学的光明照穿神的命定思想和迷信，渐渐认识了人的自然；又从历史的观察上，看出从前的性道德下，产生许多不幸和悲剧。因此近代遂想用更适合于生活的道德律去替代旧的了。于是承认凡是合于人的自然的，便是道德的；违背人的本性的，便是不道德。这是现代"科学的人生观"下的道德的根本基础，近代性道德即倾向于建筑在这基础上面。

（《文化与艺术》）

林楚君（1905—1986），原名林长兴。1925年考入广东大学（今中山大学）。1928年至1933年在上海复旦大学教书，兼任正风文学院和崇德女中教师。1934年至1937年留学日本，这期间，曾任早稻田大学中华留日学生会主席、中华留日学生联合会常委。1937年回国后，历任第四战区政治部政工大队副、十二集团军政工大队长、广东国民大学、法商学院、广州法学院、珠海大学、中山大学等校教授等职。

论女性美

林楚君

一、泛论——民族生活与女性美

我想暑天无聊，拣两个有趣的题目讨论讨论，这也许是读者所欢迎的。现在所拣的题目是"女性美"，我对于它久已有过好几度的思索，现在从几册论女性的书上搜集了些可以辅佐我的意见的材料，结果遂生出这篇论文。这篇文章的主旨，第一是说明现代对于女性美所有的概念的幻与错，第二是推测将来女性美的倾向。

人类固然是理性的动物，但实在他们并不处处讲理，他们处处受本能与冲动的煽惑，在受暗示与模仿的支配，而遗忘理性；即如人类几千年来对于女性美所有的概念，就是一个最好的实证。美是客观的真实还是主观的变化，这本是哲学上很难解决的一个问题。但若论到女性美，则其为生于主观的变化而无客观的实在，这乃是可以证实的事：两个相反的性质可以先后为人认为美丽，两种相对的衣饰可以先后流行于世，甚而至于已经摈弃为古旧的服饰或装扮也可以在数年、数十年或数百年之后复活。关于这一层，本文有许多具体的事例将在后面细述；但是现在既知道我们的女性美的概念是随心与时而变，也就可以知道服饰趋时之愚，而对于将来女性美的倾向，也就更有恳切的求知之心了。

要预测将来的倾向，必先知已往的历程。在现代以前，即就我们中国人说，我们所以为美的女子大都是肌肤白腻、体态轻柔之人；如果她是肌厚肤黑、骨骼长大、筋肉发达，就一定以为不美。但这里已发生一个问题，就是在中古与近代，女性美的标准既是如此，难道在上古与原始时代，人类对于女性美就没有一定的概念吗？我们知道古时两性间的吸引也很为有力，而据生物学家言，就是一般动物，也有所谓性的选择（Sexual Selection），就是配匹之时，每个动物都拣择它所认为美丽而矫健者。既然如此，则上古与原始时代之人对于女性美也必有一种一定的概念，可是那时女性美的概念与后世女性美的概念却绝对不同。有许多考察现代野蛮种族的社会学者说这些野蛮人之选择配偶，都是拣取强健而筋肉发达的女子，由此可见太古时的人类其对于女性美的嗜好也必如此，这是可以由事实推考得到的；但即使没有这些社会学者的考察，我们也可推知太古时代之所谓美人，一定不同后代一样，把"肌肤白腻，体态轻柔"认为必要的条件，因为太古之人必须以体力求生，天择是不许白腻而轻柔者生存于世的，社会里是没有白腻而轻柔的女子的。

　　上段最后的一行已经启示了我们一条重要的原则。我们已知道太古之所谓女性美与后代之所谓女性美不同，但是何以不同的呢？人类的思想何以容易发生这一种大变化呢？我们所发现的一条原则回答道："女性美的概念生于民族生活的状态；生活状态的变化，变化女性的概念。"

　　上古之时，人与自然的对争和人与人之间的生存竞争都很剧烈，而且女子还有独立的人格，未为男子之附属品，所以女子的身体自然也就都是矫健而强壮。因为强健才得生存，所以一般人就自然赞美强健；因为两性的界限未十分划分，所以强健被认为男子的美质，也被认为女子的美质。后来渐渐男尊女卑，男子之视女子渐渐当作玩具，于是男子理想中的女子乃渐渐与前不同，而渐渐求令女性之美与男性之美歧异。以娇柔细嫩之宜于玩弄，乃以娇柔细嫩为女性美之极则；以柔嫩之花之易于玩弄甚于槎枒之树，乃求女性如花而勿求其如树。男性之征服女性乃是造成后代女性美的概念的最大的原因之一。还有女性既雌伏而不作为，其体格自必日趋于柔嫩，而古代的人是最喜欢赞美已然而不能创发未来的，所以已往的女子即是细腻轻柔的才得赞美，他们遂以为将来的女子也应当群趋于此途，这又是造成后代女性美的概念之一。

　　而且人性是最易于感受暗示与模仿的。往往一件事，一人倡之，百千人不问其故而和之。后代女性美的概念之成立也是如此。即如"身轻如燕""可掌上舞"，几百年以来，中国人是认其为女性最美的性质的。考其由来，这个概念虽不始于汉，而中国文章中之用这一类的语句赞美女子，却自汉朝一个皇帝喜悦赵飞燕之身轻如燕开始。从此以后，画师画到美人，总要表现出她是娇小玲珑，弱不胜衣；诗人吟到美人，总要说她是瘦腰削肩，楚楚可怜。后代的人，自少至老，关涉女性美之处，时时受这些已定的公式的暗示，于是细弱轻柔遂成为中国女性美的极则。其在西洋，也有相似的历史。西洋人的女性美的概念是受的希腊的雕刻的影响。希腊人雕刻美女，都令她的头颅细圆，颈项瘦长，腰瘦而胸突，这些条件后来遂成为西洋女性美的公式。西洋人的女性美的概念与中国人的女性美的概念虽然不是全相符合，然其尚柔嫩而斥雄健则同；其所以相同，则又都是由于男性之战胜女性，与几千年来女性蛰伏不同身体之因而退化所致。至于艺术之能影响社会心理，西洋亦有相似之例。古时有贵妇人名 Simenetta Catanea 者，有肺病而瘦削垂肩，有雕刻家 Boltcclei 依其貌做一石像，名 Florentive Venus，于是后来几百年之中人都崇尚瘦削之肩与狭小低平之胸。赵飞燕之身轻如燕与 Catanea 之瘦肩狭胸均是一种病象，以病象认作美容，这也足见所谓女性美者初无一定标准，一个时代的女性美的条件都依一个时代社会生活的状况而定了。

在男女平权崇尚体力之时，女性美的标准是如彼；在男尊女卑、女性蛰伏之时，女性美的标准是如此。现在两性间的关系又正在发生大的变化，则将来女性美的标准，其必又与今不同自是可想而知。但将来两性间的关系变化之后，两性的生活必不能和太古之时全同，所以第三期女性美的标准一定不是仅仅归还于第一期而已。所以论到将来女性美的标准，实在是一个极有趣的可供推测的题目。

但是当我们悬想前途的光芒之时，我们总未能忘记背后路程的黑暗。

二、女性美与将来的女子

由事实证之，女性美的标准乃是依时与地而变，对于依时与地而变的标准，人类竟时常死守不渝，这即足以示人类心理的弱点。

金尼亚（Guinea）的妇人必须极肥而有极其狭小之额，才始为美；在锡兰岛上，女子之鼻愈弯曲如鹰喙者愈美，而其嘴唇则必须肥厚，脚底则必须平扁，头发则必须喷展如孔雀之尾。Kaffirs种人与Hottentots种人以胸膛长大为美，因其有此奇异的嗜好，故这两种人的胸膛都异常发达。有几个民族以高耸之鼻为美，有些民族则赞美鼻之扁平。欧洲人尊重白肤，而亚、美、澳、非四洲则有许多民族要求黑肤。有一位在澳洲考察的Barrington曾说，有一个澳洲人曾把一个白种人所生的儿童放在烟上熏蒸，且以油调和烟煤擦入儿童皮中，以使其黑。这是尊重黑肤的。至于亚洲，则有许多民族以黄肤为最美；还有马来种人，则必须皮色棕黄如生金，而后始觉其美。

以上是说的各个民族的女性美的标准的无定,就是同一个民族的女性美的标准,也常常是依时代而变化的。只须略举我们所知的几个事实,即可看出这个道理。二三十年之前,女子的鬓发的最美的式样现在是不堪入目了,就是三四年之前所称为美丽的鬓发的式样,现在看来也只觉得平淡无奇了。在缠足的时代,我们在小脚上看出美丽;现在我们只看见丑恶了!

以上所言都足以证明女性美的标准之无定。据心理学家说,造成一个民族的女性美的标准的原因如下:第一步是生活制造的标准。在社会的某一种生活之下,一定有某一种或某几种体貌最宜于生活,因其最宜于生活,这一种体貌遂为这时候这个民族所赞赏而定为美;换句话说,就是生活直接决定我们的心理,间接决定我们女性美的标准。我们的心理有不得不受生活的指导之势,因为我们已经受了环境的指使,有不得不那样生活之势。即如太古之时,唯强健者能得生存,所以视为美的女性就是强健的女性;柔嫩者难以生存,难以生存者为人轻视,所以柔嫩就不成为美的标准。后世女性蛰伏不动,故无强健之必要;男子求其易于玩弄,故女性自然趋向于柔嫩。所以女性美的标准都是一时代的民族生活之所决定。这种标准既转移于一个方向之后,又有许多势力逼它向这个方向深入不退,这些势力就是艺术的暗示与民众的感受暗示性与模仿性。因为女性美的标准既转移于一个方向之后,多感的诗人、画师与雕刻家,遇到合于这个标准的女性,一定是要为过度的赞扬的;这种暗示由个人而及于群众,由前代而转于后代,于是由民族生活所决定的标准乃更是根深蒂固而不可拔。

不过女性美的标准既是民族生活所决定，则生活的变化，自然就还能变化女性美的标准。现在文明社会里两性间的关系正在大大变化着，所以有许多心理与研究女性的学者都相信将来女性美的标准必有重大的变化。

但是将来的标准究竟是怎样，我们生于现代的人自然不能为精确的推测，所能说的只不过是大概的倾向。这个倾向，约略言之，就是将离去细柔的那个标准。因为将来的女子心身的工作将与男子近于同量，则所生的结果自然就不是瘦不盈握的细腰、弱不禁风的蒲柳了；而且往日的男子是希望女子柔嫩易于玩弄的，将来两性间的生活改变，宜于生存竞争的女性是清健活泼的女性，则男子所赞美的，自然也就是清健活泼的女子而不是柔嫩细弱的妇人。所以说将来女性美的标准一定不是细柔。

在这里我可以引法国 Jean Finot 在《性的问题》里论将来的女性美之言作证。他说："美的概念不能容忍什么条例，它循进化的途径而进，既以生活为基础，它必须与生活相似。"又说："希腊的女子关在闺阁之中，实际不受一些教育；现代的女子往往心理上与男子有同等的工作，她脑中所含的丰富的观念与事实扩大了她的头壳，而前额也遂比前阔大，因为连带的关系，她头上的组织也生了别的变化。现代的女子不能与斯巴达、雅典的女子相同，而且实际也不复相同了。"他用同样的意思，在别一页上又说："女子的头脑，因包含较多的思想，将要变化头脑的形状，而因连带的关系，又将改变她面上的一切角度。她的智慧因与生活接触而增多，将令她的容色为与前不同的表现；她的身体因为运动之故，又将比前更为和谐；她的眼光将显露出一种深的精神生活；她的仪度将又温和而又健强。"又说："女性的教育的变更将给我们以别种标准规定女性之美。女子将来一定比现在大而强，但并不因大而强之故减损其美。"

由此观之，可知将来女性美的标准一定将脱离细柔一途。此外还有两个倾向可以预知：

第一个倾向就是将来之女性美一定不仅在于体段之匀称与肌肉之如何，而尤将在于气度之美；本来真的外形之美乃是内心之美的表现，所以气度之美可以凌驾一切体段、肌肤之美而上之。

Ellis 说："有好几个是使人类将来着重于女性之气度美的势力现在已可看出端倪，最有力的一个就是两性的关系之渐渐精神化，现在人类有许多作为，想减削人之性欲而增强精神的恋爱。凡是大多数人之所以想念者必可为其所得。"倘是这样，则精神的恋爱既已力足胜肉体之欲以后，人类对于女性，其必着重于气度之美就自属无疑。

第二个倾向就是固定标准的打破。现在人类久已自许为自由，其实还处处不知不觉地受条律与古训的束缚。即就女性美而论，自古以来，我们都以合于某几个条件的女性为美，不合者为丑。

其实如果追究理由，实在说不出来。若说女性美的标准有客观的真实与固定,则本文已经证明女性美的标准是依时与地而变的了。将来人既知注意于气度之美以后,再益以自由精神的拓展,自然就有生活不相同的无数的女性展露出种种不同的气度,表现其种种个性与精神。如此,则将来女性美就没有一定标准,而美与美的赏会就都是各个人个性的表现。

这两个倾向在本节只能略说大概。第二个倾向在第三节里还要论到,第一个倾向在第四节里还要论到。

三、"时式"与将来的女性美

根据前两节所持的理由,我们相信将来的女子将不为女性美的固定的标准的奴隶,也将不复为所谓"时式"的牺牲。

大凡所谓时式,都是与逻辑和美学相反的东西。它的最大的谬点即在于令种种式式形状不同之人为一律的服装。"或贫,或富,或肥,或瘦,或高,或矮,或黄发蓝睛,或白肤黑睛,或大如木桶,或瘦如竹竿,一切女子在时式的命令之下都着一律的服装。"西洋女子所最注意的乃是外面罩的一件长衣,而长衣的式样时常变更,遂"令她有时成为宝塔,有时成为木桶,有时如伞,有时如钟。"

其次则侵害健康。这即如现代中国女子之束胸与冬天着凉薄之衣,乃是大家所知道的。在法国 Directory 革命政府[①]之朝,美丽的女子大都病肺早死,其故乃因冬季巴黎之天气甚寒,而

---

①指从 1795 年至 1799 年间统治法国的五人执政团政府。——编者注。

时髦的女子则衣服力求凉薄,冷气侵害胸肺,所以成此不治之症。虽然如此,而女子总不愿不为时式之奴隶。西洋女子有所谓 Corset 者,乃以鲸骨与帆布等物制成笼罩胸与腰之具,有西班牙人 M. E. Gwez-Carills 者,尝描写一个女子之受此物的桎梏。他说:"她受了一天的痛苦之后,终于把这个东西解除下来,她的胸膛已不能很舒畅地行使呼吸。她用她的小手打那被鲸骨硬带与帆布所伤的肉。于是她对镜自照,就看见了腰间青紫的伤痕。但是!但是伤痕与痛苦终不能使我们的姊妹们见了时式而退缩一步咧。"

在与服装关联之处,将来的女性美一定有下面的几个倾向:

第一是自由精神的表现。所谓时式,是欲以同一种装束加于种种式式之人,其不合理与不美,上文已经说过。但久睡的人终究有醒觉的时候,终究要看出以前的过失;那结果便将生出所谓个人的服装。将来的女子各人将就自己的体态气度制衣,各人的服装将与各人的体态调和而不复盲从时式的命令与群众的暗示。Ross 说:"后代的人自由精神一定要发展到最高点,现在大家一致的东西,有许多将来一定是各人纷歧。"他这句话一定可以应用服装上来。

第二是由繁复而趋于简单。现代的女子乃是夫或父的行走广告,家里所有的金玉都要举出一两个代表来跟随于女主人身上,"她头发上所装载的东西几乎包举厅堂与厨房里所有的器具"。古罗马历史家 Plautus 曾说:"凡要给自家以许多困难者,只须给自家两件东西,就是船与女子。这是世上最难装扮的两件东西。"将来的女子一定不再做这一种东西了。

但是真美的东西都是自然的东西，堆积涂抹只能损美不能益美。将来的人在这一点上一定不会在梦梦的。所以将来的女子一定不竞求华美而唯求表现其个人的固有之美。在这一点上，女子与男子或将经过相似的历程。古代中国男子的装饰很繁复，这是我们可从古书与戏剧上所能知道的。西洋从文艺复兴到十七世纪、十八世纪，男子也佩珠宝，又戴蓬松的假发与博大之冠，可是现在则东西洋男子的服装都极其简单了。

惟简单却不即是一致，如果一致，则依旧是受时代的催眠，将来与已往何异；将来的简单乃是纷歧的简单，而非一致的简单。因为我们的生活的状态能变化我们的动作仪态，甚而至于肉体的组织。将来的女子其生活一定是与以前不同，而人类的自由精神，将来尤其要比以前发展。既然这样，则各人的服装自然就不必都与他或她的体态调和，有多少个性，就有多少服装。所以将来女性的服装虽是简单，却不是一致的简单咧。

四、 性的教育与将来的女性美

性的教育之能变更将来女性美的标准，这又是许多生物学者与心理学者所公认的。

原来动物之爱好异性体态上的美丽，本来都是其性冲动的一种表示。动物之求匹偶，皆选择体态俊美之异性；有些动物且生而具有一种优美的形态，专门为吸引异性之用。其例举不胜举，最显著的即如孔雀。所以我们由此竟可以说：动物形体上的美丽乃是自然特设以刺激异性的性欲；我们在认识异性的形体美之时，我们的性欲暗中都有些激动；而且尊崇异性的形体之美之强度，亦竟与我们性欲之强度成正比例。

现在人类已知遏抑其性欲之为必要，而且实际也已有遏制其性欲之倾向。"各国的人现在正努力抵抗性欲之恶劣的刺激物，而防性欲活动之过度。书报游戏之能引诱肉感流于淫佚者已为正士所排斥。古代外体的贞洁在现代已将变为内心的纯洁。不但如此，而且我们现在并求把女子的贞洁扩充及于男子。而运动、游戏又能遏抑住性的冲动，使其不常觉醒。"我想现代遏抑性欲的倾向实在是如这位作家所说的了。照这样下去，将来人类的性欲一定要比从前淡弱。于是所谓女性美者将不仅限于身体，而将兼及于以下两途：

第一，就是将愈加承认外体的完美乃是内心的完美之表现。于是人之注意于异性之肌肤、骨骼，将不及其注意于气度、仪态之甚。因为气度与仪态是最能表示人之人格与个性的。斯宾塞尔[1]说："内心的完美与外貌的完美根本上极相和谐。"将来我们之对于女性美虽未必能单独注意其内心与外貌的和谐，而其注意于两者之和谐要必比以前加甚。

第二，外体之美不仅将认为内心之美之表现，而尤将认其为内体之美之表现。所谓内体，易词言之，即为健康。往昔女性美的标准曰掌上可舞，瘦不盈握；曰纤弱娇柔，楚楚可怜。

---

[1] 今译斯宾塞（1820—1903），英国社会学家。——编者注。

以病态为美，乃是古代人的悖谬，将来的人定必与之相反，不认美为疾病之表象，而认其为健康之表象。本来病态的美虚幻而易变，健康之美真实而持久。虚弱者暂时虽有美色，而一经艰辛即憔悴而老。至于健康之人，大概都有适度之营养与运动，两者适度，则身体匀称，血色浓而神采旺。健康的美之为真美，乃是现代人所不能否认的！

　　本篇所言，乃集许多学者之说而成。综而观之，可知将来之所谓女性美者将与往时不同，美的标准之变迁，乃由于民族生活与思想之变迁，所以本篇所言，实在是附属于社会大进流里之一条支流。

葛孚英（1905—1984），民俗学家常惠（1894—1985，字维钧，著名民间文艺学家）的妻子。1924年与常惠结婚后改名常芝英，法文名"伊兰"。撰有论文《谈童话》等，译作有《穿靴子的猫》。

美的心情

葛孚英

女人生来爱美，不但爱美，她的性情、举止、言谈，也是又风雅又恬静。不要因此说女人是弱者，这是她天生的美质。自然的支配向来调和，你看，有那雄伟壮丽的高峰，波涛汹涌的大海，使人胸襟宽阔，壮志凌霄；然而也一样的有那绿草蔓生、低矮起伏的青山，两岸垂杨、碧清澈底的小河，更是秀丽明媚，使人愉快。人类也是如此，男人的姿式、体格挺拔健壮确是不错，但女人更能以她的清秀衬托他的气概，而显露她自己的文雅。她爱他的英武，他爱她的温柔，彼此一调和，人类才能永久地继续下来。如果女人的脾气像了男人，那我想男女绝没了爱，生活也没了滋味。

"自古嫦娥爱少年"，年轻的姑娘对于一个爱她的少年，也是快乐地报以热恋，但她与他的表示是两样，他用嘴来述说他的仰慕,用腿来追逐。她呢,她绝不用嘴叨叨地说,也不用腿乱追逐,她在风晨月夕、花香鸟语当中,以满怀美的心情报你一下微笑,还你一握,在这静默无言之时,即是她适意的感受了爱,心底柔情得到了安慰。她的性格——这时天赐的恩惠——是那么幽娴、贞静而易感,举止似静的河流,心情似清歌的鸟、变化的云,她兼了这一切的美。

自然界的真同情、真赞赏者,还得让与女人。春的百花灿烂,夏的虫鸣蛙叫,秋冬的霜雪,四时不同的景物,皆惹动她的情怀。她细微地领略,徘徊沉思。她不亏负山灵水秀,美的自然,因她心情接受了它的陶冶,更变得静美而和平了。

可是这种天赋的性情,女人却不易保持。结了婚,不知不觉就把聪明、纯洁的心弄得俗了。无忧无虑的、有风味的生活之情趣随环境淡薄起来,物质的思想奔来代替了一切。

在乡下,农家的天真女儿,她们也是终日操作。绿油油的麦田里或清亮的河旁,割着麦,洗着衣,嘴里唱支歌儿,眼里赏鉴着天末的青山、近旁的花草、飞着的蜂儿蝶儿,她的心情是那么疏散而活泼。然而若在一样的浓阴遮日、微风吹拂的乡间道上,遇着了两三个农妇,即使是年轻的,一样的坐在水声潺潺、清凉的小河边洗衣服,那你听着吧,她们总是在对发牢骚:婆婆,丈夫,小姑,这么着,那么着;那家的丫头瞧中那个小伙子,偷着勾搭;那家新娶的媳妇,多么好的嫁妆,出来红红绿绿的……她们只是坐在衣裳堆里起劲地洗衣服、嚼舌头,什么绿水,青山,有趣的鸟声,晚霞的美丽,她们绝无闲心去理会的。

在城里，使人羡慕的，也是那十七八岁的女学生。正是中学时代，一心勤读，心高志远。下了课，约着同伴打阵球，逛阵大街，东拉西扯地胡谈一气。回家温温课，做几针活，洗几件衣。闷了小说也可消遣，浇浇花就解了无聊，"煤米油盐酱醋茶"全不用她管，她也不想管。这时要是有个爱人，那就更什么都不顾了，一封情书就是至宝，公园的约会比什么柴、米、钱都要紧。家务琐碎束缚不了她，她也绝不牵挂这些。天真烂漫，思想自由，生活多么写意。

这纯洁的少女生活，确是使人向往，哪一个女人都要由这时经过，大概又都是漫不经心的就过去了，并不觉得怎样了不得的好和幸福。我，也是一样，不知道留恋它，竟也将这段美的生活轻轻放过，心里满不在乎地跳进"太太"的圈。岂知过这"太太"的生活，真是突然一变，从此再也别笑那农妇怎会变得那样愚笨了——原来现在的一切，绝不是以前闲暇幼稚的心情所能应付的。顶上"当家"的名儿，就得支配一切，管理一切了；生活是单调而刻板，每日千篇一律，可是样样又全得想到，忘了一件就出蘑菇。事情一档子一档子地出来，脑子会整个被它占去，学识完全用不上，要是不管又不成其为"家"，谁叫你当初跳进这圈呢？只有硬往心里装上一大堆"衣食住"吧。

爱人变成了夫妻，这又是一宗非常之变。不用书信相约，天天皆可见面；无话不可以谈了，倒觉无话可谈了；爱成了家常便饭，反觉得平淡无奇起来。从前他见你面带不快，总是恳切询问；如今一见你发烦，就装出马马虎虎的。要说不相爱也不对,不过爱换了个面目。以先同游是乐中寻乐,现在同游只是解闷。怕人知道的偷着握手密谈,带着多么神秘的心情,多么深的诗意!现在成了夫妻,对坐一谈天,就奔了家务事或所谓什么正经事,三句两句不对头,就许抬起来,抬杠拌嘴也列入了"衣食住"居家要素之一。亲热两人只管亲热,没人管了,可是怎样也没有当初那种好容易才见面时的亲热味儿浓厚,现在终觉有些解闷的意思在其中。

生活这样下去,不但烦厌,且是危险,总会慢慢地将个性磨掉,像乡下妇人似的,心里什么也没有,只有一本家务账了。或者变成一位外表漂亮、心如乱草、派头十足的城里太太。因为你如果拿出率真的脾气,人家说你傻,不懂人情。自然、坦白的心情在这环境下得不到同调,无人了解,不得不随流合污,失去本来面目。

若不甘心做这么个俗人而要设法来变换,让生活添点精神,最要紧的是别让快要消逝的一点率真、无拘泥、与自然同化的心情与"家"同化。要紧的是别成天研究当家的应酬和琐琐碎碎的事。今天煤米皆完,明天没钱送礼,全别傻着急,且拿一本心爱的书静坐看看,要不写一篇字,消消愁。累了,眯着眼睛闲坐一会儿,听那高树的蝉在烈日下不歇地叫,显得屋里多么清凉。意境清幽,自然忘掉现实的烦恼。这样晚上先生回来没变来钱,也不觉得怎样着急了;不但不至拌嘴,还能安慰他:"明天再说。"

出去公园玩,北海玩,解闷也罢,不是以前的神秘的心情也罢,不管怎样,而眼前还是景物依旧,不妨静静地摒除杂虑,闲坐河边或路旁的茶座上,吃吃茶,玩玩景致。坐在北海五龙亭的茶馆,远望漪澜堂,楼阁庄严伟丽,与举目在望的绿水相映,似苇叶的小艇,水面上来往飘着。傍晚,落日余晖由广阔的天空射出一遍红光,照得红红绿绿的画栋雕梁,仿佛替它们加上一道亮油,在平静的水面上洒上了万条金线。一幅有生气的画图送入眼中,心里领略着自然之美、造化之妙,而把一切俗念除净。那么,在那长长的甬路上走来走去的,衣衫入时、神气满面的摩登小姐、太太,无论她们裹着怎样奇怪、新鲜的纱绸,登着怎样特别的高跟鞋,怎么扭捏地出风头,也可不至于瞧着眼热,受了诱惑,觉着自己不那样就是寒酸气。有了这种只打算保持自己"相当的美"的心思,倒是息事宁人,真解了闷。不想跟人学,跟人赛,又可省去第二天东跑西颠去筹款、去购买,心情自然不会全被物质缠绕去了。

不让"衣食住"整天在脑中盘旋,自觉闲适、舒适,这虽仍比不上不管家、不当太太的自由,但"夫妻吵嘴"不说全无,至少可减去三分之二。和和睦睦的,感情不减即是增加,不必死心眼儿地追怀既往,应该利用点闲暇心情再去别寻乐趣。

抱定主张:家可管,太太可当,但是心得绝对的自由,不能叫无味之事套住。往事追思甜蜜,情趣不尽,现实的也绝不让它失去精神,走进死胡同。自然虽美也是时刻变化,刹那不同,但总不失掉美。生活何尝不可以这样,全凭人来努力了。生活与生命、时间不能分离,一样可贵,时间走,生命跟着,生活也跟着，如快马，如流光，不管你是理会，是忽略，它们总不停。你如果想想"今天乱七八糟，不知都忙了些什么"，那你即是白辜负了一个"今天"，不管你过得是甜、酸、苦、辣，你一定没享受它的滋味，因为在你心里只留下一个"忙"，可是这个"忙"里过去的"今天"就会立刻变为"昨天"了。不使"今天"虚度，就得百忙中分出闲暇来，静静找着自己乐意的事做，哪怕今天做什么都不乐意，就闲暇地静坐一会儿都不错，坐静了心中自有浓厚的意味出来，使人高兴，得到享受。我觉得，要让我自己活得有意味，就非从忙里偷闲，找出点真舒服、真快乐的"时间"来不可。

我不抱怨我的生活，也想怎样分析研究它，只是想每天做点自己认为高兴之事，苦中也要寻出点精神的乐趣来。不单从物质里寻享乐，还要从天给我的坦白而美的心情中寻享乐，即使这心情似朝起之霞、雨后之虹，每天只刹那出现，但我一天随时在抓它，不叫它被物质生活全部夺了去。我知道，非有它不能有快乐，失掉它就如失去灵魂，我就会变得愚笨粗俗，苦恼也必接踵而至，那就家的和平不能维持，生活等于那河边洗衣的农妇，甬路上来往出风头的时髦小姐、太太，或脑中简单得似终日忙碌为人佣工的女仆的生活，谈不到精神之乐了。

我要抓住这点幽美超俗的心思，将物质气的家自然化，肉体的爱精神化。这点心情将似皓月当空，银星闪烁，使我的刻板的生活摇动生姿，趣味丛生，似一盘淡而无味的菜忽然加上了味之素。

孙福熙（1898—1962），字春苔。现代散文家、美术家，孙伏园之弟。1912 年考入浙江省立第五师范学校。1920 年到法国勤工俭学，入法国国立里昂美术专科学校学习。1925 年归国后任北新书局编辑，先后出版散文集《归航》、小说集《春城》等。1928 年任国立西湖艺术学院教授。1938 年回家乡中学任教，不久到昆明任友仁难童学校校长。1946 年从昆明回到上海，以卖画为生。1948 年任浙江大学文学院教授。

什么是女性美

孙福熙

我们常听人说某姑娘美，或说某人的未婚妻比某人的妻更美的批评；在女子道中，她们也常谈论自己的谁美谁丑，而且用了美与丑为恭维与谦逊的条件，又或用为自傲与轻蔑他人的理由。照这样看来，她们心中必有美与丑的标准是无疑的了。然而，试对她们发问，怎样的才是美？或者问，某姑娘为什么是美的？大多数人必定张嘴答不出来。嘴强一点的会回答你说，美的便是美，有什么"怎样是美"或"什么是美"的可言呢？

我也听到过人家说："某夫人真美，她的脂粉擦得与众不同。"你看，奇怪不奇怪，称赞人美而称赞用以掩饰丑恶的脂粉，岂不可笑？要是被称赞的是我，我一定要恨他是在说我丑，有如客人称赞茶热是说主人的茶叶不好一样。有的人说女子之美是在裙衫之合适,这还不免是一个笑话;说人的美,怎么说在人身以外的衣裳上面去了呢?衣服是身外之物,虽然于人身之美颇有映照,但究竟只是副件,不能举以说人身的美丑的。求能于我们问他"什么是美"的时候回答说某姑娘眼睛大得可爱,或说某姑娘手指细巧动人者很是少数。

但这种情形实在是很难怪的,中国向来虽很乐于描摹女子之美,但只是直觉的,只是各人眼中所认为的美,从来没有人综合各地及各人的感觉做系统的研究者。况且大多数的描写也只不过是"脂粉擦得与众不同"之类,而且只是相互抄袭,并不出于自己感觉所得的。

现在好了!吾友季君志仁译成《女性美》一书,这能使欲赞美女子之美而苦没有言辞者有所凭借了。《女性美》是法国医士 Gaboriau 夫人所作《妇女的三个时代》书中的一部,她按照女子身体的各部,从头、面以至于颈、肩、腋、上肢(上臂、前臂、手)、躯干、胸、乳、腹、背、腰、臀以及下肢(大腿、小腿、脚),逐部分析而定下美丑的标准。

诸位看了这部书,能够得到一个对于女性美的新标准;至于你从此能够知道你之所以爱你情人之故,倒还是小事。

我们平日常见小说或其他文章中欲形容女子美者,只是写着许多美字,不见有什么字句的形容,至多也不过天神、仙子、怪可爱的一类词句罢了。现在有了这本书,以后之描写女子者当有所根据,好比观花者之已学习植物学,一朵花上手,就知道萼瓣雌雄蕊与子房的地位,又能观察这种各部的形状色彩与别种的异同，而推究其各部之与长这朵花的植物本身有无特种关系。

最可怜的，中国学画的呼声不算不高又不算不久了，但不见有一本艺术解剖学或一位教艺术解剖学的人。季君翻译这部书，对于文学以外，对于学画学雕刻的人也是一大贡献。

本书中处处给我们一个总括的规定，例如它说：

> 倘若我们要想替女性身体上的色彩美定出一个合于美学的公式来，可以拿下列两条来包括她：第一，色彩须为谐和的渐进。如皮肤的洁白，头发的淡黄，眼睛的浅蓝，嘴唇的玫瑰色，牙齿的洁白；第二，色彩须相反的，或对照的，可以发生较深刻的印象而并不难看。如雪白的皮肤，配以漆黑的头发、浓暗的眼睛。

我们有了这种大纲，当描写一个女子的时候，就可依据这种标准而斟酌节目上的差别了。

是的，各民族的体质不同，而且各民族批评自己的美丑准则也各异，我们不能依据法国人做的女性美定则来批评中国女子，即使以之去批评英国人、意国人也未必适合。这正是本书中所竭力注意的问题。但这问题并不如我们所设想的重要，因为罗色耳告诉我们说："我们将要相信大自然在女子中间，只是为了风致及装饰而尽力，倘然我们不知道她们还有更重要、更高贵的目的存在着；这更重要、更高贵的目的，便是个人的健康与种族的保存。"我们要知道大自然之为了女子的风致及装饰而尽力地做美者,全为了最重要、最高贵的目的:女子个人的健康与种族的保存之故。无论哪一个民族之爱女性美,都是为这最重要、最高贵的目的所指使是相同的,所以各人对于女性美的标准绝不致有大差别。我们试看书中所举阿剌伯①人评定女性美的律例,他们以为一个美的女子要适合下列的条件:

四件黑的东西:头发,眉毛,睫毛,瞳孔;
四件白的东西:皮肤,眼白,牙齿,腿;
四件红的东西:舌头,嘴唇,牙龈,面颊;
四件圆的东西:头,颈,前臂,足踝;
……

这与我们的观点大部是相同的。

书中又把欧洲人的观点填成很详细的表格,它说,美的女子当是皮肤细薄、皮粒细微、身体表面完全平滑的,皮肤有弹性而紧张,等等;反之,皮肤粗厚,皮粒粗大,鸡皮肤表面粗糙不平,皮肤宽松而且有折痕者不是美的。我们又可以明白,这种条件与我们的也是相同的。

有的,确有许多女性条件是与我们在中国书中所认为美的条件不同。大家知道,中国太以女子的病态为美,"弱不胜衣"

---

①今译阿拉伯。——编者注。

只是病罢了,何尝是美。中国常把对于女子之怜误认为爱,所以竟致赞扬病态为美了。我知读过这本《女性美》之后必能矫正这种谬误观念。而大多数女子因为社会给她们不正当的奖励而在斫伤自己身上天赋之美者,将一去从前恶习,依照真正标准,代天作美,使身体充分发育。这是季君将来对于新女性的大贡献,我所能预定的。

1926 年 3 月

朱自清（1898—1948），现代著名散文家、诗人、学者。1916年考入北京大学预科，1920年毕业于北京大学哲学系。1925年任清华大学中文系教授。1931年赴英国进修语言学和英国文学，后又漫游欧洲五国。1932年回国，任清华大学中国文学系主任。抗战爆发后，任西南联合大学中国文学系主任。1948年因患胃病逝世。其作品主要有《踪迹》《背影》《匆匆》《新诗杂话》《欧游杂记》等。

女 人

朱自清

白水是个老实人，又是个有趣的人。他能在谈天的时候，滔滔不绝地发出长篇大论。这回听勉子说，日本某杂志上有《女?》一文，是几个文人以"女"为题的桌话的记录。他说："这倒有趣，我们何不也来一下？"我们说："你先来！"他搔了搔头发道："好！就是我先来。你们可别临阵脱逃才好。"我们知道他照例是开口不能自休的。果然，一番话费了这多时候，以致别人只有补充的工夫，没有自叙的余裕。那时我被指定为临时书记，曾将桌上所说拉杂写下，现在整理出来，便是以下一文。因为十之八是白水的意见，便用了第一人称，作为他自述的模样。我想，白水大概不至于不承认吧？

老实说，我是个欢喜女人的人；从国民学校时代直到现在，我总一贯地欢喜着女人。虽然不曾受着什么"女难"，而女人的力量,我确是常常领略到的。女人就是磁石,我就是一块软铁;为了一个虚构的或实际的女人,默默地想了一两点钟,乃至想了一两个星期,真有不知肉味光景——这种事是屡屡有的。在路上走,远远的有女人来了,我的眼睛便像蜜蜂们嗅着花香一般,直接过去。但是我很知足,普通的女人,大概看一两眼也就够了,至多再掉一回头。像我的一位同学那样,遇见了异性,就立正——向左或向右转,仔细用他那两只近视眼,从眼镜下面紧紧追出去半日,然后看不见,然后开步走——我是用不着的。我们地方有句土话说:"乖子望一眼,呆子望到晚。"我大约总在"乖子"一边了。我到无论什么地方,第一总是用我的眼睛去寻找女人。在火车里,我必走遍几辆车去发现女人;在轮船里,我必走遍全船去发现女人。我若找不到女人时,我便逛游戏场去,赶庙会去——我大胆地加一句——参观女学校去:这些都是女人多的地方。于是我的眼睛更忙了!我拖着两只脚跟着她们走,往往直到疲倦为止。

我所追寻的女人是什么呢?我所发现的女人是什么呢?这是艺术的女人。从前人将女人比作花,比作鸟,比作羔羊;他们只是说,女人是自然手里创造出来的艺术,使人们欢喜赞叹——正如艺术的儿童是自然的创作,使人们欢喜赞叹一样。不独男人欢喜赞叹,女人也欢喜赞叹;而"妒"便是欢喜赞叹的另一面,正如"爱"是欢喜赞叹的一面一样。受欢喜赞叹的,又不独是女人,男人也有。"此柳风流可爱,似张绪当年"便是好例;而"美丰仪"一语,尤为"史不绝书"。但男人的艺术气氛,似乎总要少些。贾宝玉说得好:"男人的骨头是泥做的,女人的骨头是水做的。"这是天命呢,还是人事呢?我现在还不得而知,只觉得事实是如此罢了。——你看,目下学绘画的"人体习作"的时候,谁不用了女人做他的模特儿呢?这不是因为女人的曲线更为可爱吗?我们说,自有历史以来,女人是比男人更其艺术的。这句话总该不会错吧?所以我说艺术的女人。

所谓艺术的女人,有三种意思:是女人中最为艺术的,是女人的艺术的一面,是我们以艺术的眼去看女人。我说女人比男人更其艺术的,是一般的说法;说女人中最为艺术的,是个别的说法。而"艺术"一词,我用它的狭义,专指眼睛的艺术而言,与绘画、雕刻、跳舞同其范类。艺术的女人便是有着美好的颜色、轮廓和动作的女人,便是她的容貌、身材、姿态使我们看了感到"自己圆满"的女人。这里有一块天然的界碑,我所说的只是处女、少妇、中年妇人,那些老太太们为她们的年岁所侵蚀,已上了凋零与枯萎的路途,在这一件上已是落伍者了。女人的圆满相,只是她的"人的诸相"之一——她可以有大才能、大智慧、大仁慈、大勇毅、大贞洁等等,但都无碍于这一相。诸相可以帮助这一相,使其更臻于充实;这一相也可帮助诸相,分其圆满于她们,有时更能遮盖她们的缺处。我们之看女人,若被她的圆满相所吸引,便会不顾自己,不顾她的一切,而只陶醉于其中;这个陶醉是刹那的,无关心的,而且在沉默之中的。

我们之看女人,是欢喜而绝不是恋爱。恋爱是全般的,欢喜是部分的。恋爱是整个"自我"与整个"自我"的融合，故坚深而久长；欢喜是"自我"间断片的融合，故轻浅而飘忽。这两者都是生命的趣味，生命的姿态。但恋爱是对人的，欢喜却兼人与物而言。此外本还有"仁爱"，便是"民胞物与"之怀；再进一步，"天地与我并生，万物与我为一"，便是"神爱""大爱"了。这种无分物我的爱非我所要论，但在此又须立一界碑：凡伟大庄严之象，无论属人属物，足以吸引人心者，必为这种爱；而优美艳丽的光景，则始在"欢喜"的阈中。至于恋爱，以人格的吸引为骨子，有极强的占有性，又与二者不同。Y君以人与物平分恋爱与欢喜，以为"喜"仅属物，"爱"乃属人；若对人言"喜"，便是蔑视他的人格了。现在有许多人也以为将女人比花，比鸟，比羔羊，便是侮辱女人；赞颂女人的体态，也是侮辱女人。所以者何？便是蔑视她们的人格了！但我觉我们若不能将"体态的美"排斥于人格之外，我们便要慢慢地说这句话！而美若是一种价值，人格若是建筑于价值的基石上，我们又何能排斥那"体态的美"呢？所以我以为只须将女人的艺术的一面作为艺术而鉴赏她，与鉴赏其他优美的自然一样；艺术与自然是"非人格"的，当然便说不上"蔑视"与否。在这样的立场上，将人比物，欢喜赞叹，自与因袭的玩弄的态度相差十万八千里，当可告无罪于天下。——只有将女人看作"玩物"，才真是蔑视呢，即使是在所谓的"恋爱"之中。艺术的女人，是的，艺术的女人！我们要用惊异的眼去看她，那是一种奇迹！

我之看女人,十六年于兹了,我发现了一件事,就是将女人作为艺术而鉴赏时,切不可使她知道;无论是生疏的,是较熟悉的。因为这要引起她性的自卫的羞耻心或他种嫌恶心,她的艺术味便要变稀薄了;而我们因她的羞耻或嫌恶而关心,也就不能静观自得了。所以我们只好秘密地鉴赏;艺术原来是秘密的呀,自然的创作原来是秘密的呀。但是我所欢喜的艺术的女人,究竟是怎样的呢?您得问了。让我告诉您:我见过西洋女人,日本女人,江南、江北两个女人城内的女人,名闻浙东西的女人。但我的眼光究竟太狭了,我只见过不到半打的艺术的女人!而且其中只有一个西洋人,没有一个日本人!那西洋的处女是在Y城里一条僻巷的拐角上遇着的,惊鸿一瞥似的便过去了。其余有两个是在两次火车里遇着的,一个看了半天,一个看了两天;还有一个是在乡村里遇着的,足足看了三个月。

我以为艺术的女人第一是有她的温柔的空气,使人如听着箫管的悠扬,如嗅着玫瑰花的芬芳,如躺着在天鹅绒的厚毯上。她是如水的密,如烟的轻,笼罩着我们,我们怎能不欢喜赞叹呢?这是由她的动作而来的。她的一举步,一伸腰,一掠鬓,一转眼,一低头,乃至衣袂的微扬,裙幅的轻舞,都如蜜的流,风的微漾。我们怎能不欢喜赞叹呢?最可爱的是那软软的腰儿。从前人说随风的垂柳,《红楼梦》里说晴雯的"水蛇腰儿",都是说腰肢的细软的;但我所欢喜的腰呀,简直和苏州的牛皮糖一样,使我满舌头的甜,满牙齿的软呀。腰是这般软了,手足自也有飘逸不凡之概。你瞧她的足胫多么丰满呢!从膝关节以下,渐渐地隆起,像新蒸的面包一样,后来又渐渐渐渐地缓下去了。这足胫上正罩着丝袜,淡青的?或者白的?拉得紧紧的,一些儿皱纹没有,更将那丰满的曲线显得丰满了;而那闪闪的鲜嫩的光,简直可以照出人的影子。你再往上瞧,她的两肩又多么亭匀呢!像双生的小羊似的,又像两座玉峰似的,正是秋山那般瘦,秋水那般平呀。肩以上,便到了一般人讴歌颂赞所集的"面目"了。我最不能忘记的,是她那双鸽子般的眼睛,伶俐到像要立刻和人说话。在惺忪微倦的时候尤其可喜,因为正像一对睡了的褐色小鸽子,和那润泽而微红的双颊,苹果般照耀着的,恰如曙色之与夕阳,巧妙地相映衬着。再加上那覆额的、稠密而蓬松的发,像天空的乱云一般,点缀得更有情趣了。而她那甜蜜的微笑也是可爱的东西;微笑是半开的花朵,里面流溢着诗与画与无声的音乐。是的,我说的已多了,我不必将我所见的,一个人一个人分别说给你,我只将她们融合成一个 Sketch 给你看——这就是我的惊异的型,就是我所谓艺术的女子的型。但我的眼光究竟太狭了!我的眼光究竟太狭了!

在女人的聚会里,有时也有一种温柔的空气;但只是笼统的空气,没有详细的节目。所以这是要由远观而鉴赏的,与个别的看法不同;若近观时,那笼统的空气也许会消失了的。说起这艺术的"女人的聚会",我却想着数年前的事了,云烟一般,好惹人怅惘的。在 P 城一个礼拜日的早晨,我到一所宏大的教堂里去做礼拜;听说那边女人多,我是礼拜女人去的。那教堂是男女分坐的。我去的时候,女座还空着,似乎颇遥遥的;

我的遐想便去充满了每个空座里。忽然眼睛有些花了，在薄薄的香泽当中，一群白上衣、黑背心、黑裙子的女人，默默地、远远地走进来了。我现在不曾看见上帝，却看见了带着翼子的这些安琪儿了！另一回在傍晚的湖上，暮霭四合的时候，一只插着小红花的游艇里，坐着八九个雪白雪白的白衣的姑娘；湖风舞弄着她们的衣裳，便成一片浑然的白。我想她们是湖之女神，以游戏三昧，暂现色相于人间的呢！第三回在湖中的一座桥上，淡月微云之下，倚着十来个，也是姑娘，朦朦胧胧的与月一齐白着。在抖荡的歌喉里，我又遇着月姊儿的化身了！——这些是我所发现的又一型。

是的，艺术的女人，那是一种奇迹！

1925 年 2 月 15 日，白马湖
（《背影》）

梁实秋（1903—1987），著名散文家、学者、文学批评家和翻译家，华人世界第一个研究莎士比亚的权威。1915年秋考入清华学校留美预备班，1923年赴美留学，获哈佛大学英文系博士学位。1926年回国后，先后任教于东南大学、青岛大学、北京大学、北平师范大学。梁实秋从20世纪30年代开始翻译莎士比亚作品，持续40年，完成了全集的翻译；其多方面的才华还体现在卷帙浩繁的作品和主编的《远东英汉大辞典》中。

女　人

梁实秋

　　有人说女人喜欢说谎，假如女人所捏撰的故事都能抽取版税，便很容易致富。这问题在什么叫作说谎。若是运用小小的机智，打破眼前小小的窘僵，获取精神上小小的胜利，因而牺牲一点点真理，这也可以算是说谎，那么，女人确是比较地富于说谎的天才。有具体的例证。你没有陪过女人买东西吗？尤其是买衣料，她从不干干脆脆地说要做什么衣，要买什么料，准备出多少钱。她必定要东挑西拣，翻天覆地，同时口中念念有词，不是嫌这匹料子太薄，就是怪那匹料子花样太旧，这个不禁洗，那个不禁晒，这个缩头大，那个门面窄，批评得人家一文不值。其实，满不是这么一回事，她只是嫌价码太贵而已！如果价钱便宜，其他的缺点全都不成问题，而且本来不要买的也要购储起来。一个女人若是因为炭贵而不生炭盆，她必定对人解释说:"冬天生炭盆最不卫生,到春天容易喉咙痛!"屋顶渗漏,塌下盆大的灰泥,在未修补之前,女人便会向人这样解释:"我预备在这地方装安电灯。"自己上街买菜的女人,常常只承认散步和呼吸新鲜空气是她上市的唯一理由。艳羡汽车的女人常常表示她最厌恶汽油的臭味。坐在中排看戏的女人常常说前排的头等座最不舒适。一个女人馈赠别人,必说:"实在买不到什么好的……"其实这东西根本不是她买的,是别人送给她的。一个女人表示愿意陪你去街上走走,其实是她顺便要买东西。总之,女人总欢喜拐弯抹角地放一个小小的烟幕,无伤大雅,颇占体面。这也是艺术,王尔德不是说过"艺术即是说谎"吗?这些例证还只是一些并无版权的谎话而已。

女人善变,多少总有些哈姆雷特式,拿不定主意;问题大者如离婚结婚,问题小者如换衣换鞋,都往往在心中经过一读二读三读,决议之后再复议,复议之后再否决;女人决定一件事之后,还能随时做一百八十度的大转弯,做出那与决定完全相反的事,使人无法追随。因为变得急速,所以容易给人以"脆弱"的印象。莎士比亚有一名句:"'脆弱'呀,你的名字叫作'女人!'"但这脆弱,并不永远使女人吃亏。越是柔韧的东西越不易摧折。女人不仅在决断上善变,即便是一个小小的别针,位置也常变,午前在领扣上,午后就许移到了头发上。三张沙发,能摆出若干阵势;几根头发,能梳出无数花头。讲到服装,其变化之多,常达到荒谬的程度。外国女人的帽子,可以是一根鸡毛,可以是半只铁锅,或是一个畚箕。中国女人的袍子,变化也就够多,领子高的时候可以使她像一只长颈鹿,袖子短的时候恨不得使两腋生风,至于纽扣盘花,绲边镶绣,则更加是变幻莫测。"上帝给她一张脸,她能另造一张出来。""女人是水做的",是活水,不是止水。

女人善哭。从一方面看,哭常是女人的武器,很少人能抵抗她这泪的洗礼。俗语说"一哭二睡三上吊",这一哭确实其势难当。但从另一方面看,哭也常是女人的内心的"安全瓣"。女人的忍耐的力量是伟大的,她为了男人,为了小孩,能忍受难堪的委曲。女人对于自己的享受方面,总是属于"斯多亚派"的居多。男人不在家时,她能立刻变成为素食主义者,火炉里能爬出老鼠,开电灯怕费电,再关上又怕费开关。平素既已极端刻苦,一旦精神上再受刺激,便忍无可忍,一腔悲怨天然地化作一把把的鼻涕、眼泪,从"安全瓣"中汩汩而出,腾出空虚的心房,再来接受更多的委曲。女人很少破口骂人(骂街便成泼妇,其实甚少),很少揎袖挥拳,但泪腺就比较发达。善哭的也就常常善笑,眯眯地笑,吃吃地笑,格格地笑,哈哈地笑,笑是常驻在女人脸上的,这笑脸常常成为最有效的护照。女人最像小孩,她能为了一个滑稽的姿态而笑得前仰后合,肚皮痛,淌眼泪,以至于翻筋斗!哀与乐都像是常川有备,一触即发。

女人的嘴,大概是用在说话方面的时候多。女孩子从小就往往口齿伶俐,就是学外国语也容易琅琅上口,不像嘴里含着一个大舌头。等到长大之后,三五成群,说长道短,声音脆,嗓门高,如蝉噪,如蛙鸣,真当得好几部鼓吹!等到年事再长,万一堕入"长舌"型,则东家长、西家短。飞短流长,搬弄多少是非,惹出无数口舌;万一堕入"喷壶嘴"型,则琐碎繁杂,絮聒唠叨,一件事要说多少回,一句话要说多少遍,如喷壶下注,万流齐发,当者披靡,不可向迩!一个人给他的妻子买一件皮大衣,朋友问他:"你是为使她舒适吗?"那人回答说:"不是,为使她少说些话!"

女人胆小,看见一只老鼠而当场昏厥,在外国不算是奇闻。中国女人胆小不致如此,但是一声霹雷使得她拉紧两个老妈子的手而仍战栗不止,倒是确有其事。这并不是做作,并不是故意在男人面前作态,使他有机会挺起胸脯说:"不要怕,有我在!"她是真怕。在黑暗中或荒僻处,没有人,她怕;万一有人,她更怕!屠牛宰羊,固然不是女人的事,杀鸡宰鱼,也不是不费手脚。胆小的缘故,大概主要的是体力不济。女人的体温似乎较低一些,有许多女人怕发胖而食无求饱,营养不足,再加上怕臃肿而衣裳单薄,到冬天瑟瑟打战,袜薄如蝉翼,把小腿冻得作"浆米藕"色,两只脚放在被里一夜也暖不过来,双手捧热水袋,从八月捧起,捧到明年五月,还不忍释手。抵抗饥寒之不暇,焉能望其胆大。

女人的聪明,有许多不可及处,一根棉线,一下子就能穿入针孔,然后一下子就能在线的尽头处打上一个结子,然后扯直了线在牙齿上砰砰两声,针尖在头发上擦抹两下,便能开始解决许多在人生中并不算小的苦恼,例如缝上衬衣的扣子,补上袜子的破洞之类。至于几根篾棍,一上一下地编出多少样物事，更是令人叫绝。有学问的女人，创辟"沙龙"，对任何问题能继续谈论至半小时以上，不但不令人入睡，而且令人疑心她是内行。

苏青（1914—1982），本名冯允庄，笔名苏青。与张爱玲齐名的海派女作家代表人物。1933年考入国立中央大学外文系，后肄业移居上海。1935年开始文学创作，其散文《产女》改题为《生男与育女》在《论语》杂志发表。20世纪40年代初成为以文为生的职业作家。1943年，其代表作品长篇自传体小说《结婚十年》开始在《风雨谈》连载。著有散文小品集《浣锦集》《涛》《饮食男女》《逝水集》，还有长篇小说《续结婚十年》《歧途佳人》等。

谈女人

苏青

许多男子都瞧不起女人，以为女人的智慧较差，因此只合玩玩而已；殊不知正当他自以为在玩她的时候，事实上却早已给她玩弄去了。没有一件桃色事件不是先由女人起意，或是由女人在临时予以承认的。世界上很少会有真正强奸的事件，所以发生者，无非是女人事后反悔了，利用法律规定，如此说说而已。

女人所说的话，恐怕多不可靠，因为虚伪是女人的本色。一个女人若不知虚伪，便将为人所不齿，甚而至于无以自存了。譬如说：性欲是人人有的，但是女人就决不肯承认；若是有一个女人敢自己承认，那给人家听起来还成什么话？

又如在装饰方面，女人知道用粉扑似的假乳房去填塞胸部，用硬绷绷的紧宽带去束细腰部，外面再加上一袭美丽的、适合假装过后的胸腰部尺寸的衣服来掩饰一切,这是女人的聪明处。愚笨的女人只知道暴露自己的肉体的弱点,让两条满是牛痘疤的手臂露在外面,而且还要袒胸,不是显得头颈太粗,便是让人家瞧见皱缩枯干的皮肤了,真是糟糕!

女人是神秘的!神秘在什么地方,一半在假正经,一半在假不正经。譬如说:女人都欢喜坏的男人,但表面上却佯嗔他太不老实,那时候男子若真个奉命唯谨地老实起来了,女子却又大失所望,神色马上就不愉快起来,于是男人捉摸不定她的心思,以为女人真是变幻莫测了,其实这是他自己的愚蠢。又如以卖色情为职业的女人,却又不得不用过分的淫辞荡态去挑拨男子,男子若以为真的这类女人有绝大刺激,这也是错误的。

有人说女人要算堂子里的姑娘最规矩了,这话也有一部分理由。性的欲望是容易满足的,刺激过度了反而感到麻木,因此一个下流女人所企求的除钱以外其实还是精神安慰。而上流女人呢?饱暖则思,思亦不得结果,盖拉"夫"固所不能,送上门来又往往恐怕醉翁之意不在也。

这里又该说到婚姻问题了。女人与男人不同:男人是地位愈高,学问愈好,金钱愈多,则娶亲的机会也与此等成正比例;而女人却必须成反比例。因为在性的方面,男人比女人忠实,男人只爱女人的青春美貌,而与其他的一切无关。

美貌是天生的,青春是短促的,不能靠人的努力去获得,甚至于愈努力愈糟糕,结果女人是吃亏了。女人只能听命于天,但天也并未完全让女人受痛苦,唯一补救的办法,就是予她们以孩子。她们有了孩子，爱便有了着落，即遇种种缺陷与失望，也能勇敢地生活下去。没有孩子的女人是可怜的，失去孩子的女人是凄惨的，但是失去总比从来没有过好一些，因为前者还有甜蜜的回忆与渺茫的期待。

我不懂为什么许多女子会肯因讨好男人而自服药或动手术消灭自己生育的机能，女子不大可能爱男人，她们只能爱着男子遗下的最微细的一个细胞——精子，利用它，她们于是造成了可爱的孩子，永远安慰她们的寂寞，永远填补她们的空虚，永远给予她们以生命之火。

女子不能爱男人，因为男人很少是忠实的，她们总必会恨他们。女人的爱情太缠绵，最初的缠绵会使男子留恋，愈到后来便愈使他们感到腻烦与厌恨了。因此许多女人都歇斯底里的，终日在家里疑神疑鬼，觉得丈夫一出门便是同别个女人去胡调，回来得稍晚又疑心他会做下不正当的事。一方面心底恨他，一方面又放心不下他，甚而至于觉得每一个来访的女客都是引诱她男人来的，而男客则又有引诱她丈夫出去为非作歹的嫌疑。男人受不住这些麻烦与吵闹，终于不理她了，她便赶紧闹离婚，这便大概是虚荣心作祟，以为被遗弃乃可耻的事。这种歇斯底里症要等男人真的跑开了才能渐渐复原，因为女人此刻反死心塌地，横竖没有男人，便不怕别人侵夺我的，而只有我去侵夺别人的了。

失恋的女人，同残废者心理一般，因缺陷而发生变态心理。瞎子拧起孩子来特别凶，即此一例。而拿破仑的好勇斗狠，也许与他的浑身生癣有关。一个痛苦着的女人更加容易妒恨别人幸福,据一位绍兴老太太告诉我说:她的故乡有一个中年寡妇,每逢族中有男子归家时,她必涂脂抹粉,打扮得妖精似的向那家穿进穿出;到了夜里,又到人家窗外去偷听;听之不够,还要把纸窗舔个小洞,以便窥视。于是在窗外站得久了,愈听愈难过,只得自回家去,穿起白衣白裙,披散头发,在房中焚香跪拜,口口声声咒骂神道太不公平,别人家女人分明轻狂,却仍让她夫妇团聚,像我这样从来没有做过恶事的,却要鸳鸯拆开。一面诉说,一面叩头如捣蒜,直到天明,额上乌青一大块都是了。

还有一种老处女,她们的变态心理是别人都知道的,但她们自己却不知道。这不知道的原因,是她们听了别人虚伪的宣传,以为性爱是猥亵的,而自己则是纯洁非凡。殊不知饮食男女,人之大欲存焉,天然的趋势绝非人力所能挽回。据说从前有一个小和尚跟着师父下山来,见了女人就忍不住连连回头看,师父告诉他这是吃人的老虎,后来回到山上,师父又问他一路中究竟什么东西最可爱,他便不假思索地回答道:是吃人的老虎最可爱。可见得一个处女过了发育期还口口声声说抱独身主义,或者是一个妇人把养六个孩子的事实说此乃出于不得已,都是自欺欺人的天大谎话。

无理地责难庸仆与过分地溺爱儿童,都是变态心理之一种。扭扭捏捏得出乎常情也可说属于此类。一个善于脸红的女子并不是因为正经,也许她的心里更加迫切需要,而脸上表情就不免讪讪的。同时非常明朗化的女子也并不见得因为她的脾气如同男人，也许她是有欲望的，她想缩短男女间距离，而得容易同男人接近。

女子不能向男人直接求爱，这是女人的最大吃亏处：从此女人须费更多的心计去引诱男人，这种心计若用在别的攒谋上，便可升官；用在别的盘算上，便可发财；用在别的侦探上，便可做特务工作；用在别的设计上，便可成美术专家。……可惜是这些心计都浪费了，因为聪明的男人逃避，而愚笨的男人不懂。有些聪明的女子真是聪明得令人可畏，她们知道男人多是懦怯的、下流的、没有更多欲望的，于是她们不愿多花心血去取得他们庸俗的身心，她们寂寞了。懂得寂寞的女人，便是懂得艺术；但是艺术不能填塞她们的空虚，到了后来，她们要想复原还俗也不可能。

我知道上流女人是痛苦的，因为男子只对她们尊敬，尊敬有什么用？要是卖淫而能够自由取舍对象的话，这在上流女人的心目中，也许倒认为是一种最能够胜任而且愉快的职业。

有卖淫制度存在，对于女人是一种重大的威胁。从此男子可以逃避、藐视以及忽略女人正当的爱情，终于使女人一律贬了身价，把自己当作商品看待，虽然在交易时有明价与黑市之别。上等女人一经大户选定便如永不出笼的囤货，下等女人则一再转手，虽能各尽其功用，但总嫌被浪费得太厉害，很快就破旧了。青春只是一刹那的光辉，在火焰奇丽时在受人欣赏而自己不懂得光荣快乐，转瞬间火力衰歇，女人也懂得事了，但已势不能猛燃,要想大出风头也做不成了。因此刚届中年的女人往往有一次绝艳惊人的回光返照,那是她不吝惜把三倍的生命力来换取一度光辉,之后,她便凄惨地熄灭下去了。

有人说:女人有母性与娼妇两型,我们究竟学母性型好呢?还是怎么样?我敢说世界上没有一个女人不想永久学娼妇型的,但是结果不可能,只好变成母性型了。在无可奈何时,孩子是女人最后的安慰,也是最大的安慰。

为女人打算,最合理想的生活,应该是:婚姻取消,同居自由,生出孩子来则归母亲抚养,而由国家津贴费用。倘这孩子尚有外祖母在,则外婆养外孙该是更加合适的了。

张爱玲（1920—1995），本名张煐。中国现代著名女作家。原籍河北丰润，生于上海。1932年开始发表小说、散文等文学作品。1939年就读于香港大学。1942年中断学业回到上海。此后陆续发表《沉香屑·第一炉香》《倾城之恋》《心经》《金锁记》等中、短篇小说，震动上海文坛。作品包括小说、散文、电影剧本和文学论著等，见证了中国近现代史。

谈女人

张爱玲

西方人称阴险刻薄的女人为"猫"。新近看到一本专门骂女人的英文小册子叫《猫》，内容并非是完全未经人道的，但是与女人有关的隽语散见各处，搜集起来颇不容易，不像这里集其大成。摘译一部分，读者看过之后总有几句话说，有的嗔，有的笑，有的觉得痛快，也有自命为公允的男子作"平心之论"，或是说"过激了一点"，或是说"对是对的，只适用于少数的女人，不过无论如何，有则改之，无则加勉"等等。总之，我从来没见过在这题目上无话可说的人，我自己当然也不外此例。我们先看了原文再讨论吧。

《猫》的作者无名氏在序文里预先郑重声明："这里的话，并非说的是你，亲爱的读者——假使你是个男子，也并非说的是你的妻子、姊妹、女儿、祖母或岳母。"

他再三辩白他写这本书的目的并不是吃了女人的亏借以出气，但是他后来又承认是有点出气的作用，因为："一个刚和太太吵过嘴的男子，上床之前读这本书，可以得到安慰。"

他道：

> 女人物质方面的构造实在太合理化了，精神方面未免稍差，那也是意想中的事，不能苛求。
>
> 一个男子真正动了感情的时候，他的爱较女人的爱伟大得多。可是从另一方面观看，女人恨起一个人来，倒比男人持久得多。
>
> 女人与狗唯一的分别就是：狗不像女人一般地被宠坏了，它们不戴珠宝，而且——谢天谢地！——它们不会说话！
>
> 算到头来，每一个男子的钱总是花在某一个女人身上。
>
> 男人可以跟最下等的酒吧间女侍调情而不失身份——上流女人向邮差遥遥掷一个飞吻都不行！我们由此推断：男人不比女人，弯腰弯得再低些也不打紧，因为他不难重新直起腰来。
>
> 一般地说来，女性的生活不像男性的生活那么需要多种的兴奋剂，所以如果一个男子公余之暇，做点越轨的事来调剂他的疲乏、烦恼、未完成的壮志，他应当被宥恕。
>
> 对于大多数的女人，"爱"的意思就是"被爱"。
>
> 男子喜欢爱女人，但是有时候他也喜欢她爱他。

如果你答应帮一个女人的忙，随便什么事她都肯替你做；但是如果你已经帮了她一个忙了，她就不忙着帮你的忙了。所以你应当时时刻刻答应帮不同的女人的忙，那么你多少能够得到一点酬报，一点好处——因为女人的报恩只有一种：预先的报恩。

　　由男子看来，也许这女人的衣服是美妙悦目的——但是由另一个女人看来，它不过是"一先令三便士一码"的货色，所以就谈不上美。

　　时间即是金钱，所以女人多花时间在镜子前面，就得多花钱在时装店里。

　　如果你不调戏女人，她说你不是一个男人；如果你调戏她，她说你不是一个上等人。

　　男子夸耀他的胜利……女子夸耀她的退避。可是敌方之所以进攻，往往全是她自己招惹出来的。

　　女人不喜欢善良的男子，可是她们拿自己当作神速的感化院，一嫁了人之后，就以为丈夫立刻会变成圣人。

　　唯独男子有开口求婚的权利——只要这制度一天存在，婚姻就一天不能够成为公平交易；女人动不动便抬出来说当初她"允许了他的要求"，因而在争吵中占优势。为了这缘故，女人坚持应由男子求婚。

　　多数的女人非得"做下不对的事"，方才快乐。婚姻仿佛不够"不对"的。

　　女人往往忘记这一点：她们全部的教育无非是教她们

意志坚强，抵抗外界的诱惑——但是她们耗费毕生的精力去挑拨外界的诱惑。

现代婚姻是一种保险，由女人发明的。

若是女人信口编了故事之后就可以抽版税，所有的女人全都发财了。

你向女人猛然提出一个问句，她的第一个回答大约是正史，第二个就是小说了。

女人往往和丈夫苦苦辩论，务必驳倒他，然而向第三者她又引用他的话，当作至理名言。可怜的丈夫……

女人与女人交朋友，不像男人与男人那么快。她们有较多的瞒人的事。

女人们真是幸运——外科医生无法解剖她们的良心。

女人品评男子，仅仅以他对她的待遇为依归，女人会说："我不相信那人是凶手——他从来也没有谋杀过我！"

男人做错事，但是女人远兜远转地计划怎样做错事。

女人不大想到未来——同时也努力忘记她们的过去——所以天晓得她们到底有什么可想的！

女人开始经济节约的时候，多少"必要"的花费她可以省掉，委实可惊！

如果一个女人告诉了你一个秘密，千万别转告另一个女人——一定有别的女人告诉过她了。

无论什么事，你打算替一个女人做的，她认为理所当然。无论什么事你替她做的，她并不表示感谢。无论什么小事你忘了做,她咒骂你。……家庭不是慈善机关。

多数的女人说话之前从来不想一想。男人想一想——就不说了!

若是她看书从来不看第二遍,因为她"知道里面的情节"了,这样的女人绝不会成为一个好妻子。如果她只图新鲜,全然不顾及风格与韵致,那么过了些时,她摸清楚了丈夫的个性,他的弱点与怪癖处,她就嫌他沉闷无味,不复爱他了。

你的女人建造空中楼阁——如果它们不存在,那全得怪你!

叫一个女人说"我错了",比男人说全套的绕口令还要难些。

你疑心你的妻子,她就欺骗你。你不疑心你的妻子,她就疑心你。

凡是说"女人怎样怎样"的话,多半是俏皮话。单图俏皮,意义的正确上不免要打个折扣,因为各人有各人的脾气,如何能够一概而论?但是比较上女人是可以一概而论的,因为天下人风俗习惯、职业环境各不相同,而女人大半总是在户内持家看孩子,传统的生活典型既然只有一种,个人的习性虽不同也有限。因此,笼统地说"女人怎样怎样",比说"男人怎样怎样"要有把握些。

记得我们学校里有过一个非正式的辩论会,一经涉及男女问题,大家全都忘了原先的题目是什么,单单集中在这一点上,七嘴八舌,嬉笑怒骂,空气异常热烈。有一位女士以老新党的口吻侃侃谈到男子如何不公平,如何欺凌女子——这柔脆的、感情丰富的动物,利用她的情感来拘禁她,逼迫她作玩物,在生存竞争上女子之所以占下风全是因为机会不均等……在男女的论战中,女人永远是来这么一套。当时我忍不住要驳她,倒不是因为我专门喜欢做偏锋文章,实在是听厌了这一切。1930年间女学生们人手一册的《玲珑》杂志,就是一面传授影星美容秘诀,一面教导"美"了"容"的女子怎样严密防范男子的进攻,因为男子都是"心存不良"的,谈恋爱固然危险,便结婚也危险,因为结婚是恋爱的坟墓……

女人这些话我们耳熟能详,男人的话我们也听得太多了,无非骂女子十恶不赦,罄竹难书,惟为民族生存计,不能赶尽杀绝。

两方面各执一词,表面上看来未尝不是公有公理,婆有婆理。女人的确是小性儿,矫情,作伪,眼光如豆,狐媚子(正经女人虽然痛恨荡妇,其实若有机会扮个妖妇的角色的话,没有一个不跃跃欲试的),聪明的女人对于这些批评并不加辩护,可是返本归原,归罪于男子。在上古时代,女人因为体力不济,屈服在男子的拳头下,几千年来始终受支配,因为适应环境,养成了所谓妾妇之道。女子的劣根性是男子一手造成的,男子还抱怨些什么呢?

女人的缺点全是环境所致,然则近代和男子一般受了高等教育的女人何以常常使人失望,像她的祖母一样地多心,闹别扭呢？当然，几千年的积习，不是一朝一夕可以改掉的，只消假以时日……

可是把一切都怪在男子身上，也不是彻底的答复，似乎有不负责任的嫌疑。"不负责"也是男子久惯加在女人身上的一个形容词。《猫》的作者说：

> 有一位名高望重的教授曾经告诉我一打的理由，为什么我不应当把女人看得太严重。这一直使我烦恼着，因为她们总把自己看得很严重，最恨人家把她们当作甜蜜的、不负责任的小东西。假如像这位教授说的，不应当把她们看得太严重，而她们自己又不甘心做"甜蜜的、不负责任的小东西"，那到底该怎样呢？
>
> 她们要人家把她们看得很严重，但是她们做下点严重的错事的时候，她们又希望你说"她不过是个不负责任的小东西"。

女人当初之所以被征服，成为父系宗法社会的奴隶，是因为体力比不上男子。但是男子的体力也比不上豺狼虎豹，何以在物竞天择的过程中不曾为禽兽所屈服呢？可见得单怪别人是不行的。

名小说家爱尔德斯·郝胥黎①在《针锋相对》一书中说："是何等样人，就会遇见何等样事。"《针锋相对》里面写一个年轻妻子玛格丽，她是一个讨打的、天生的可怜人。她丈夫本是一个相当驯良的丈夫，然而到底不得不辜负了她，和一个交际花发生了关系。玛格丽终于成为呼天抢地的伤心人了。

诚然，社会的进展是大得不可思议的，非个人所能控制，身当其冲者根本不知其所以然。但是追溯到某一阶段，总免不了有些主动的成分在内。像目前世界大局，人类逐步进化到竞争剧烈的机械化商业文明，造成了非打不可的局面，虽然奔走呼号闹着"不要打，打不得"，也还是惶惑地一个个被牵进去了。的确是没有法子，但也不能说是不怪人类自己。

有人说，男子统治世界，成绩很糟，不如让位给女人，准可以一新耳目。这话乍听得像是病急乱投医。如果是君主政治，武则天是个英主，唐太宗也是个英主，碰上个把好皇帝，不拘男女，一样天下太平。君主政治的毛病就在好皇帝太难得。若是民主政治呢，大多数的女人的自治能力水准较男子更低。而且国家间闹是非，本来就有点像老妈子吵架，再换了货真价实的女人，更是不堪设想。

叫女子来治国平天下，虽然是"做戏无法，请个菩萨"，这荒唐的建议却也有它的科学上的根据。曾经有人预言，这一次

---

①今译奥尔德斯·赫胥黎（Aldous Huxley，1894—1963），英国作家，晚年入籍美国。——编者注。

世界大战如果摧毁我们的文明到不能恢复原状的地步，下一期的新生的文化将要着落在黑种人身上，因为黄白种人在过去已经各有建树，唯有黑种人天真未凿，精力未耗，未来的大时代里恐怕要轮到他们来做主角。说这样话时，并非故做惊人之论。高度的文明，高度的训练与压抑，的确足以斫伤元气。女人常常被斥为野蛮、原始性。人类驯服了飞禽走兽，独独不能彻底驯服女人。几千年来女人始终处于教化之外，焉知她们不在那里培养元气，徐图大举？

女权社会有一样好处——女人比男人较富于择偶的常识，这一点虽然不是什么高深的学问，却与人类前途的休戚大大有关。男子挑选妻房，纯粹以貌取人。面貌、体格在优生学上也是不可不讲究的。女人择夫，何尝不留心到相貌，只是不似男子那么偏颇，同时也注意到智慧、健康、谈吐、风度、自给的力量等项，相貌倒列在次要。有人说现今社会的症结全在男子之不会挑拣老婆，以至于儿女没有家教，子孙每况愈下。那是过甚其词，可是这一点我们得承认，非得要所有的婚姻全由女子主动，我们才有希望产生一种超人的民族。

"超人"这名词，自经尼采提出，常常有人引用，在尼采之前，古代寓言中也可以发现同类的理想。说也奇怪，我们想象中的超人永远是个男人。为什么呢？大约是因为超人的文明是较我们的文明更进一步的造就，而我们的文明是男子的文明。还有一层：超人是纯粹理想的结晶，而"超等女人"则不难于实际中求得。在任何文化阶段中，女人还是女人。男子偏于某一方面的发展,而女人是最普遍的,基本的,代表四季循环、土地、生老病死、饮食繁殖。女人把人类飞越太空的灵智拴在踏实的根桩上。

即在此时此地我们也可以找到完美的女人。完美的男人就稀有,因为我们根本不知道怎样的男子可以算作完美。功利主义者有他们的理想,老庄的信徒有他们的理想,国社党员也有他们的理想。似乎他们各有各的不足处——那是我们对于"完美的男子"期望过深的缘故。

女人的活动范围有限,所以完美的女人比完美的男人更完美。同时,一个坏女人往往比一个坏男人坏得更彻底。事实是如此。有些生意人完全不顾商业道德而私生活无懈可击。反之,对女人没良心的人尽有在他方面认真尽职。而一个恶毒的女人就恶得无孔不入。

超人是男性的,神却带有女性的成分,超人与神不同。超人是进取的,是一种生存的目标;神是广大的同情、慈悲、了解、安息,像大部分所谓智识分子一样。我也是很愿意相信宗教而不能够相信。如果有这么一天我获得了信仰,大约信的就是奥涅尔①《大神勃朗》一剧中的地母娘娘。

《大神勃朗》是我所知道的感人最深的一出戏。读了又读,读到第三四遍还使人心酸泪落。奥涅尔以印象派笔法勾出"地母"是一个妓女。"一个强壮、安静、肉感、黄头发的女人,二

---

① 今译奥尼尔,美国戏剧家。1936年获诺贝尔文学奖。——编者注。

十岁左右,皮肤鲜洁健康,乳房丰满,胯骨宽大。她的动作迟慢,踏实,懒洋洋地像一头兽。她的大眼睛像做梦一般反映出深沉的天性的骚动。她嚼着口香糖,像一条神圣的牛,忘却了时间,有它自身的永生的目的。"

她说话的口吻粗鄙而熟诚:"我替你们难过,你们每一个人,每一个狗娘养的——我简直想光着身子跑到街上去,爱你们这一大堆人,爱死你们,仿佛我给你们带了一种新的麻醉剂来,使你们永远忘记了所有的一切(歪扭地微笑着)。但是他们看不见我,就像他们看不见彼此一样。而且没有我的帮助他们也继续地往前走,继续地死去。"

人死了,葬在地里。地母安慰垂死者:"你睡着了之后,我来替你盖被。"

为人在世,总得戴个假面具,她替垂死者除下面具来,说:"你不能戴着它上床。要睡觉,非得独自去。"

这里且摘译一段对白:

勃朗　(紧紧靠在她身上,感激地)土地是温暖的。
地母　(安慰地,双目直视如同一个偶像)嘘!嘘!(叫他不要做声)睡觉吧。
勃朗　是,母亲。……等我醒的时候?……
地母　太阳又要出来了。
勃朗　出来审判活人与死人!(恐惧)我不要公平的审判。我要爱。

地母　只有爱。

勃朗　谢谢你，母亲。

人死了，地母向自己说：

"生孩子有什么用？有什么用，生出死亡来？"

她又说：

"春天总是回来了，带着生命！总是回来了！总是，总是，永远又来了！——又是春天！——又是生命！——夏天、秋天、死亡，又是和平！（痛切的忧伤）可总是，总是，总又是恋爱与怀胎与生产的痛苦——又是春天带着不能忍受的生命之杯（换了痛切的欢欣），带着那光荣燃烧的生命的皇冠！"（她站着，像大地的偶像，眼睛凝视着莽莽乾坤。）

这才是女神。"翩若惊鸿，宛若游龙"的洛神不过是个古装美女，世俗所供的观音不过是古装美女赤了脚，半裸的高大肥硕的希腊石像不过是女运动家，金发的圣母不过是个俏奶妈，当众喂了一千余年的奶。

再往下说，要牵入宗教论争的危险的漩涡了，和男女论争一样的激烈，但比较无味。还是趁早打住。

女人纵有千般不是，女人的精神里面却有一点"地母"的根芽。可爱的女人实在是真可爱。在某种范围内，可爱的人品与风韵是可以用人工培养出来的，世界各国不同样的淑女教育全是以此为目标，虽然每每歪曲了原意，造成像《猫》这本书里的太太、小姐，也还是可原恕。

女人取悦于人的方法有许多种。单单看中她的身体的人，失去许多可珍贵的生活情趣。

以美好的身体取悦于人，是世界上最古老的职业，也是极普遍的妇女职业，为了谋生而结婚的女人全可以归在这一项下。这也无庸讳言——有美的身体，以身体悦人；有美的思想，以思想悦人；其实也没有多大分别。

徐玉文，生卒年月不详。20世纪20年代末30年代初留学日本期间，担任邹韬奋主编的《生活》周刊的通讯员。徐玉文从日本回来时，邹韬奋亲赴码头迎接，并在《生活》周刊上专门写了一篇《欢迎徐玉文女士回国》的文章，称她为"最先热诚赞助本刊的同志……也是我们最为感谢而永不能忘的一位"。

妇女的潋浴

徐玉文

日本人很讲究卫生，无论男女，每天总要赴浴堂潋浴一次，所以日本的公共浴室随处皆是，高高的烟突有如林立。取价极廉，成人五分，小孩二分至四分。日本的生活程度，处处较吾国大数倍，独在公共的业事，取价特别低廉，所以使人民乐于听从，易于普及。浴室的设备亦很简单，在一大间的厂屋中，隔为男女两室，各室又分置衣及浴池两部。鞋脱置门外，以号筹为记。室内除放置衣服的藤篮和婴孩的睡架外，只有公共用的体重计及镜架数具，至于面巾、肥皂等浴具，均须自行带去。入室即浴，浴毕即出，消耗的时间至多亦不过半小时，便利得很。

我国对于清洁运动，正在勃兴的时候，那么公共的浴室，急宜推广普及，尤当提倡女子的潋浴！房屋宜宽大，空气不至污浊；设备应简单，务使取价低廉而划一，使人民易于普及。不必设置睡榻、卧椅等，使浴者空费时间。茶役小账的麻烦，亦须一律除去。澡浴用具，由各人自备，免疾病的传染。我想清洁是身体健康的第一要件，地方上有了相当的设备和卫生的宣传，人民一定乐于听从的，是在行政者努力进行耳。

　　日本的浴池与我国不同，在一室内，共有三个贮水池，一个最大，满贮温水，两个较小，一温一冷。浴时先将全身浸入大池中，经若干时间后，即出，而坐在水门汀的地上摩擦，将小池内的清水冲洗。如气候寒冷时，亦可随时浸入大池中，唯不可在此池内涤垢，以讨人厌。因此池为公众所入，应当保守公众的道德。在此我又想到去年出国时，在长崎丸的三等舱里，发现我国女同胞数人，她们真是清朝的忠臣，一双不满三寸的金莲，还把很长的脚带和尖小的花鞋紧紧地包裹着，以致走一走、动一动都能使人注目，引为奇观！不料她们的良人（这是日本女子对丈夫的名称）在日本做了多年的缝工，已染了清洁卫生的习惯，因而叫他们的夫人也要学学时髦，脱了裹脚条，爬进浴池里去，在水中大擦特擦！因使后来的人都为她掩鼻退出！那时我的颜面亦几乎被她剥夺尽净。人们的自由当以不妨害他人的自由为范围，尤其在公众的地方，稍一不慎，就要被人唾骂，失却个人面子的关系尚小，失却国家面子的关系实大！日本在浴室门口放有四方形小桌一张，上面团坐着一位掌柜者，凡客人的浴钱，均归她收纳。我有一次跑进一个浴室里，那位掌柜者却是一个男人，盘膝坐在桌上，宛如在无遮大会中监视着的一位韦陀菩萨！我当时几乎被他急死。看着旁的女人依然出入自若，恬不为怪！结果我依然做了一个弱者，只得退出，再也没有勇气第二次跑进那个浴堂里去！

日本女子溷浴的地方，男子亦时常跑入，我初次见到的时候，恨他太没有道理，几乎脱口骂出来，不料这人乃是替女子擦背的。日本的女子，不论老少，总有用男人擦背的习尚，在每次溷浴时，均可以见到。我在国内时，亦曾听到男子溷浴可以叫人擦背，不过只有男人替男人擦，没有像日本的浴室里，男人替女人擦背的奇特！难道也是东洋文化进步的表示吗？我却莫名其妙。

日本女子的擦粉，可算世上第一。不论老妪婴孩，总是涂得像做戏的一样。他们不特涂在面部和颈部，身体的上半部亦涂擦无遗，这是在溷浴的时候可以完全看到的。他们在洗涤清洁后，即跪在镜前，调胭弄粉。大约擦粉的时间要消去溷浴时间之半。其实过分地敷粉涂脂，妖艳怪状，非特不能显其美，反足增其丑！况粉中多含铅质，易使皮肤起慢性的中毒。日本的婴孩吃奶时，因为母体的乳头涂粉的缘故，随之中毒毙命者不知凡几。虽政府晓以利害，禁止擦粉，但言者谆谆，听者藐藐，恶习惯入人之深，于此可见一斑！目下日本的当局，已设法取缔制造铅粉的工厂了。

日本人的裸体，视为无关风化的一件事。她们在溷浴完毕后，总要等身体上的水湿完全干燥后，方始穿衣。在天热的时候，还要一丝不挂地跑到窗外去乘凉！这种习惯，实足以使我挢舌！她们的衣服，只一套长服，像我国的和尚衣，并不穿裤，着袜者亦很少，在胸间缚以阔带，背上负携婴孩，随处可以去得。甚至在市外的地方，时常可以见到她们立在路旁小便，与男子一样。这种风俗，是好是坏，我无从评论，不过总觉得不大妙。

十八，七，十四